ALEKSANDR FADEEV: 毀滅

魯迅譯・三閒書屋校印

亞歷山大·法捷耶夫

毀滅

藏原惟人及V.弗理契序

魯迅譯

I. 拉迪諾夫畫作者像
N. 威綏斯拉夫崔夫插畫

1931

三閒書屋校印

作 者 自 傳

我在一九〇一年十二月十一日,生於忒威爾(Tver)省的庚拉赫(Kimrakh)。 在早期的幼年時代,多在維里納(Vilna)過去,後來是在烏發(Ufa)。 至於我的幼年及少年時期,大部分是和遠東各地及烏蘇里(Ussuri)南境結在一起的,這是因爲我的父母,在一九〇七年或一九〇八年曾移住到那些地方的緣故。 我的父親是陣亡於一九一七年的,他是一個醫士的助手;母親是一個醫士的女助手。 他們多半是在烏蘇里一帶工作——有時在日本海岸,有時在伊曼(Iman)河上流,有時在道比赫(Daubikhe)河,最後一次是在依曼縣之屈哥也夫克(Chugyevk)村落工作——屈哥也夫克是一個山林的村落,離烏蘇里有一百二十威爾斯忒之遙。 我父親是從入了屈哥也夫克村籍以後,始得購置田產,從事於產麥的生活的。

我最初求學於海參衞(Vladivostok)的商業學校(沒有在該校卒業,至第八年級我就脫離了),夏天多消磨於農村,爲家庭助手。

一九一八年秋, 纔開始爲共產黨工作,—— 在科爾却克

(Koltchak)反動勢力下，做祕密的工作。當游擊隊反攻科爾却克及協約國聯軍的時候（一九一九至二〇年），我也是參加游擊隊的工作的一個，自科爾却克覆滅以後，我就服役於赤衛軍（當時稱爲遠東民衆革命軍），與日本軍作戰，一九二〇年四月間，在沿海一帶，與謝米諾夫(Semenov)作戰，一九二〇年冬，則從軍於薩拜喀爾(Zabaikal)。

一九二一年春，被推爲第十屆全俄共產黨代表大會的出席代表，被派赴京（莫斯科）。我在那時和其他同志們——約占大會出席代表十分之四或三的同志，前往克朗斯嗒特(Kronstadt)去平服那里的叛變。不幸受傷（這是第二次），診視了幾次，便退伍囘來了。不久卽肄業於莫斯科的礦業中學，至第二年級，卽行退學。自一九二一年秋起，至一九二六年秋止，我做了不少黨的工作，——有時在莫斯科，有時在科彭(Kuban)，有時在拉斯托夫(Rostov)。

我的第一篇小說"氾濫"，作於一九二二年至二三年間，"逆流"那篇故事，作於一九二三年，羅曼小說"毁滅"，是在一九二五年至二六年間作成的。

一九二四年，我是從事於"烏兌格之最後"的羅曼小說。

A. 法 捷 耶 夫

三月六日，一九二八年。

著作目錄

"氾濫" 小說。"Molodaya Gvardiya" 印行。莫斯科及列寧格勒。一九二四年。

"逆流" "Molodaya Gvardiya" 印行。莫及列。一九二四年。又,"Mosk. Rabotchi" 印行。一九二五年。

"小說集" "Molodaya Gvardiya" 印行。莫及列。一九二五年。

"毀滅" 羅曼。"Priboi" 印行。列寧格勒。一九二五年。

"毀滅"（"毀滅","氾濫","逆流"）。"Zif" 印行。莫及列。一九二七年。

關於“毀滅”

一

倘指為在去年蘇聯的文壇上最被看作問題的作品，那首先不可不舉這法捷耶夫的長篇小說“毀滅”罷。關於這作品，就是在我所知道的範圍內，也就有瓦浪斯基，弗理契，普拉符陀芬，萊吉堯夫，藹理斯培爾克等的批評家，寫着文章。

關於作者法捷耶夫，我知道得不多。……記得在約二年前，曾經讀過這個作者的叫作“氾濫”的小說。又，批評家烈烈維支稱讚這小說的文章，也曾在什麼地方讀過。後來他寫了叫作“逆流”的一小說，好像頗得聲譽，但我沒有來讀牠。“氾濫”這小說，不很留着印象，我以為是平常的東西。但這囘讀了這長篇“毀滅”，我却被這作者的強有力的才能所驚駭了。我以為惟這作品，纔正是接着里白進斯基的“一週間”（一九二三年），綏拉斐摩維支的“鐵之流”（一九二四年），革拉特珂夫的‘水門汀”（一九二五年）等，代表着蘇聯無產階級文學的最近的發展的東西。

做小說"毀滅"的主題者，是在西伯利亞的襲擊隊的鬪爭。是爲了對抗日本軍和科爾却克軍的反革命的結合而起來的農民，工人，及革命底知識分子之混成隊的襲擊隊——在西伯利亞市民戰爭裏的那困難的，然而充滿着英勇主義的鬪爭之歷史。

這作品，倘從那情節底與趣這一點看來，是並非那麼可以嘖嘖稱道的東西。 用一句話來說，這不過是寫這麼一點事而已：從黨委員會那里，接受了"無論遇見怎樣的困難，即使不多，也必須保持着強固的有規律的戰鬪單位，以備他日之用!"這樣的指令的襲擊隊的一隊，一面被日本軍和科爾却克軍所壓迫，一面抗戰着，終於耐不住反革命軍的攻擊，到了毀滅的不得已的地步了。 其實，這整個的情節的窘促，和各個場面的興趣完全不同，也許就是這作品的缺點之一。

但是，這作品的主眼，並不在牠的情節。 作者所瞄準的，決非襲擊隊的故事，乃是以這歷史底一大事件爲背景的，具有各異的心理和各異的性格的種種人物之描寫，以及作者對於他們的評價。 而在這範圍內，作者是很本領地遂行着的。

二

在這作品裏，沒有可以指爲主人公的人。 若強求之，那大約不能不說，主人公就是襲擊隊本身了。 但主要人物是頗多的，其重要者，是——爲這部隊的隊長的猶太人萊奮生，先前是一個礦工的木羅式加，從"市鎭"裏來的美諦克，以及爲木羅式加之妻，同時是野戰病院的看護婦的華理亞，爲萊奮生之副手的巴克拉諾夫，等。 我們現在就其三四，試來觀察一下罷。

萊奮生是這部隊的隊長，同時又是他們的"人才"。 他是清楚地懂得革命所賦給他的自己的任務，向着牠而在邁進的。他守着黨的命令，常常給他的部隊以正確的方向。 部下的敷衍的詐僞，他是決不寬容的。 因此部下的人們，以爲只有他，纔是不知道疲勞，倦怠，動搖或幻滅的人而尊敬他，然而便是他，也還是和動搖或疲勞相搏戰的人。 作者這樣地寫着——

"部隊裏面，大抵是誰也不知道萊奮生也會動搖的。 他不將自己的思想和感情，分給別一個人，只常常用現成的'是的'和'不是'來應付。 所以，他在一切人們，就見得是特別正確一流的人物。"

"從萊奮生被推舉爲隊長的時候起，沒有人能給他想一個別的位置了，——大家都覺得惟有他來指揮部隊這件事，乃是他的最大的特徵。 假使萊奮生講過他那幼時，幫着他的父親賣舊貨，以及他的父親直到死去，在想發財，但一面却怕老鼠，彈着不高明的梵亞林的事，那麼，大約誰都以爲這只是恰好的笑話的罷。　然而萊奮生決不講這些事。　這並非因爲他是隱瞞事物的人，倒是因爲他知道大家都以他爲特別種類的人物，雖然自己也很明白本身的缺點和別人的缺點，但要率領人們，却覺得只有將他們的缺點，指給他們，而遮掩了自己的缺點，這纔能辦的緣故。"

　　不管萊奮生與其部隊的人們的努力，一隊被敵所壓，終竟還瀕於毀滅。　疲乏透了的萊奮生和十八名的部下，便將希望繫之將來，出了森林去了。　小說是以如下的一節收場的——

　　"萊奮生用了沈默的，還是溼潤的眼，看着這高遠的天空，這約給麵包與平和的大地，這在打麥場上的遠遠的人們，——他應該很快地使他們都變成和自己一氣，正如跟在他後面的十八人一樣。　於是他不哭了：他必須活着，而且來盡自己的義務。"

三

　　木羅式加是先前的礦工。　他是常常努力着想做一個革命底忠實的兵士，有規律的襲擊隊員的。然而他的 Lumpen（流氓）底的性格，却時常妨害着這心願。　他曾有偸了農民的瓜，要被從部隊驅逐出去的事。　又在和白軍的戰鬪中，他的所愛的馬被殺了的時候,他便在那里哭倒了。 而且那一夜,戰鬪雖然還沒有停止,他却喝着酒到處在撒野。 但是,他在戰場上,總常常是勇敢的鬪士。

和這木羅式加做了好對照的,是從"市鎭"裏來的美諦克。倘問他是那一方面的人,則是知識分子,到這里來的以前是屬於社會革命黨的。 可是在受傷而倒下的情勢中,爲木羅式加所救,進到這部隊裏來了。 他良心底地努力着想參加革命底鬪爭。 但他是沒有堅固的確信和強靱的意志,常在動搖之中的。 於是終於在最後,他做了巡察而走在部隊之前的時候,突然遇見哥薩克兵,便慌張着,失神地由森林中逃走了,——這樣,他就不由自覺地,背叛了自己的部隊。

這美諦克和木羅式加的對立,是在這作品中,也是特別有興味的事情之一。 木羅式加救起美諦克,帶到部隊裏來了。然而美諦克那樣的知識分子,用他的話來說,是"小白臉",爲他先天底地所討厭的。 但他的妻子華理亞,却在這美克諦之中,看見了她的理想底男子。 自己的妻和別的男子,做無論什麼事,木羅式加是一概不以爲意的。 但一知道妻子戀愛着這美諦克的時候,却感到彷彿自己是被侮辱了。 於是在三人之間,就發生種種的波瀾……

華理亞也是從礦山來的。 她差不多沒有和丈夫木羅式加一起生活。她是一個對於自己的任務極忠實，生活上也極自由，然而在同志間却很親切的，典型底的女襲擊隊員。她在美諦克進了病院的時候，一面看護着，一面便愛起他來。她確信惟獨他纔是給慰安於她的孤寂的男子。而和別的男子有着關係的事，是什麼也不去想的。

此外，在這小說中，還描寫着許多有興味的人物。例如：常常無意識底地摹倣着萊奮生的行動和態度的十九歲的副將巴克拉諾夫；雖然加入襲擊隊，而依然常是夢想平和的，快樂的農村生活的老人畢加；出去做斥候，而泰然地被白軍所殺的美迭里札；醫生式泰信斯基；工兵剛卡連珂，小隊長圖鰭夫及苦勃拉克，等，等。

四

這小說又充滿着許多優秀的場面。將那主要的列舉起來，則如：決定是否要驅逐那偸了農民的瓜的木羅式加的農民大會的場面；當襲擊隊受白軍壓迫而離去森林之際，毒殺那瀕死的病人的場面；出去做偵察的巴克拉諾夫，遇見四五個日本的斥候，用鎗打死他們的場面；出去做斥候的美迭里札，被敵所獲，而加以拷問的場面；於是最後，完全敗北，疲乏透了的十九個襲擊隊員出了森林而逃去的場面，等，等。我想作爲一例，試將這最後的場面的一部分翻譯出來——

"這時他（萊奮生）和華理亞和剛卡連珂都到了道路的轉角。 射擊靜了一點，鎗彈已不在他們的耳邊紛飛。 萊奮生機械底地勒馬徐行。 生存的襲擊隊員們也一個一個地趕到。剛卡連珂一數，加上了他自己和萊奮生，是十九人。"

....

（原文譯至"他們這樣地走出森林去了——這十九人"止，見本書第三部之末一章，今不復錄，以省繁複——編者。）

五

法捷耶夫的"毀滅"，許多批評家們都說是在萊夫・託爾斯泰的諸作品的影響之下寫成的。 實際上，凡較爲注意地來讀這作品的人，是誰都可以發見其中有着和大託爾斯泰的藝術底態度相共通的東西的。 第一，在作者想以冷靜來對付他所描寫着的對象的那態度上；第二，在想突進到作中人物的意識下的方面去的那態度上。

託爾斯泰常描寫他的人物，是決不依從那人物的主觀而描寫的。 他在那人物自己所想的事之外，去尋求那行動的規準。 從這里，便在託爾斯泰那里生出無意識的方面之看重，和對於"運命"的服從。 照他看來，那個拿破崙，也不過是單單的"運命"底傀儡而巳。

法捷耶夫也是常常看重那人物的意識下的方面的。 例如在華理亞之愛美諦克的描寫上，便有如此說的地方——

"在她(華理亞)，是只有他(美諦克)，——只有這樣美，這樣溫和的男人，——纔能夠使她那為母的熱情，得到平靜，她以為正因為這緣故，所以愛了他的。（但其實，這確信是在她愛了美諦克之後，纔在她裏面發生出來的，而她的不孕性，和她的個人底的希望也有着獨立的生理底原因。）"

這種描寫，是我們在這作品的到處都可發見的。 而這是託爾斯泰所愛用的描寫法。

但是，託爾斯泰和法捷耶夫，在其對於現實的態度上，是完全同一的麼？ 不是的。 法捷耶夫決不像託爾斯泰似地，將人類的行為看作對於"運命"的盲從。 他決不將襲擊隊當作只是單單的自然發生的農民的糾集而描寫。 在這里，就存在着他和託爾斯泰的對於現實的態度的不同，同時也存在着他的襲擊隊和例如V.伊凡諾夫的襲擊隊的不同點。 伊凡諾夫在所作的"鐵甲列車"，"襲擊隊"裏，描寫着西伯利亞的襲擊隊的叛亂。 但他只將這單單當作農民的自然發生底的，意識下底的反抗而描寫，也只能如此地描寫。 然而法捷耶夫的襲擊隊，一面固然包含着自然發生底的許多要素，但却是在一定的組織者之下,依從一定的目的意識而行動着的。 對於同一的襲擊隊的這態度的不同,也就正是革命的小資產階級作家和無產階級作家的對於現實的認識之不同。 於是,法捷耶夫的這態度,和自然主義的寫實主義相對,我們稱之爲無產階級的寫實主義。

最後,關於在蘇聯無產階級文學上的這作品的位置,想說一兩句話。 這作品是在蘇聯無產階級文學上,代表着牠那新的發展階段的。 一九二三年發表的里白進斯基的"一週間",是在當時的無產階級文學的傑作,但其中以描寫共產黨員爲主,還沒有描寫着眞正的大衆。 革拉特珂夫的"水門汀",縱有牠的一切的長處,而人物也還不免是類型底的。 但在他"毀滅"中,法捷耶夫是描寫着眞正的大衆,同時他還對於類型和個人的問題,給以美妙的解決。 只有比之"水門汀",缺少情節底趣味這一點,許是牠的缺點罷。

藏 原 惟 人

代　序
關於"新人"的故事

I

少年作家法捷耶夫的小說"毁滅",——在我們的文藝生活中是一件很重要的事。

我們無產階級作家的隊伍從作者得到堅實而可靠的生力軍。

關於西伯利亞遊擊隊毁滅的故事——這是我們無產階級文學前線上的勝利。

法捷耶夫的書引起了社會上及出版界的注意。

他主要的成功,在於指示我們——可以說在我們文藝中是最先的——其所描寫的人不是有規律的,抽象而合理的,乃是有機的,如活的動物一樣,具有他各種本來的,自覺與不自覺的傳統及其偏向。

如果我們同意於上面這種評價,那麼,在他的書中,我們更看出一種優點,即是他對於其所描寫的人物的深情的愛。

作者對其本階級人的情愛，正是助長他能描寫這些"英雄"內心的鎖鑰；並且剖露牠，指示出在可詛咒的傳統之下，存在着他們過去的，珍貴的，金的，礦苗。自然，作者的這種熱愛，是有一定的限制的。

法捷耶夫關於遊擊隊說得很少。多數的礦工及農民差不多沒有提到，因爲他們是很廣汎的羣衆。從他們中間選出了隊長萊奮生，副隊長巴克拉諾夫，傳令使木羅式加，看護女礦工華理亞及其他，至於工兵剛卡連珂，小隊長圖幡夫，牧羊人美迭里札，軍醫式泰信斯基，以及最後（死前）一幕所說的重傷的遊擊隊員弗洛羅夫等等，也都不大說起了。

作者從衆人中間將這些"英雄"挑選出來，是具有特別的愛護（這種愛護甚至於在少年美諦克的略述中都感覺得到——他在遊擊隊組織中是代表這種外來的，偶然的，甚至於有害的分子）；並且在作者對於他們的同情心，使他們的思想及意識宣示出來，以致傳染到讀者的同情心。讀者以生趣，甚至於以個人的興趣，追隨於這熱情的劇本及其所挑選的人物的命運之後，有時會忿然釋卷，好像他們中的一個，爲自己所熟識的，已經死去一樣，而對於其他的人，同樣要好的人，他也不相信他們將來就會死掉。作者對於他所挑選的人這種特殊的愛的關係，無論如何是不僅在於"毀滅"的藝術，而且是包含着小說的社會意識的意義的。 在這里，我們的少年的作家表現了他個人對於他自己階級弟兄們的"同志的，人的"關係，——這些人在過渡的，病態的時代是很容易染到官僚式的無情，爭逐的意識，情願坐以待斃或者好一點說，則是平庸的形式主義的，但是僅僅這個同志的關係，即足以將勞動的無產階級分子全體都粘合起來。

II

法捷耶夫的小說標題為"毀滅"，因為他書中所描寫的是遊擊隊敗亡的故事，但是又可以換一個標題，為：新人誕生的詩。 遊擊隊長萊奮生為反對國外陰謀家，為反對白黨，為反對舊世界的一切社會勢力而鬪爭，這最後的原因是因為他胸中有一種：

"強大的，別的什麼希望也不能比擬的，那對於新的，美的，強的，善的人類的渴望。"（點是我們加的——V. F.）

但他同時又知道這個新人的日子還沒有到來。

"當幾萬萬人被逼得只好過着這樣原始的，可憐的，無意義地窮困的生活之間，又怎能談得到新的，美的人類呢？"

但是無論如何,這位新人——美的,強的,善的,——已經覺醒了,他掙扎着,要擺脫那過去的遺產,然而這些東西却非常的牢固,因此,新人的誕生,其結果同遊擊隊的命運一模一樣,往往——毀滅。

中學生美譜克加入了布爾塞維克的遊擊隊,但是他馬上覺到他完全不能應付他眼前的新任務。 他完全不能以同志的態度去對待那些遊擊隊員,他不能擺脫一切傳統觀念以加入遊擊隊的集團生活,完全不能將他整個私人交出,受公共事務的支配。

"他在全世界上,最愛的還是自己,——他的白皙的,骯髒的,纖弱的手, 他的唉聲歎氣的聲音,他的苦惱和他的行為,連其中的最可厭惡的事。"

結果他又回到了他所出身的那社會去。 他依然是個舊人,一切受過去的支配。 他的新人也就沒有誕生出來。

華理亞轟轟烈烈的歷史之結局也不是勝利,而是"毀滅"。在革命之前,當她還是礦工姑娘的時候,她已經"放蕩"了,後來就嫁給了礦工木羅梭夫,依舊過着從前的生活,最後,在十月革命之後,她和他一同加入了遊擊隊,作看護,她很輕狂地,毫不經意地,從一個人的臂中轉入另一人的懷裏: 好了,她面前有一個年紀輕輕的中學生,如此地"漂亮",這般地羞人答答

——她將她所有的，未曾得到滿足的，妻的本能與母的本能都放在他身上了，她離開了同她向來沒有度過家庭生活的丈夫，從此之後再也不爲大家所用，在她胸中火熱般地誕生了一個新人，但是這位青年知識分子却不能看中她的愛情與熱誠，一切都依舊……——她還是大衆的姑娘，木羅式加的老婆。

"這算收場了，一切又都變了先前一樣，就像什麼也未曾有過似的，——華理亞這樣想。——又是老路，又是這一種生活，——什麼都是這一種……但是，我的上帝，這可多麼無聊呵！"

木羅式加也遭了同樣的"毀滅"。

可詛咒的過去牢牢地盤據了他——這位勇敢的遊擊隊員——腐蝕了他整個的生命，妨礙他伸直腰幹，來作新人。在這本小說中有好幾幕是描寫這位傳令使的靈魂上的過去的重壓，描寫他想走"正路"的自覺的或本能的企圖，但是"正路"總不讓他走上。

"他又懷着連自己也是生疏的——悲傷，疲乏，幾乎老人似的——苦惱，接續着想：他已經二十七歲了，但已無力能夠來度一刻和他迄今的生活不同的生活，而且此後也將不會遇見什麼好處……

木羅式加現在是拚命盡了他一生的全力，要走到萊奮生，巴克拉諾夫，圖旛夫這些人們所經過的，於他是覺得平直的，光明的，正當的道路去，但好像有誰將他妨礙了。他想不到這怨敵就住在他自己裏，他設想爲他正被人們的卑怯所懊惱，於是倒覺得特別地愉快，而且也傷心。"

這樣子，木羅式加也沒有能夠走上"平直的，光明的，正當的道路"。舊的像是有力些。牠（指舊的——譯者）在小說的一開始時便已警告一般地擡了頭，那時他——遊擊隊員——偷過別人的瓜，便是他在作公務人，作鄉村蘇維埃主席的時候，也還是如此。在小說結穴的時候，牠更是得了全勝，那時，他——遊擊隊員——將科爾却克的軍隊從鄉村中驅走之後，喝醉了，醉得同猪玀一樣，白軍的鎗彈來時，纔用身體的毀滅來"毀滅"了他靈魂中覺醒的新人。

III

在其關於工人密哈里·維龍諾夫的絕妙的論文中（參看一九二六年五月五日的"眞理報"），戈理基曾解釋他爲什麼不早一點寫篇小說來描寫這位出色的工人，道：

"要寫這一種人是非常困難的，當然，俄國文學家底筆還不慣於描寫這種眞實的英雄。

或者,很快地就可學會,"戈理基又加上了這一句。

法捷耶夫在描寫隊長萊奮生的時候,毫無疑義地將這件難事做成功了。

他在描畫這位出衆的脚色的時候,各方面都是無懈可擊的。

但是用無產階級的眼光看來,所謂"眞實的英雄"者,是什麽意思呢?

這個人,應當先於一切地,大於一切地,用他自己(無產階級的)階級底生活,任務,要求,利益,理想,來過生活。

老實說來,萊奮生便是這種人。

作者費了很多精力來明示我們,他怎樣作一隊的首領,指出他──一開始是沒有經驗的──怎樣造就自己來擔起這件任務,指出他怎樣個別地,整個地用鐵手抓着了這遊擊隊,而他們又何等地信仰他意志與智慧的大力,何等心悅誠服地來受他的指揮。 同時他又很好地顯出,這位公認的領袖與組織者也有時不知所措,而又何等痛心地覺悟,他還不很高明。 還有一個特性更爲重要,因爲這是新人或"眞實的英雄"底根本特性;就是:將整個自己完全交給公共事務。 遊擊隊員們也是這樣地看他:

"他只知道一件事──工作。 因此之故,這樣的正

確的人，是不得不信賴他，服從他的。"（點是我們加
的——V.F.）

這里，我們只走馬看花地指出一幕來便夠了。有一次萊
奮生接到了兩封信——有一封像是關於前線的情形，別一封
是妻寄來的。自然是願意讀第一封信，但是他只讀了第一封
信的幾個字："保持着戰鬪單位"。他辦完了必要佈置與命令
之後，纔從袋子裏掏出妻底信："找不到什麼地方做事，能賣的
東西已經全部賣掉，孩子們是生着壞血病和貧血症了。"他
坐下來寫回信。

"開初，他是不願意將頭鑽進和這方面的生活相連結
的思想裏去的，但他的心情漸被牽引過去，他的臉漸漸
緩和，他用難認的小字寫了兩張紙，而其中的許多話，
是誰也不能想到，萊奮生竟會知道着這樣的言語的。"

此後，生活底這一方面慢慢消滅了，讀者眼前依舊是這位
有機地加入了集團的人。

第一件便是他的隊伍。

"獨有這大受損傷的忠實的人們，乃是他現在惟一
的，最相接近的，不能漠視的，較之別人，較之自己，還
要親近的人們。"

而且這都是勞動者的集團（勞動的農民與勞動的無產階

級)。

當他這十八個人(除他之外)的隊伍被白軍擊潰而穿過森林之後，他遠遠地望見一條河流，在那里流過他快樂的, 嘈雜而熱鬧的生活，人們在那里動彈，草綑在那里飛舞，機器在那里乾燥地準確地作響，細小的水珠似的噴出了女孩子們的輕笑。 萊奮生的眼中却正含着清淚，因爲他所心愛的巴克拉諾夫死掉了(如果他活着，就可以造成第二個萊奮生)。

　　"用了沈默的，還是溼潤的眼，看着這在打麥場上的遠遠的人們，他應該很快地使他們變成和自己一氣，正如跟在他後面的十八人一樣。 於是他不哭了。"（點是我們加的——V.F.）

能夠不以自己的生活爲生活，而以集團的共同生活爲生活，這種能力便是"眞實的英雄"底根本特性，在這一點上看來, 這位遊擊隊長便是他所熱烈夢想的新人。

關於法捷耶夫的小說"毀滅"，還有許多話沒有說完，這本書還有許多不老練的地方，然而他毫無疑義地是我們無產階級文學戰線上的新勝利。

希望作者能夠寫完這位新人的歷史，已經不是寫那戰爭的過去的歷史，而是寫和平建設的今日的歷史，要描寫新經濟政策之下的新人的誕生，比描寫國內戰爭時期的還要困難好多倍。

V. 弗 理 契

目　錄

第 一 部

一． 木羅式加……………………………………………3
二． 美諦克………………………………………………15
三． 用嗅覺………………………………………………27
四． 孤獨…………………………………………………37
五． 農民…………………………………………………45
六． 礦山的人們…………………………………………52
七． 萊奮生………………………………………………63
八． 對頭…………………………………………………77
九． 第一步………………………………………………90

第 二 部

一． 在部隊裏的美諦克…………………………………107
二． 開始…………………………………………………123
三． 苦惱…………………………………………………141

四．路徑……………………………………158

五．重負……………………………………178

第 三 部

一．美迭里札的偵察………………………197

二．三個死…………………………………215

三．泥沼……………………………………239

四．十九人…………………………………257

毀 滅

第 一 部

一

木羅式加

在階石上鏘地響着有了損傷的日本的指揮刀，萊奮生走到後院去了。從野外流來了蕎麥的蜜的氣息。 在頭上，是七月的太陽，在熱的，淡紅色的泡沫裏。

傳令使木歇加，正用鞭子趕開那圍繞着他身邊的發瘋了似的雞，在篷片上曬燕麥。

"將這送到勒圖巴的部隊去罷，"萊奮生遞過一束信去，一面說，"並且對他們說……　不，不說也成，——都寫在那里了。"

木羅式加不為然似的轉過臉去，捲他的鞭子，——他不大高興去。　無的上頭的差遣，誰也沒有用處的信件，尤其是萊奮生的好像國人一般的眼睛，他已經厭透了。　這又大又深，湖水似的睛，和他的毛皮長靴一同，將木羅式加從頭到腳吸了進去，且在他裏面，恐怕還看見了木羅式加自己所不知道的許多的事情。

"壞貨，"生氣似的眨着眼睛，傳令使想，——照例立刻下了結論了，"猶太人都是壞貨。"

"爲什麼老站在那里的？" 萊奮生發怒說。

"但是，究竟是怎麼一囘事呢，同志隊長，一要到什麼地方去，立刻是木羅式加，木羅式加的。好像部隊裏簡直沒有別人一樣……"

木羅式加故意稱作"同志隊長"，還他一個職分，平常是簡單地稱呼名字的。

"那麼，我自己去麼，唔？"萊奮生冷嘲地問。

"爲什麼要自己去呢？ 人們多得很……"

萊奮生帶着人們用盡平和的方法，還是說不明白的陰淒淒的相貌，將信件塞在衣袋裏。

"到經理部長那里去繳了鎗械來，"他用了極冷靜的調子說，"並且你可以離開這里，我用不着你那樣的多講廢話的東西。"

從河上吹來的輕風，梳過了頑固的木羅式加的捲毛。 小屋近旁，枯焦的苦蓬叢裏，蟲斯不疲倦地在赤熱的空氣中打鼓。

"且慢……"木羅式加不服地說。"拿信來……"

— 4 —

一將信件藏在小衫和胸脯之間,較之對於萊奮生,倒是對於自己說道:

"叫我走出隊去,那是斷乎做不到的,繳械就更不行了。"他將滿是灰塵的帽子向後一推,用了快活的,響亮的聲音,添上去說:"哪,朋友萊奮生,因為並不是為了你那漂亮的眼睛,我們這纔動手來革命的呀。你我之間……明白告訴你,像我們礦工……"

"就是呵,"隊長笑了起來,"但你開頭竟這樣地開玩笑……這蠢才……"

木羅式加抓住萊奮生的衣扣,拉過他去,很祕密似的低聲說:

"真的,朋友,我正要到野戰病院裏的華留哈(一)那裏去,全都準備停當了,你可恰恰拿出你的信件來。所以蠢的不是我,倒是你哩……"

他用那綠褐色的眼睛,狡猾地使一個眼色,並且笑了出來——直到現在,一講到他的妻子,在他那笑影中,也還露出齙齒一般多年滋長在他那裏的猥褻的基調。

"謠麈沙!"萊奮生向着默站在階沿那邊的孩子,叫道,

註一:華理亞——他的女人——的暱稱——譯者。

"去管燕麥去：木羅式加要出去了。"

馬廄旁邊，工兵剛卡連珂跨在翻轉的洗濯槽上，整理着皮革的包囊。閃閃的太陽照着他光着的頭，——他那暗紅色的鬚髯的結子，糾結得像毛氈一樣。砥石似的臉俯在包囊上，宛如揮着鐵扒一般地在用針。強有力的肩頭，石臼似的在小衫下面搖動。

"什麼，你又出去麼？"工兵問道。

"是的，工兵閣下！……"

木羅式加直得如弦，將手掌舉在未必適宜的處所，給看一個敬禮。

"稍息。"剛卡連珂謙虛地說，"我也有過你那樣蠢的時代的。叫你去幹什麼呀？"

"哼，小事情；隊長叫我去運動運動。要不然，他說，你大概就要生孩子了。"

"昏蛋，"工兵用牙齒咬着線，一面在嘴裏說，"廢料。"

木羅式加從馬廄裏拉出他的馬匹來。那強壯的小牡馬，注意地聳着耳朶。牠有力，多毛，善走，而且很像牠的主人：有着亮亮的，綠褐色的眼睛，一樣地身子苗實，脚是彎的，(一)

註一：俄國農民的走相，腿都有點彎曲——譯者。

一樣地單純的狡猾,並且詭譎。

"米式加…… 好,好…… 這惡魔,"木羅式加將革帶收緊,愛撫地喃喃地說:"米式加…… 好,好… 上帝的牲口。"

"如果有人好好地看一看你們倆裏面誰聰明,"工兵認眞地說,"是不應該你騎着米式加走,倒應該米式加騎着你走的,眞的呢。"

木羅式加從園裏騎着跑出去了。

野草蒙茸的村路,向着河那邊。 河對岸展開着蕎麥和小麥的田,浴着日照。 在温暖的,朦朧的遠處,顫動着希霍台‧亞理尼連峯的青尖。

爲了穀粒的甜味,木羅式加的鼻孔張開,臉上的皺紋也伸直了,他的眼睛晃耀得像長明燈一樣,而且深深地一起一落,又寬闊,又調勻,像給太陽曬熱了的鍋子的,是他的胸脯。

在胸膛裏——由不能知道的遠祖的靜穩的黑土之力——已經幾乎被煤屑所蝕的魂靈,便波動起來了。

木羅式加是第二代的礦工。 被上帝和人們所破敗的他的祖父,還是耕種田地的,他的父親纔用煤來替代了黑土。

當嘶嘎的汽笛叫人們早上換班的時候,木羅式加生在第二號豎坑相近的,昏暗的小屋裏了。

"男的麼?……" 當礦區的醫生走出小屋子,告訴他生下來的是男孩子的時候,父親叵問道。

"那麼,是第四個了……"他和善地計算。"好熱鬧的生活……"

後來,他穿起防水布的,滿是煤末的短衫,去做工去了。

到十二歲,木羅式加就和汽笛一同起身,推手車,說些不必要的,大抵是粗野的話,學會了喝燒酒。蘇羌的煤礦的四近,有許多酒店,至少是不亞於打洞機器的。

離礦洞一百賽旬(一)的處所,谷是完了,而熄火山的小丘岡開了頭。老樅樹上生着苔蘚,從這里儼然俯視着小村落。灰色的多霧的早晨,便聽到泰茄(二)的鹿,怎樣地和汽笛競叫。在山間的青的峽谷裏,越過峻坂,沿着無窮的鐵軌,貨車載了煤塊,日復一日的爬向兀戈斯車站去。山脊上給油染黑了的捲揚機,在不歇的緊張中發抖,捲着滑潤的索子。丘岡的腳下,在芳香的樅樹林中,造着塼屋,這風景的侵入者;人們在──不知道為了誰──作工;小鐵路的機器在歌吟,電氣起重機在怒吼。

生活實在是熱鬧的。

───────────────

註一:俄尺名,一賽旬約中國七尺弱──譯者。

註二:Taiga,西伯利亞的森林之稱──譯者。

在這種生活中，木羅式加並不尋求新路，但走着舊的，已經幾代走穩了的路。 時候一到,他便買下綢的短衫，皮的接縫的長靴，每逢節日，跑到平地的村裏去。 在那里和別的少年們拉風琴，和朋友們吵架，唱淫猥的曲兒,而且使村姑們"墮落"。

歸途中呢，"礦山的人們"便在田裏偷些西瓜和圓圓的護隆的胡瓜，向峻急的谿谷裏用水來澆身體。 他們的響亮的,高興的聲音，使番茄驚動,缺了的月，從巖陰嫉妒似的來窺;在河上，是漂着溫暖的夜的溼氣。

時候一到，木羅式加也被人摔在汙穢的,發着包脚布和臭蟲的氣味的警察署裏了。 這是出在四月的同盟罷工的高漲，煤礦的瞎馬的眼淚一般，暗的地下水無日無夜地從礦洞的天井上滴下，誰也不想去汲牠出來的時候的。

他被監禁,決不是因爲做了什麼偉大的工作,只因爲他會多話:他們希望來威嚇他，也許能夠知道罷工領袖的名字。和瑪辛斯克的酒精私販子們一同坐在臭的小房間裏，木羅式加對他們講了無數的淫猥的奇聞，但關於罷工主使者,却終於什麼也沒有說。

時候一到，他又被送上戰場去,進了騎兵隊了。 他在那里，也像大家一樣,學會了對於"跑路狗"(一)輕蔑地睨視。

他受傷了六囘，被空氣打擊了兩囘，到革命前，已經完全免了兵役了。

他一囘家，連醉了兩禮拜，和一個好的有名人物結婚了，是在第一號豎坑抽水的，雖然不受孕，却是放蕩的女人。 無論做什麼，他都不很估量：在他，覺得生活是十分簡單的，毫不複雜，享受些什麼，只如蘇羌園裏偸來的一條圓圓的謹慎的胡瓜。

或者就爲了這種性子，一九一八年，他帶了妻子，去擁護蘇維埃。

無論爲什麼，從那時起，他被禁止，不准進煤礦去了，因爲蘇維埃終於失敗，而新政府對於這樣的人物，是不很看重的……

米式加不耐似的橐橐地頓着帶鐵的蹄。 橙子色的飛虻，在耳朶周圍固執地營營地叫，一鑽進蒙茸的毛裏，便一直叮得牠流出血來。

木羅式加騎向斯伐庚的戰鬪區域去了。 明綠的榛樹的丘岡那邊，克理羅夫加河藏得看不見形姿；在那里，就站着夏

註一：指步兵——譯者。

勒圖巴的部隊。

"蘇……蘇……" 悶熱地,不會疲乏的飛虻在唱歌。

忽然,起了奇怪的,炸裂似的聲音,滾到丘岡的那邊去了。接着這,是第二——第三…… 好像掙斷了鍊子的野獸,在刺柴叢中驀地飛跑過去一般。

"且慢。" 略略收住韁繩,木羅式加說。

米式加將苗壯的身體向前突着,馴良地站住了。

你聽!…… 在開鎗……" 在鞍橋上伸直了身子,傳令使亢奮地說:"在開鎗!…… 是罷?"

"拍拍拍。"——機關鎗的聲音,好像用火燄的線,縫合了培爾丹鎗的呻吟聲和短而分明的日本的馬鎗的嗚咽聲,從丘岡後面流了過來。

"快跑!……" 木羅式加用了強有力的激昂的聲音叫喊。

脚是照例深深地踏在踏鐙裏,發抖的手指,揭開了手鎗的皮匣,米式加已經跳過瑟瑟作響的叢莽,在山頂上疾走了。

剛近絕頂,木羅式加就勒住馬:

"等在這里罷。" 他一面跳下地來,一面說,並且將韁繩拋在鞍橋的後面:忠實的奴隸米式加,是用不着繫住的。

木羅式加爬上了絕頂。 從右邊,是遠遠着克理羅夫加河,端正到像閱兵式時候一樣,作成鏖然的散兵,走着帽上綴有黄綠色帶的小小的一式的人影。在左邊，人們混亂着，成了雜亂的堆，在帶着金色穗子的大麥裏，一面開着培爾丹鎗，一面在逃走。憤怒的夏勒圖巴（木羅式加因為烏黑的馬和尖頂的狸皮帽，知道了那是他）雖在四面八方揮着鞭子，也還不能使人們站下來。看見有幾個人，已在暗暗地撕掉紅帶了。

"這賤胎，在幹甚麽，他們究竟在幹甚麽呀！……"木羅式加喃喃地說，因為射擊，愈加憤激了起來。

逃走過去的最後的人堆裏，有一個瘦弱的青年，將手帕包了頭，身穿本地的短衣，用沒有把握的手勢拖了鎗，蹌跟地在奔走。別的青年們怕將他剩下，看去像是特地在遷就他的步調。人堆忽然疏散，白繃帶的青年也倒下了。然而他並沒有死——他屢次起身，想爬，兩手一伸，便叫些知不淸的什麽話。人們拋下他，也不回顧，加緊地跑走了。

"賤胎，他們究竟在幹什麽呀！……"木羅式加又這樣說，他的手指亢奮地揑緊了滿染着汗的馬鎗。

"米式加，這里來！"他突然用了異乎尋常的聲音叫道。

受了傷，浴着血的馬，用鼻子作一大呼吸，便和幽微的嘶聲一同，跳上了山坡。

幾秒鐘之後，木羅式加已如平飛的小鳥一般，在大麥中間馳走了。 他的頭上，吆喝紛飛着火和鉛的飛虫，馬背似乎騰過了深淵，大麥在牠的脚下低聲叫喊……

"躺下！……Tvoju matj……（一）"木羅式加叫着，將韁繩

木羅式加載去負傷的美諦克

註一：這句是俄國的罵人的話，意義未詳——譯者。

— 13 —

換在一邊，便用一側的拍車拚命地剌馬。

米式加不願意躺在鎗彈下，却在頭上流血的縶着白色繃帶的，被棄而在呻吟的人的周圍，用四條腿跳來跳去。

"躺下！……"木羅式加彷彿要用嚼子勒破馬的嘴唇一般，用憤怒了的嘎聲叫喊道。

米式加爲了喫緊，將發抖的膝頭一彎，伏在地上了。

"痛呵，阿啃，好痛呵！……"傳令使將他載在鞍上的時候，負傷者便呻吟起來。青年的臉是蒼白的，沒有鬍鬚，雖然塗着血，却見得頗有些漂亮。

"不要響，孱頭……"木羅式加沙聲說。

過了幾分時，他就放掉馬韁，用兩手扶定所載的人，繞着丘岡，走馬向那設着萊奪生的部隊的村落那面去了，

二

美諦克

其實,救來的漢子,從最初就爲木羅式加所討厭的。

木羅式加不喜歡有些漂亮的人。在他的生活的經驗上,那是輕浮的,全不中用的,不能相信的人物。不但這樣,負傷者從最初起,就將自己是不很有丈夫氣概的人這一件事曝露了。

"小白臉……" 將失了知覺的靑年,放在略勃支的小屋的牀上時,木羅式加喃喃地說。"只受了一點擦傷,這小子就已經頓綿綿了。"

木羅式加很想說些非常侮辱底的事,但他尋不出相當的話來。

"當然的,拖鼻涕娃娃……" 他終於用了不滿的聲音,嘮叨着。

"住口罷。" 萊奮生嚴厲地將他的話打斷了。"巴克拉諾夫!…… 到了夜裏,你應該帶這年靑人到病院去。"

負傷者縶上綳帶了。從上衣的旁邊的袋子裏,發見了一點錢,履歷證(那上面寫着他叫保惠爾・美諦克),一束信件和一個少女的照相。

大約二十多個什麽也不佩服的,被太陽曬得黑黑的,鬍子蓬鬆的男人們,挨次研究了淡色鬈髮的柔和的少女的臉。 於是照相就羞答答地回到原先的處所去了。 負傷者是失了神,顯着僵硬的沒有血色的嘴唇,死了似的將手放在毛毯上,躺着。

他沒有知道在昏暗的藍色的悶熱的傍晚,載在臬兀的貨車上,被運出了村子。 待到他覺得時,已經臥在乼牀上。 在水上蕩搖一般的最初的感覺,溶合在浮在頭上的星天的茫然的感覺中。 毛茸茸的沒有眼的昏暗,從四面逼來。 流來了針葉樹和闊葉樹葉的浸了酒精似的強烈的新鮮的氣息。

他對於這樣舒服地,小心地搬着他走的人們,感到了幽靜的感謝之念。 他想和他們說話,動一動嘴唇,但在什麽也還沒有說出的時候,又已失掉意識了。

第二回蘇醒時,天已經很明亮。 煙似的杉樹枝上,溶着明朗的悠閑的太陽。 美諦克躺在樹陰的旅行榻上。 右邊站一個身穿灰色的病人睡衣的瘦長而挺直的男人,左邊呢,是靜淑的,柔和的女人的形姿,彎腰在行榻的上面。 她那沈重的金紅色的辮髮,直拖到他的肩頭。

美諦克從這淑靜的形姿——她的大的霧一般的眼睛，柔頓的綣髮，還有溫暖的，帶點黑味的手，所首先感到的，——是一種憐憫之念。一種柔情，她將這一律施捨，及於一切，幾乎並無限制。

"我在那里？" 美諦克輕輕地問。

那長的，挺直的男人，更從上面什麽地方伸下骨出的堅硬的手來，按了他的脈：

"不要緊的……" 他靜靜地說，"華理亞，準備換繃帶罷，再去叫哈爾彙珂來……" 他默然片刻之後，不知道爲什麽，又添上去道："那麼，就立刻做完了。"

美諦克熬着疼痛，睜開眼來，望一望在說話的男人那一面。 他有着黃色的長臉，窪得很深的發光的眼睛，那眼睛冷冷地釘住負傷者，而有一隻忽然厭倦地映起來了。

將粗的紗布塞進乾了的傷口裏去的時候，痛得非常。 但美諦克是在自己身上，不斷地覺着溫和的女手的小心的接觸的，沒有叫喊。

"這就可以了，" 繃帶一完，長大的男人說。 "三個眞的洞，頭上沒有什麽——不過是擦傷。 過一個月，一定好的。 難道我不是式泰信斯基麼？" 他略略有了些元氣，將指頭動得比先前更快了，只有眼睛仍舊發着寂寞的光在看望，而右

— 17 —

眼————是單調地眏着。

　　人們洗過了美諦克。　他用肘支起身來,環顧了四近。

　　不相識的人們,在粗木材的小屋裏,做着些事情。　煙通裏騰起青煙來,屋頂上點滴着樹液。　黑嘴的大啄木鳥,在林邊專心致志地敲出聲音來。　拄了拐杖,身穿病院的睡衣的白髯的安靜的老翁,慈和地巡視着一切。

　　在老翁上面,小屋上面,美諦克上面,爲樹脂的氣味所籠罩,飄浮着泰茄的飽足的幽閑。

　　在大約三星期之前,將許可證藏在長靴裏,手鎗放在衣袋裏,從市街來到的時候,美諦克是模胡地推測,以爲人們是在等候他的。　他活潑地用口唒吹出市街的調子來;他的血液在血管裏奔騰,他熱望着鬥爭和活動。

　　礦山的人們————他先前僅從報章上面知道的————以活的形相,————穿着火藥的煙和英雄底的偉業所做成的衣服,在他面前出現了。　爲了好奇心,勇敢的想像,以及彷彿亮色綣髮的娃兒的苦而且甜的回憶,他膨張了起來……

　　她一定像先前一樣,每天早上和餅乾一同喝珈琲,將皮帶縛了綠紙包着的書本,去上學校的罷……

　　走到克理羅夫加的近旁時,從叢莽裏,用培爾丹鎗指着他，跳出幾個男人來。

"你什麼人？" 戴着水兵帽的一個長臉孔的青年問道。

"呵…… 是從鎮上保送來的……"

"證書呢？"

他只得脫了長靴，拿出許可證書來。

"沿……海區……委……員會……社會……革命黨……"水兵時時向美諮克射來刺蒺一般的眼光，一字一字地讀下去。

"哦……" 他拖長了聲音說。

忽然間，他滿臉通紅，抓住美諮克的衣領，用枯嘎的嚘嚘地響的聲音，叫喊起來：

"你這流氓，你這壞透的！ Tvoju matj, tvoju matj!"

"什麼？ 什麼？……"美諮克惶惑地說。"但那是從'急進派'(一)那里拿來的呵…… 請你讀完罷，同志！……"

"搜～～查！……"

幾分鐘之後，被打壞而解除了武裝的美諮克，便站在戴着尖頂的狸皮帽，有着看透一切的黑眼睛的漢子的面前了。

註一：十月革命時，社會革命黨（S. R.）大部分加入了反革命，但其中的一派"急進派"（Maximalist），則和布爾塞維克一同，與白軍爭戰——譯者。

"他們沒有看清楚……"美諦克亢奮地嗚咽着，吃吃地說。"那上面，是寫着——'急進派'的……請你自己看一看……"

"拿紙來我瞧。"

戴着狸皮帽子的人，將全副精神注在許可證書上，團得稀皺的紙，在他的如火的眼光下冒煙。 於是他將眼移向水兵那面去。

"昏蛋！……" 他粗暴地說，"你沒有看見寫着'急進派'麼？……"

"對，對了！"美諦克高興地大聲說。"我也早就說了的——是'急進派'！…… 那是完全兩樣的……"

"一說明白——我們可就白打了……"水兵感了幻滅似的，說。"古怪！"

從這一日起，美諦克便成了這部隊的同人的一員。

周圍的人們，和從他奔放的想像所造成的，是全不相同的人物。 他們很汚穢，粗野，殘酷，不客氣。 他們互偸彼此的子彈，因為一點小事，就用最下賤的話相罵，因為一片肥肉，便鬧出見血的紛爭。 他們又用所有的事，來揶揄美諦克，——笑他市上的短衫，笑他正確的發音，笑他不知道磨擦鎗械，甚至於還笑他用膳之際，喫不完一斤的麵包。

因此他們就並非書本上的人物，却是眞的活的人。

到如今，美諦克躺在密林中的寂靜的平地上，從新經驗了一切了。他煩惱這善良，朴素，然而誠實的感情，使他和部隊聯合起來。又由一種特別的病態的敏感，感到了他周圍的人們的愛和愁，以及睡着的密林的寂靜。

病院是設在兩條流水匯合的尖端。在啄木鳥鑿着的林邊，暗紅色的滿洲楓樹在柔和地私語。下面，在坡下，是包在銀色的野草裏的細流兩道，不倦地在歌吟。

病人和負傷者很稀少。重傷二名：是肚子上受了傷的蘇羌的襲擊隊員弗洛羅夫，還有美諦克。

每天早晨，將他們領出那氣悶的小屋的時候，美諦克那里，便跑來一個淡色鬍子的閒靜的老人畢加。他將一種古舊的，完全被人忘了的光景，描出來給他看：在崩頹的生滿莓苔的庵院近旁，不像這世間的幽靜裏，在湖側，在安羅特的岸邊，坐着一位頭戴圓帽，蕭閒的白髮老翁在釣魚。老翁上面是平靜的天空，在催倦的暑熱中，是沈寂的橄樹，平靜的，蘆葦茂密的湖。平和，夢，靜寂……

美諦克的魂靈所嚮往的，豈不是正是這夢麼？

畢加用了好像鄉下教士的唱歌那樣的聲音，講出兒子——紅軍之一的兒子的事來。

"是的…… 他囘到我這里來了。我呢，不消說，是坐在養蜂場裏的。　長久沒有見面了，大家接吻，那自然無須說得。但一看，他總有些輕浮的臉相……'阿爹,'他說,'我到赤塔去。——'那又是怎麼一囘事呢?……'——'阿爹,'他說,'捷克·斯羅伐克人到了那里了呀。'——'那麼，要和那捷克·斯羅伐克人怎樣呢?……留在這里罷；你瞧，不是很安穩麼，我說……'真的，說起我的養蜂場來，可眞像天堂一樣：白樺，你知道，還有菩提樹開着花，親愛的蜜蜂……嗡嗡……嗡嗡……"

畢加從頭上除下柔軟的黑帽子來，高興地搖着圓圈。

"但是，怎麼樣?……　他到底走掉了！　他不會留下……走掉了……現在是，科爾却克(一)們將我的養蜂場搗毀了，兒子也不見了……說這是——人生！……"

美諦克喜歡聽他的講說。　他愛那老人的單調的歌聲和從他的舒坦的心中所流露的態度。

然而他更喜歡"好心姊妹"(二)到來的時候。　她是爲野戰病院全體縫紉，洗濯的。　在她那里，人能感到對於人類的很大的愛，而對於美諦克，她却尤其顯着特別的柔順與溫情。創傷逐漸好起來，他也逐漸用了世俗的眼來看她了。　她的腰

註一：Koltchak，白軍的將領——譯者。

註二：謂看護婦——譯者。

微彎，顏色蒼白，她的手，以女人的手而論，是大到必要以上的。　然而她以特別的，穩確的腳步走路，她的聲音裏，常常含蓄着一些東西。

而且一遇到她並坐在行榻上，美諦克就不能靜臥了。（關於這事，他大約是決沒有告訴那亮色綣髮的姑娘的。）

"是輕浮的女人呵，那個華留哈！"有一囘，畢加對他說。"木羅式加，她的男人，就在部隊裏，她却還在兜兜搭搭……"

美諦克向老人用眼睛所指示的方向去一看。　那"姊妹"正在森林的空地上洗衣服，助醫哈爾肇珂，則浮躁地在她旁邊糾纏。　他時時彎腰向她這面去，說些什麼有趣的事。　她好幾次停下做事的手來，用了神祕的煙一般的眼睛，向他那面看。"輕浮"這句話，在美諦克裏面，是引起鋒利的好奇心來了。

"她爲什麼……這樣的呢？"他問畢加，並且竭力遮掩着自己的錯亂。

"鬼知道罷了，爲什麼她是那麼隨便的。　就是前面沒有準兒……不能說一個不字——就爲此……"

美諦克記起了"姊妹"給他的最初的印象，於是莫名其妙的寂寞，在他裏面蠢動了。

從那時起，他就更加留心地注視了她的行動。　其實，她和男人們——至少，和可以不靠別人幫助的男人們，是"在一處"得太多了。 但在病院裏，確也沒有一個另外的女人。

一天早晨，換了繃帶之後，她整理美諦克的行裝，比平時更長久。

"在我這里坐一坐罷……"他紅着臉，說。

許多工夫，她釘定他看——恰如那一天，一面洗東西，一面凝視着哈爾彗珂的一樣。

"你瞧……"她帶着幾分驚疑，不自覺地說。

但是，枕頭一放好，她就和他並排坐下了。

"哈爾彗珂可中你的意呢？" 美諦克問。

她似乎沒有聽到質問——並且用了大的煙一般的眼睛，看定了美諦克，憑自己的意思囘答道：

"還這麼年青……"於是好像覺到了："哈爾彗珂？……唔，不壞呀。 你們都一樣的——很多。"

美諦克將手伸到枕頭下面去，拿出包着報紙的小小的一束來。 從褪色的照片上，一個熟識的少女的臉，向着他凝視。但在他，已經不見得是先前一般可愛了，——那總好像是用了並不親熱的，做作出來的歡欣，在對他凝視，而且——美諦克雖然怕敢自白這件事——爲什麼先前竟那麼常常想到她的呢，他也覺得詫異起來。 他將亮色捲髮的少女的肖像，送到

"姊妹"面前去時,為什麼要送過去,該不該送過去,是自己沒有明白的。

華理亞看護負傷的美諦克

"姊妹"先是接近地,後來是較遠地伸開手去望照相。但忽然叫了一聲,掉下照片,從楊上跳了起來,慌忙向後囘顧了。

"好一個出色的婊子呀!" 從樹陰裏,出了誰的嘲笑的,發沙的聲音。

美諦克向那邊斜睨過去，就看見一個格外熟識的臉，不馴服的暗紅色的前髮，掛在帽下面，而且有着嘲笑的，綠褐色的眼，這和前一回的，是兩樣的神情。

"唔，你嚇了一跳？"發沙的聲音平靜地接着說。"我並不是說你呵——倒是說照相……我雖然換了許多女人了，却不曾有過那樣的照相。恐怕什麼時候你會送我一張的罷？……"

華理亞定了神，笑起來了。

"哪，我真給嚇了一跳……" 她說，並且似乎變了和平日不同的唱歌似的婦人的聲音了。"你從那里跳出來的呀，你這粗毛鬼？……" 於是向着美諦克這面："這是木羅式加，我的男人。 他總喜歡鬧些什麼花樣的……"

"我知道這人的…… 有一點。"傳令使在"有一點"這字上，添上了嘲笑底的音節，說。

美諦克爲了羞和恨，沒有話說，躺着像一個打得稀爛的人。 華理亞已經忘記了照相，和男人說着話，用脚將牠踏住了。 美諦克正在慚愧，也不敢叫她拾起照相來。

待到他們到密林裏去了的時候，他因爲腿痛，咬着牙齒，自去拾起那汙了泥士的照相，並且將這撕得粉碎了。

三
用　　嗅　　覺(一)

木羅式加和華理亞傍晚囘來了，彼此不相顧盼，疲勞而且乏力。

木羅式加來到森林的空地上，將兩個指頭塞在嘴裏，像強盜一般，尖利地吹了三下。 恰如在童話裏那樣，從林中跑出一匹長毫的，蹄聲響亮的馬來時，美諦克就記起在什麼地方見過這人和馬來了，

"米赫留式加(二)……　狗養的……　等久了罷？……"傳令使愛撫地低聲說。

經過美諦克的旁邊，他射了他一眼，帶着譏刺的微笑。

於是直下斜坡，走進峽谷的叢綠之處，這時木羅式加又記起美諦克的事來了。"爲什麼就是那樣的東西跑到我們這里

註一：這是指哺乳動物所特有的靈敏的嗅覺而言,英文本譯作"第六感覺"——譯者。

註二：米式加的愛稱——譯者。

來的呢？" 他懷着憎惡和疑惑，自己想。——"我們開手的時候，誰也不來，現在在成功了的當兒，他却跑來了。"…… 在他，便覺得美諦克真是"在成功了的當兒，"跑了進來似的，——但在實際上，前面却橫着艱難的十字架的道路。"這樣的廢物跑了來，做些屑頭的事，無聊的事，却教我們去弄好……但是，我的老婆這賤貨，究竟看中了小子的什麼地方呀？"

他又覺得生活麻煩起來，舊的蘇乞的路，已經走不通，人要給自己另尋新路了。

沈在比平時更不愉快的深思中的木羅式加，竟沒有覺得已經騎到了谿谷。 這處所——是在甜香的蓼草裏，在捲毛的苜蓿裏，響動着大鐮刀——人們將自己耗在艱難的工作的日子裏。 人們都有苜蓿般捲縮的鬍子，穿着長到膝髁的小衫。他們邁開整齊的，彎曲的腿，踏着割過的地方向前走，野草便馥郁地，無力地，倒在他們的脚下了。

見了武裝的騎馬的人，大家便慢慢地停下作工的手來，將疲於工作的手遮在前額上，向後影望了許多時。

"簡值像蠟燭一樣！……" 當木羅式加將身子在踏鐙上站直，而將那站值的身子，撲向前方，恰如蠟燭的火燄一般，微微動搖，用穩穩的快步，跑了過去的時候，他們讚歎着他的風采，說。

彎曲着的河的那邊，是村會議長訶馬・略勃支的瓜田，木羅式加將馬勒住了。 在田裏，是荒蕪的，到處沒有主人的用心的照管。（當主人專心於社會底的工作的時候，瓜田上滿生野草，父祖的小屋是顧不到了，大肚子的甜瓜，好容易總算在芬芳的苦蓬叢中成熟，而嚇鴉草人則宛如瀕死的鳥兒一般。）

偸兒似的環顧了周圍，木羅式加便使馬向歪斜的小屋那邊去。 他小心地向裏面窺探。 沒有一個人。 那裏面，只散亂着些破布，鏽鐮刀的斷片，胡瓜和甜瓜的乾了的皮。 解開袋子，木羅式加跳下馬，於是伏身靠地，在地面上爬過去。熱病一般地拗斷瓜藤，將甜瓜塞在袋子裏，有幾個是用膝蓋抵斷，就在那地方喫掉了。

米式加掉着尾巴，用狡獪的，懂得一切似的眼，眺望着主人。 忽然聽到了索索的聲音，便豎起多毛的耳朶，慌忙將毛髮蓬鬆的頭轉到河那邊去了。 從柳陰裏，岸上走出一個身穿麻布褲，頭戴灰色氈帽，長鬚闊背的老人來。 他手上沈重地提着一把顫動的魚網，網裏面是平鰓的青魚在垂死的苦痛中掙扎。 在麻布褲上，壯健的裸露的腳上，染着些從魚鱗流出，被冷水沖淡了的血腥。

一看見訶馬・愛戈羅微支・略勃支的高大的形相，米式加就知道他是栗殼色的大屁股的牝馬——牠隔着板壁一同住,在一個馬房一同喫;而且牠常常苦於對她的慾情的那牝馬的主人了。 於是牠歡迎似的豎起耳朵,仰了頭,懇懃地,而且高興地嘶鳴了起來。

木羅式加嚇了一大跳,就是半彎的姿勢,用兩手按住袋子,僵掉了。

"你……你……在這里幹什麽呀?……" 略勃支用了很嚴厲和痛苦的眼光,向木羅式加一瞥,發出帶着受氣和發抖的聲音,說。 他沒有從手裏放下那抖得很利害的魚網來。 而那些魚,則仿彿沸騰的不可以言語形容時候的心臟一樣,在腳邊亂跳。

木羅式加抛了袋子,膽怯地垂着頭,跑到馬那邊去。 一跨上鞍,他就想,應該取出甜瓜,拿了袋子來,不給留下證據的。 但也很明白,沒有這個也橫豎都是一樣的了,便用拍車將馬一刺,開了揚塵的發瘋般的快步,順着路跑掉了。

"哪,等着罷,卽刻懲辦你——自然要辦的!…… 自然要辦的!……" 略勃支只是連喊着這句話;他也總不能相信,一個月來,像自己的兒子一般給了衣,給了食的人,却會在那主人爲了給社會服務而荒掉田地的時候,來偷那田地裏的東西的。

略勃支家中的小園裏,樹陰下放着一張圓桌,那上面攤開着裱過的地圖,萊奮生正在詢問剛纔囘來的斥候。

那斥候――穿着農人的短襖和草鞋――是剛到過日本軍的陣地的中心來的。 他的曬黃的圓臉,因了幸而脫險的高興的亢奮,還在發光。

據斥候的話,則日本軍的本部,設在雅各武萊夫加。 兩個中隊,是從卜斯克‧普理摩爾斯克向着山達戈進展,但在斯伐庚斯克的鐵路支線那里,却全不見日本軍的蹤影,從夏巴諾夫斯基‧克柳區起,斥候是和夏勒圖巴的部隊的兩個武裝的襲擊隊員,一同坐了火車來的。

"那麽,夏勒圖巴退到那里去了呢?"

"在高麗人的農場裏……"

斥候想在地圖上尋出那地方來,然而並不是容易事,他怕敢露出自己的無學,便用指頭亂點了什麽一處鄰境。

"在克理羅夫加,受損得很利害,"他哼着鼻子,活潑地說下去。"現在是,大半的人們,都散在各處的村子裏,夏勒圖巴是躲在高麗人的冬舍裏面,喫刁彌沙(一)哩。 聽說酒喝得

註一:用玉蜀黍煑成的粥,一說是中國的一種小米,未詳――譯者。

— 31 —

很凶，全不行了。"

莱奮生將這新的報告，和昨天由陀畢辛的酒精私販子斯替爾克沙傳來的報告，以及從市鎮上送來的報告，比較了一下，於是不知怎地感到了不利的前徵。對於這樣的事，莱奮生是有特別的感覺的——蝙蝠所稟的第六感。

到司派斯科去的協同組合的委員長，兩星期沒有回家來；幾個山達戈的農夫，忽然記得起家鄉來，前天從部隊逃走；而且和部隊同是向着烏蟠爾加前進的跛脚的馬賊李福，不知道為什麼忽而向撫順河的上流那面轉了彎，走掉了，——在這些事情上，感到了不利的前徵，

莱奮生從頭到尾問了一回斥候。細細地研究着地圖。他堅忍執拗得怕人，恰如泰茄的老狼，雖然幾乎沒有牙齒了，而仗着許多代的優勝的智慧，還能夠率領全羣，跟着牠走動。

"那麼，什麼特別的事……沒有覺到麼？"

斥候不懂得那意思，惘惘然看他。

"什麼也沒有嗅出來，什麼也沒有嗅出來！……"莱奮生攢聚了三個指頭，急忙送到鼻子下面去，說明道。

"不，什麼也沒有嗅出來……只是這樣……"斥候認錯似的回答說。"我是什麼——是一隻狗，還是什麼呀？"——他懊惱地想，他的臉就突然發紅，帶諧，宛如山達戈市場的賣魚

女人的臉一般了。

"好了,去罷……"萊奮生揮手,從他後面,冷嘲底地睞一睞那深淵似的碧綠的眼睛。

獨自一個,他沈思着,在小園裏徘徊。 站在蘋果樹旁,許多工夫他注視着大頭的沙土色的甲蟲,在樹皮裏做些什麽事,但突然,沒來由地到了這樣的結論了——倘不卽加準備,部隊是就要全滅的。

在柵門那里,萊奮生撞見了略勃支和自己的副手巴克拉諾夫,——他是一個强壯的有了十九歲的青年,身穿青灰色的軍裝外套,帶上有一把常不收好的短劍。

"將木羅式加怎麼辦呢?……" 眉頭打着緊結,從那下面的熱烈的黑眼裏閃出憤怒來,他就在那地方叫喊。"他偸了略勃支的瓜了……請你聽罷……"

他向隊長和略勃支點頭,伸出兩臂,像給他們紹介一般。萊奮生久沒有看見他的副手有這樣地亢奮了。

"但是,不要嚷罷。" 他平靜地,並且勸諭地說:"嚷是沒有意思的。 到底爲了什麼事呀?……"

略勃支用了發抖的手,交出那晦氣的袋子來。

"他把我的田地的一半都糟掉了,同志隊長,眞的! 沒有工夫到那里去,——許多日子之後,我終於去扳綱了,——我

——從柳樹叢裏鑽出……"

　　他於是說出自己的各種不幸來,尤其特別申明的,是自己在為了大衆的幸福做事,因此農事那一面便只好疏忽了。

　　"家裏的女人們,你該是知道的,不像別家那樣,去做田裏的事,却在割草的。簡直像犯人一樣……"

　　萊奮生注意地忍耐地聽完了他的話,便叫木羅式加來。這人進來了,將帽子靠後腦戴得隨隨便便地,並且帶着明知道是自己的不好,但以準備說了謊,來辯護到底的人的傲慢的表情。

　　"這是你的袋子?"　　隊長要將木羅式加吸進自己的永不昏暗的眼珠裏去似的,問。

　　"我的呀……"

　　"巴克拉諾夫,拿下他的'斯密斯'(一)來……"

　　"你什麼意思,拿下?……不是你給了我的麼?……"木羅式加跳到旁邊,解開了手鎗的皮匣的扣子。

　　"不要發昏罷,不要……"　　眉間的結打得更緊了,巴克拉諾夫用了粗暴的聲音,但忍耐着,說。

　　被解除了武裝的木羅式加,立刻溫和起來了:

　　註一:一種手鎗的名目——譯者。

"究竟說我拿了多少那里的瓜呀？……　況且，訶馬·愛戈羅微支，你可知道你在幹什麼事，這實在是不值得說的……眞是！"

略勃支等候着似的低了頭，扭着帶泥的赤脚的趾頭。

因爲要審議這木羅式加的行爲，萊奮生便發命令，於傍晚召集村民大會，部隊也去參加。

"得給大家知道……"

"約瑟夫·亞伯拉彌支……"木羅式加用了茫然的，暗淡的聲音，說。"部隊呢——不要緊……　那是沒有什麼的：但爲什麼要通知鄉下人呢？"

"喂，朋友，"萊奮生不理木羅式加，向着略勃支那邊，說。"我和你說句話……　單是兩個。"

他拉了委員長的臂膊，引到一邊，託他在兩天之內，收集了村中的麥子，做十普特(一)硬麵包。

"不過誰也不要給知道呀——爲了誰，爲了什麼，要硬麵包的……"

木羅式加知道談話巳經完畢，失望地鑽進衛兵所去了。

萊奮生和巴克拉諾夫兩個人還留着，命他從明天起，給馬

註一：四十磅爲一普特（Pud）——譯者。

加添些燕麥的成數。

"到經理部長那里去說去,要竭力放得多。"

四

孤 獨

木羅式加的到來，將美諡克在單調的平和的病院生活的影響之下，在內部產生了的心的平和破壞了。

"爲什麼他那麼輕蔑地看我的呢？" 傳令使一去，美諡克想。"卽使他是將我從火裏面救出來的，這就給了嘲笑我的權利麼？ 況且，全體，最要緊的…… 是全體的人們……" 他望着自己的細瘦的指頭和縛在牀墊下面的副木上的腿。而且按在心中的舊日的憤恨，以新的力量燃燒起來了。 他的魂靈，像負傷的野獸一般，在不安和痛楚中戰慄。

自從那個生着薊草似的有刺的眼的長臉的青年，挾着敵意力抓了他的衣領的時候以來，人們就都用嘲笑來對付美諡克。 誰也不幫助他，誰也不同情於他的寃枉。 雖在如睡的寂靜，呼吸着愛與平和的這病院裏，人們也只是因爲義務，所以愛撫他的。 而在美諡克，所最痛苦，最哀傷者，是當他的血滴在那大麥田裏以後，覺得自己是孤獨的人了。

他慕畢加。 但老人是鋪着睡衣，將柔軟的帽子當作枕頭,在林邊的樹下呼呼地睡着。 從圓的,發光的禿處,後光似的,透明的銀色的頭髮,向四面散開。 兩個伙伴——有一個一隻手縛着繃帶,一個是跛脚的——從林子裏出來了。 一到老人那里,就站住,狡獪地互使着眼色。 跛子就去尋出一枝乾草來,於是好像自己想要打嚏一般,動着鼻子,揚着眉毛,用草去探畢加的鼻孔。 畢加懶洋洋地絮叨着,動着鼻子,用手來拂除了兩三回,但到底給大家滿足,竟打了一個大嚏。 兩個人都失了笑,低彎着腰,恰如鬧了惡作劇的孩子一般,回顧着,逃到小屋那邊去了,——有一個小心地曲着臂膊,別一個是偸兒似的蟹着脚。

"喂,你這掘墳的幫手!" 第一個漢子看見哈爾寨珂在堡土上,坐在華理亞的旁邊,便叫了起來。"你爲什麼摟着我們的女人的?…… 來,來,也給我摟一下罷……" 他就在那里並排坐下,用那沒病的手,抱住"姊妹",一面發出貓打呼盧聲,說,"我們喜歡你呢——因爲你是我們中間獨一無二的女人呀,但是,趕走這骯髒的小子罷,趕他到魔鬼那里去,趕掉這狗養的……!" 他還是用那一隻手,竭力要推開哈爾寨珂,但助醫却從一面緊靠住華理亞,咬緊了被"滿洲爾加"(一)所染黃了的

註一: Manzhurka,一種價錢很便宜的烟草——譯者。

整齊的牙齒。

"但是我釘在那里總是呢？" 跛子可憐地用鼻聲說。"究竟是怎麼一回事呀，正義在那里呵，誰看重着傷兵呢，——你們究竟是在怎麼想的，同志們，親愛的諸君？……" 他眨着涇潤的眼臉，將手亂揮，彈鏡裝置一般飛快地說。

他的對手想不給他走近，踢着脚，像在嚇他；助醫悄悄地將手伸進華理亞的衣服下面去，用大聲不自然地笑了。她並不推開哈爾彙珂的手，只是溫和地疲乏了似的在看他們。但忽而感到美諦克的惶惑的視線，她便跳了起來，慌忙整好上衣，臉上紅得像芍藥一般了。

"你們簡直像蒼蠅跟蜜一樣，只是釘，你們這班雄狗！……" 她粗野地突然說，低垂了頭，跑進小屋裏去了。門間夾住了衣角，她惱怒地拉出，再儘力關上門，連破縫裏的苦蘚也落了下來。

"哪，了不得的姊妹呵！" 像唱歌一樣，跛子說。於是好像嗅了鼻煙似的，蹙着臉，靜靜地，微微地，討厭地笑起來了。

從楓樹下的行榻上，從疊了四張的高高的墊被上，將給病痛磨瘦了的黃色的臉向着空中，冷淡地，嚴峻地，負了傷的襲擊隊員弗洛羅夫在凝眺。他的眼，就如死人的眼一般，昏暗，空虛。弗洛羅夫的傷，是沒有希望的了；而他自己，從臟腑痙擊得痛到要死，開始在他自己的眼中，凝眺了空虛的廣大的天空的那時以來，也已經明白。 美諦克在自己身上，感到他的不移的視線，便發起抖來，嚇得將眼睛看了別處。

"大家……在鬧……" 弗洛羅夫沙聲說，勳勳手指，——好像在通知誰，自己還是活着似的。

美諦克裝作沒有聽見。

連到了弗洛羅夫早已忘却他了之後，他還是久不敢向他那面看，——池彷彿覺得這負傷者總含着骨瘦如柴的微笑，還在對他凝視似的。

從小屋裏面，在門口拙笨地彎着身子，走出醫生式泰信斯基來。 他一走出，便如折疊小刀一樣，伸直了身子，於是他出門的時候，怎麼能夠彎轉的呢，便令人覺得奇怪了。 他大踏步走近大家來，而且因為忘記了為什麼，便映着一隻眼，愕然站住了……

"熱……" 他終於彎了臂膊，倒塵着剪短的頭髮，懸空地說。 他原是要來說，將不能同時給大家做母，且又做妻的人，這樣地加以窘迫，是不行的。

"躺着，悶氣罷?" 他走近美諦克去，將乾癟的熱的手掌按在他的額上，問道。

他的突如的懇切，動了美諦克的心，恰如堅硬的球在咽喉裏忽然温暖地柔輭地消釋了：

"我是――不…… 因為復了原就出去的。" 美諦克微微顫抖地說，"但是，你怎樣？…… 長久住在森林裏。"

"但是，倘若這是必要的呢？……"

"什麼是必要的呢？"

"我住在森林裏的事呵……" 式泰信斯基拿開手，而且這纔用了人間底的好奇心，以那發光的黑眼睛，認眞地來注視美諦克的眼。 那眼睛顯得遼遠而且凄涼，正如將對於每當長夜，在煙氣蓬勃的希霍台・亞理尼連峯的篝火旁，嚼着密林的孤獨的人的說不出的神往，吸了進去一樣。

"我知道的。" 美諦克寂寞地說，也親暱地，寂寞地微笑了。

"但不能宿在村裏麼？…… 我的意思是，自然不只你一個，"他趕忙堵住了意外的疑問，道，"是全個病院。"

"在這里，危險少呵…… 你是從那里來的呀？"

"從鎮上來的。"

"很久以前？"

"是的，已經一個多月了。"

"可認識克拉什理曼麼？" 式泰信斯基驟然活潑起來了。

"是的，認識一點……"

"那麼，他在那里現在怎樣？　還有，你另外認識誰呢？"醫生更劇烈地映着一隻眼；於是忽然之間，好像有誰從後面推了他的膝彎一般，坐在樹椿上面了。　他總是尋不出適宜的位置來，將臀部在樹椿上移動。

　"認識洪息加，藹孚列摩夫……"美諡克數了出來，"古略耶夫，茀連開勒。　不是那戴眼鏡的一個――那是不認識的，但這別一個，是小個子……"

　"那豈不是全是'急進派'的人們麼！"　式泰信斯基喫驚似的說。"你怎麼會認識那些人們的呢？"

　"因為我和那些人們相處很久的……"　美諡克不知道為什麼，惴惴然含胡地低聲說。

　"這，這……"式泰信斯基好像要說話了，但沒有說出來。

　"談得很好。"　他用了總是毫不親熱的聲音，冷淡地說着，站起身來。"總之……　好好地保養罷……"　他並不看着美諡克，接着說。　於是宛如怕給叫了囘去似的，趕緊向小屋那面走去了。

　"還認識華秀丁……"　想要拉住什麼一般，美諡克從後面叫道。

　"哦……哦……"　式泰信斯基略略囘頭，連聲答應，然而走得更快了。

美諦克知道有什麼不合他的意了——他就縮了身子，滿臉通紅。

忽然，這一個月裏的一切經驗，一下子都奔到他上面來，——他想再拉住一點什麼東西，然而已經不能夠。他的嘴唇發抖了，他想熬住眼淚，趕緊映着眼，但終於熬不住，很多很快地湧了出來，流下他的臉。他像忍苦的孩子一樣，用被布蓋在頭上，低低地哭了起來。——竭力不發抖，不出聲，免得給別人覺得他不中用。

他絕望地哭了許多時，而他的思想，也眼淚一般地鹹而苦。後來漸漸平靜了，他也還這樣地蒙了頭，不動地躺着。華理亞近前了好幾回。他很知道她那穩實的脚步聲，——恰如"姊妹"的負着義務，要推了裝滿東西的手車，直到死的瞬息間一般地。她暫時停在榻旁，好像難於决心模樣，但她就又走掉了。畢加也跛着脚走了過來。

"你在睡覺麼？"他謹慎而柔和地問。

美諦克裝作睡着模樣。畢加等了一會。聽得在被布上，唱着黃昏時候的飛蚊。

"那麼，睡罷……"

一到昏暗，又有兩個人走近來了——華理亞和別的一個誰。他們小心地抬起行榻，運進小屋裏面去。那裏面是潮溼,薰蒸。

"去——去…… 到弗洛羅大那里去…… 我就來,"華理亞對那一個人說。

她站在榻旁幾秒時,於是小心地從頭上揭開被布來,一面問道:

"你怎麽了,保盧沙?…… 不舒服麽?……"

這是她第一次稱他爲保盧沙了。(一)

美諦克在暗中看不清她的臉,但覺得在小屋裏,和她的存在--共只有他們這兩個人。

"很不舒服……" 他陰鬱地,靜靜地說。

"腿痛麽?……"

"不,只是……"

她忽然彎下身子,將大的柔軟的胸脯緊帖着他,在嘴唇上接吻了。

註一:保惠爾的愛稱——譯者。

— 44 —

五

農　民

　　想證實自己的推測,萊奮生比定刻還早, 就到集會去;爲了混進農民們裏,聽聽有什麼特別的風聞。

　　集會是開在小學校裏的。 人們還到得很有限——從田地裏回來得早的幾個,在階上講廢話。 從開着的門口,望見略勃支在忙着收拾那生鏽的洋燈。

　　"約瑟夫・亞伯拉彌支,"農民招呼着萊奮生,於是一個一個, 恭敬地向他伸出黑的, 因爲做工而成了木頭似的手來。他一個一個拉了手,謹愼地坐在一級階段上。

　　河的對面,村姑們齊聲唱着歌;有些乾草,潮溼的塵埃,篝火的煙的氣味。 從渡頭, 傳來着疲馬的蹄聲。 農民的勞倦了的日子,在溫暖的暮靄中,滿載乾草的車輪聲中,喫飽了而還未搾乳的母牛的拖長的鳴聲中消去了。

　　"好像並不多呀。" 略勃支走到門口來,說。"今天是不會多來的,因爲有許多人就都在割草的地方過夜……"

　　"爲什麼在工作日開起什麼會來了？ 還是出了什麼要緊

事情了呢？"

"唔，出了一點事……" 議長微微躊躕着，承認說。"他們一伙裏，有一個幹了壞事了，——就是住在我那里的。那原也算不得什麼事，並不大，可是弄得非常麻煩起來了！" 他沒法似的，看一看萊奮生這邊，便不說話。

"如果是算不得什麼的事，先就不應該召集我們呀！……" 農民們統統嚷了起來。"在種田人，現在是，就是一個鐘頭，也是要緊的時光呵。"

萊奮生解釋了一番。 他們便鬧鬧嚷嚷地攤出農民式的哀訴來，——那是大抵關於割草和商品的缺少的。

"約瑟夫·亞伯拉彌支，你自己到割草地方去，看看大家用什麼東西在割草纔是。 好好的鐮刀，就是敷衍門面的也沒有呵，——都是修補過的。 這簡直不是工作，是受苦呀。"

"前天，綏蒙將很好的一把弄壞了！ 給這小子，應該比誰都早些——因為是愛做事的農夫呀，割起草來，簡直像機器一般發響…… 正割着——碰着了沙鼠窠…… 倘你聽到這樣的響，你會看見火星…… 現在是，無論怎麼修，總趕不上原樣了。"

"那是一把很出色的鐮刀！……"

"我的家裏的那些人怎樣？……" 略勃支沈思地說。"還順手麼？ 因爲今年草是眞多呵！ 到禮拜日爲止，能夠割掉夏天的一塊，就好。 這戰爭,眞是了不得的喫虧呵。"

從黑暗中，幾個穿着長的骯髒的小衫的新的人影,出現在顫動的光條裏面了。 有的拿着包裹，——是作工之後，順脚到了這里的。 他們和他們自己一同，帶來了嚷嚷的農夫的語聲,和柏油,汗,新鮮的割倒的草的氣味。

"上帝保佑你家……"

"哈——哈——哈!…… 伊凡麼?…… 來,到亮地方,給我看看你那狗臉,——哪,很給土蜂叮了罷? 我看見的,你怎樣屁股一擺一擺的在逃走……"

"你這猪狗爲什麼在我的地上割草的?"

"怎麼在你的地上? 不要說昏話!…… 我是一絲不差,看定地界來割的。 我不要別人的東西——自己的儘夠了。"

"人知道的……自己的儘夠了! 你家的猪,不是趕一回,趕一回,總還是鑽進田裏來麼?…… 就要在我的田裏生小猪了…… 哦,自己的儘夠! 人知道的……"

不知是誰,有着一隻眼睛在暗中發閃的,彎腰的茁實的男人,站出在羣衆之上,說起話來了:

"三天以前，日本人到了山達戈哩。 是秋圭斯克的人們說的。 到來佔領了學校——立刻就是女人:'露烏西亞姑娘',

露烏西亞姑娘……　嘶,嘶,嘶。"　呸,鬼,Tvoju matj,上帝寬恕我……"他將臂膊用力一揮,憤憤地砍斷似的住了口。

"他們也要到我們這里來的,那一定……"

"怎麼會有這樣的災殃的呵?"

"百姓全沒有靜一靜的工夫……"

"況且什麼都是百姓受損,什麼都是百姓當災!　那一邊都隨便,快點有一個定局就好……"

"就是這呀,兩邊可都不成的。　往前走是棺材,向後走是墳墓——都一樣的!"

萊奮生默默地聽着,沒有插嘴。　人們將他忘掉了。　他,看起來,是一個矮小的並不出色的男子——全體好像是從帽子和紅鬍鬚,還有高過膝蓋的毛皮的長靴所造成的一般。　然而傾聽着雜亂的農民們的話,萊奮生却從中聽出只有他知道的不安的調子來了。"我們要被人打敗的……一定……"他卽刻想,而且跟着這思想,還生出了別的——實際底的清清楚楚的分明的思想來:"至遲明天,應該寫信給式泰信斯基,教他將負傷者藏起來,隨便那里都可以……　暫時之間,要躱掉,好像並沒有我們一樣……　還有,應該將衛兵增添……"

"巴克拉諾夫!"　他叫副手道。"來這里下……因爲這樣……近一些坐下罷。　我想,柵門口一個衛兵是不夠的。

還應該派騎兵的巡察到克理羅夫加去……　尤其是夜裏……我們已經太不小心了……

"出了什麼事麼？"　巴克拉諾夫愕然。"有了什麼危險麼？　還是，什麼呢？……"　他將那剃光的頭，向着萊奮生那邊，而他的韃靼人一般的眼梢揚起的細長的眼，則很注意地，探索地在疑視。

"戰爭是，親愛的朋友，常常有危險的。"　萊奮生溫和地，然而冷嘲地說。"戰爭是，我的好友，和在乾草小屋裏和瑪盧沙睡覺，是不同的呀……"　他忽然噴出有力的愉快的笑來，向巴克拉諾夫的脅肋抓了一下。

"你瞧，這樣的滑頭……"巴克拉諾夫回答說，揑住萊奮生的手，立刻變了愛鬧的，善良的，活潑的青年了。

"不要嚷，不要嚷，──沒法逃脫的！……"　他將萊奮生的手扭在背後，於不知不覺間一直將他推到門口的柱子上，溫和地在齒縫裏低聲說。

"去罷，去罷！──那邊瑪盧沙在叫你哩……"　萊奮生笑道。"喂，放手罷，你這小鬼！……　在會場上，這可不行……"

"正因爲在會場上，是你的運氣，要不然，我簡直教你知道……"

"去罷，去罷，那邊瑪盧沙是……　去罷！"

"我想，衞兵一個人不就很夠了？" 巴克拉諾夫站起身來，一面問。

萊奮生微笑着，目送他的後影。

"你的副手實在是好傢伙呵。" 一個人說。"旣不喝酒，也不抽烟。 況且第一是年青呀。 大前天到小屋子裏來借馬軛⋯⋯ 我說，'哪，可要喝一杯加了辣料的東西呢？''不，'他說，'我不喝。''如果你要給我喫什麽東西，'他說，'就給一點牛乳罷――牛乳，'他說，'那實在是很喜歡的。' 後來他喝了，你知道，就像小孩子一樣――在大鉢子裏，加了一小片的麵包⋯⋯ 一個好小子，不會錯的！⋯⋯"

在羣衆之中，閃着鎗口，漸漸看見襲擊隊的踪影了。 他們照着定刻，親睦地聚到集會來。 最後來的是礦工，謠麈菲・圖蟠夫走在前面，他是蘇羌的高大，強壯的選礦手，現在做了小隊長了。 他們成了親密的集團，並不分散，擠進羣集裏面去。 只有木羅式加顯着陰鬱的臉相，坐在離開一點的壁前的橙子上。

"阿，阿⋯⋯你也在這里？" 見了萊奮生，圖蟠夫高興地叫道，――彷彿和他多年不見，而在這里相遇，是出乎意料之外似的。"在那邊，我們的朋友幹出什麽來了罷？" 他將那大的烏黑的手，伸向萊奮生去，一面銅一般沈重地問。

"我們應當教訓他,教他一課……給別人看看榜樣的!"他沒有聽完萊奮生的說明,便又怒吼起來。

"對這木羅式加,是早該留心的了,——丟部隊全體的臉。"頭戴學生帽,脚穿擦亮長靴,叫作企什的聲音甜膩膩的青年,插嘴說。

"沒有請教你呀!"圖鱕夫頭也不囘,打斷了話。

那青年受了恨,咬着嘴唇,儼然地又想囘嘴,一看見萊奮生的冷嘲的眼光,射在自己身上,便躱到拏集裏去了。

"你看見了這傢伙了罷?"小隊長陰鬱地說。"你為什麽留他在這里的呢?人說,他自己就因為偸東西,給專門學校斥退的。"

"不要相信那些風聞,"萊奮生指教地說。

"你們站在外面多麽長久呵!……"沒法似的擺着手,略勃支從門口叫喊道,好像他萬不料因為他那滿生野草的田地,竟會聚起那麽多的人們來一樣。"就開起來,可好呢——同志隊長?……還是我們老是纏着,直到公雞叫呢?……

六

礦山的人們

因為煙氣，屋子裏就青蒼，悶熱了起來。 櫈子不夠了。農夫和襲擊隊員們夾雜着，塞滿了通路，擠在門口，就在萊奮生的頸子後面呼吸。

"開手罷，約瑟夫·亞伯拉彌支，"略勃支不滿意似的說。他對於自己和隊長，都不以為然。——所有的事情，到了現在，已經都好像完全無聊而且麻煩了。

木羅式加擠進門口，顯着陰鬱而獰惡的臉，和圖蟠夫並排站下。

萊奮生特地鄭重說明，倘若他不以為這案件和農夫以及襲擊隊兩面有關，倘若隊裏面沒有許多本地人，他是決不使農人們放下工作的。

"照大家判定的辦就是了。" 他學着農夫的緩慢的調子，沈重地收了梢。 他慢慢地坐在櫈子上，向後一轉，便忽然成了渺小的並不惹眼的人，——將集會留在暗地裏，使他們自己來議事，他却燈心似的消掉了。

起初有許多人同時說話，雜亂無章，不得要領，後來又有人隨聲附和，集會立刻熱鬧起來了。 好幾分鐘中，竟不能聽清一句話。 發言的大抵是農人，襲擊隊員們只是沈靜地默默地在等候。

"這也不對，"夏苔一般的白頭髮，總是不平的遏斯泰菲老頭子嚴峻地大聲說。"先前呢，米古拉式加(一)的時候呢，做出這等事來的小子，是在村子裏打着遊街示衆的。 偸的東西掛在頸子上，敲着鍋子，帶着走的！……" 他彷彿學校裏的校長那樣，搖着他乾枯了的手指，好像在嚇誰。

"不要再給我們來講你的米古拉式加了罷！……"曲背的獨隻眼的——講過日本人的那人大聲說。 他常常想擺手，但地方狹，他因此更加發狠了。"你總是你的米古拉式加！……時候過去了哩！…… 請了請了哩，再也不會囘來的了！……"

"是米古拉式加也好，不是米古拉式加也好，做出這樣的事來，總之是不好的。"——老頭子很不屈服。"就是這樣種作着，在養活大家的。 不過來養偸兒，我們却不必。"

"誰說要養偸兒呀？ 偸兒的幫手，是誰也不來做的。 說起偸兒來，你倒說不定正養着哩！" 獨眼的男人隱射着十年

註一：尼古拉的愛爾，這里是指最末的皇帝尼古拉二世——譯者。

前逃到不知那里去了的老頭子的兒子，說。"這里是要兩樣的天秤的！　這小伙子，已經戰鬥了六年，——爲什麼嘗了個瓜就不行了？……"

"但是爲什麼要偸呢？……"　一個人詫異地說。"我的上帝，這算什麼大不了的事……　他只要到我們這里來，我就給他裝滿一口袋。　有有，拿罷，——我們又不是餵牲口，給一個好人，有什麼不情願的！……"

在農民的聲音中，並不含有憤懣。　多數的人們，於這一件事是一致的，——舊的規則已經不中用了，必須有什麼特別的方法。

"還是大家自己來決定罷，和議長一起！"　有人大聲說。"這一件事，我們沒有什麼要插嘴的……"

萊奮生從新站起，敲着桌子。

"同志們，還是挨次來說罷。"　他鎭靜地，然而分明地說了，給大家能夠聽到。"一齊說起來，什麼結局也不會有的。但木羅式加在那里呢？……　喂，到這里來……"他顯了陰沈的臉，接着說，大家的眼睛便都轉向傳令使所站的地方。

"我可是在這里也看見的……"　木羅式加含胡地說。

"去罷，去罷！……"　圖幡夫推着他。

木羅式加躊躇了。　萊奮生向前面走過去，像鉗子似的，用那不瞬的視線,釘一般將木羅式加從羣集中間揪出了。

傳令使不看別人,垂着頭走到桌子那邊去。 他汗出淋漓,他的手在發抖。他覺得自己身上有幾百條好奇的視線,想擡起頭來,但立刻遇到了生着硬麻一般鬍子的剛卡連珂的臉。工匠同情地而且嚴厲地在看他。 木羅式加受不住了,向着窗門那面,就將眼睛凝視着空虛的處所。

"那麼,我們就來評議罷。" 萊奮生仍像先前一樣,非常平靜地,然而使一切人們,連在門外的也能夠聽到地,說。"有誰要說話麼?……… 哪,你,老伯伯,你有什麼要說罷?……"

"在這里,有什麼話好說呢。" 遏新泰菲老頭子惶窘着,說:"我們是,不過是,自己一影裏的話呀……"

"事情不很簡單麼,自己們去決定就是了!" 農民們又嚷嚷地叫了起來。

"那麼,老伯伯,讓我來說罷……" 突然間,圖幡夫用了按住的力量,說,不知為道什麼,他看着遏斯泰菲老頭子那一面,也將萊奮生錯叫作"老伯伯"了。

在圖幡夫的聲音中,有一種難名的威逼,使大家的頭都轉到他那面去。 他走近桌子,和木羅式加並排站定了,——並且用了那大的,茁壯的身子,將萊奮生遮掩起來。

"叫我們自己來决定?……　你們擔心麼!?……　他挺出胸脯,拖長着熱心的怒聲,說。"那麼,就自己來決定罷!………" 他忽然俯向木羅式加,將那熱烈的眼釘在他上面。"你是我們一伙麼,你說,木羅式加?……　是礦工?"他緊張着,刻毒地問。"哼,哼,是骯髒的血呀,——蘇兌的礦石呵!……　不願意做我們的一伙麼?　胡鬧麼?　丢礦工們的臉麼?——好!……" 他的聲音,恰如響亮的硬煤一樣,發着沈重的鋼一般的聲音,落到寂靜裏去了。

木羅式加白得像布一樣,牢牢地凝視着他的眼,心臟是在搖擺,彷彿受了鎗彈的打擊似的。

"好!……"　圖幡夫重複說……"去搗亂就是了!……倒要看看你離開了我們,會怎樣!……　至於我們呢……　要趕出這小子去!……"　他忽然向着萊奮生,簡捷地說完話,

"瞧着罷,——只不要鬧糟了自己!……" 襲擊隊中的一個大聲說。

"什麼?!"　圖幡夫兇猛地囘問,向前走了一步。

"我的上帝,好了罷……"　從角落上,發出喫了驚的老人的鼻聲來。

萊奮生從後面拉着小隊長的袖子。

"圖幡夫……圖幡夫……"　他靜靜地叫道。"再靠邊一

— 56 —

點,——將人們遮住了。……"

圖幡夫已經射出了最後的箭,看着隊長,惶惑地踹跟着,平靜了下來。

"但是,為什麼我們總得趕走這獸子的呢?" 將那鬈髮的給太陽曬黑了的頭,昂在羣衆上面,剛卡連珂忽然開口說。"我毫不想來給他辯護,因為人是不能沒有着落的呀,——他做了壞事,況且我是天天和他吵架的……但是他,說起來,是一個能戰鬪的小子,——這總是不該抹殺的。 我們是和他經歷了烏蘇里的戰線的,做着前衞部隊。 他是我們的伙伴——決不做內應,也決不賣大家的……"

"伙伴……"圖幡夫悲痛地插嘴說。"那麼,你以為我們就不是他的伙伴麼?…… 我們在一個礦洞裏開掘…… 差不多有三個月,我們在一件外套下面睡覺?…… 現在該死的臭黃鼠狼,"他忽然記起了那甜膩聲音的企什來,"却想來教訓我們一下了?……"

"我就在說這個,"疑心似的斜瞥着圖幡夫那面,剛卡連珂接下去說,(他以為那罵詈是對他的了。) "將這事就這樣簡單地拉倒,是不行的。 但要立刻驅逐,也不是辦法,——我們就毀了自己。 我的意見是這樣的:應該問他自己!……" 他於是用手掌沈重地在空中一劈,彷彿要將別的無用的意見,從自己的意見分開。

"不錯！……　問他自己罷！……　如果他在懊悔，他該會自己說出來的！……"

圖蟠夫想擠囘原地方去，但在通路的中塗站住了，搜查一般地凝視着木羅式加。　他却毫無主見地默看着，只用汗津津的指頭在弄小衫的扣子。

"說呀，你在怎麼想，說呀！……"

木羅式加用橫眼向萊奮生一瞥。

"是的，我這樣……"他低聲說了起來，但想不出話，沈默了。

"說呀，說呀！"　大家像是激勵他似的叫喊。

"是的，我這樣……　幹了一下……"他又想不出必要的話來了，便轉臉向着略勃支那面……"哪，這些瓜兒……　如果我知道這是不對……　還是懷了壞心思來做的呢？……　我們這里的孩子就是……　大家都知道的，我也就這樣……　並且照圖蟠夫說，我是將我們的伙伴全體……　我實在是，弟兄們！……"驟然之間，他的胸中有什麼東西迸裂了，他抓着胸膛，全身挺向前面，從他兩眼裏，射出了溫暖的溼潤的光，……"爲了伙伴，我可以獻出我最末的一滴血來，這樣子……　這樣子，我還丟你們的臉……　還是怎樣！……"

另外的聲音從街上透進了屋子中，——狗在式尼德庚的村莊裏叫，姑娘們在唱歌，從牧師那里的鄰居傳來了整齊的鈍聲，好像挨磨一樣。在渡頭，是人們拖聲喊着"呵，拉呀！"的聲音。

"可是叫我怎樣來罰自己呢？……" 木羅式加接下去說，悲痛地，但比先前已經更加穩當，也沒有那樣誠懇了。"只能夠立誓…… 礦工的誓呀…… 那是不會翻的…… 我決不幹壞事了……"

"但是，如果靠不住呢？" 萊奮生很注意地問。

"靠不住…… 木羅式加愧在農民們的面前，鬱了臉。

"但是，如果做不到呢？……"

"那時候，怎樣都可以…… 鎗斃我……"

"好，要你的命！" 圖鰭夫嚴緊地說，但在他眼睛裏，已經毫無怒色，只是親愛地，嘲笑似的在發閃了。

"那麼，完了罷！…… 完了哩！" 人們在櫈子上嚷着。

"那麼，總算這就完了……" 農民們高興這麻煩的集會，不久就完，便說。"一點無聊的事，話倒說了一整年……"

"那麼，這樣決定罷，還是？…… 沒有別的提議麼？……"

"快閉會罷，落地獄的！……" 從剛纔的緊張忽然變了暢快的心情，襲擊隊員都嚷了起來。"煩厭透哩…… 肚子又餓得多麼兇，——肚腸和肚腸擠得鐵緊囉！……"

"不，等一等，"萊奮生舉起手來，鎮靜着，眨着眼睛，說。

"這問題，這算完了。 這囘是別的問題了！……"

"什麽呢，又是？！"

"我想，有定下這樣決議的必要的……"他向四近看了一轉……"這里簡直是沒有書記的麽！……" 他忽而微微地，溫和地笑起來了。"企什，到這里來寫罷…… 是這樣的决議呵：在軍事的開空的時候，不得追趕街上的狗，却須幫一點農民的忙……" 他彷彿自己相信着有誰要幫農民的忙似的，用了含有確信的口氣說。

"不呀，那樣的事，我們倒一點不想的！" 農民中有人說。

萊奮生想：——"着了！"

"噓…… 噓！……" 別的農人打斷了他。"聽罷。 叫他們做做罷——手也不會就磨損的！……"

"給略勃支，我們格外幫忙罷……"

"為什麽格外？" 農民們嚷了起來。 "他是怎麽的一位大老爺呀？…… ？…… 做議長算得什麽，誰都會做的！……"

"閉會，閉會！…… 沒有異議！…… 寫下來罷！……" 襲擊隊員從位置上站起，也不再聽隊長的說話，囊囊地走出屋子去了。

"唉呀……　凡涅！……" 一個頭髮蓬鬆的,尖鼻子的少年,跑到木羅式加這里來;穿着長靴,開小步拉他往門口走。"我的頂愛的小寶寶,小兒子,拖鼻涕小娃娃……唉呀!……"他靈巧地拉歪了帽子,別一隻手擁着木羅式加,走得門口的地板得得地響。

"放手,放手!" 傳令使推開他,却並不是壞意思。

萊奮生和巴克拉諾夫,開快步從旁邊走過了。

"圖騰夫這傢伙,倒像是強的。" 副手亢奮着,口噴唾沫,揮着手說。"使他和剛卡連珂吵起架來,該是有趣的罷! 你想,誰贏?……"

萊奮生在想別樣的事情,沒有聽到他的話。 潮溼的塵埃,在脚底下覺得輭輭地。

木羅式加不知什麼時候剩在後面了。 最後的農夫,也趕上了他。 他們已經平靜地不慌不忙地在談論,——恰如並非從集會,却從工作之後囘來的一般。

"那猶太人像個樣子。"一個說,大概是指萊奮生了。 丘岡上面爬着歡迎的小屋的燈,在招人們晚膳。 河流在煙霧裏,喧嚷着幾百絮絮叨叨的聲音。

"米式加還沒有餵哩……" 木羅式加逐漸走到平時走慣的處所,便記得起來了。

在馬廐裏,是覺得了主人的到來,米式加就靜靜地,不平似的嘶着,—— 好像在問"你在那里亂跑呀?"的一般。 木羅式加在暗中摸到硬的鬃毛,便將馬牽出了馬廐。

　　"瞧哪,多麼高興呀。" 馬用了那冰冷的鼻子,來亂碰他的頭的時候,他推着米式加的頭,說:"你光知道裝腔,我呢,——我却得來收恰。"

七

萊奮生

　　萊奮生的部隊，已經什麼事也不做，屯田了五星期，——所以豫備的馬匹，輜重，還有從那四近，別的部隊的破破爛爛的馴良的逃兵們所曾經藏身的大鍋之類的財產，就增多起來，人們睡得過度，連站着在做哨兵的時候，也睡着了。　不安的報告，也不能使這龐然大物移一個位置，——他是怕了輕率的移動了。——　新的事實，對於他的這危懼，或則加以證明，或則給以嘲笑。　自己的過於慎重，他也自笑了好幾回，——尤其是在日本軍放棄了克理羅夫加，斥候在數百威爾斯忒（一）之間，不見敵人隻影的事，明明白白了的時候。

　　但除了式泰信斯基之外，却誰也不知道這萊奮生的動搖。部隊裏面，大抵是誰也不知道萊奮生也會動搖的。　他不將自己的思想和感情，分給別一個人，只常常用現成的"是的"和"不是"來應付。　所以，他在一切人們，——除掉知道他的眞

　　註一：Verst,俄里名，一威爾斯忒計長一千一百七十碼。——譯者。

價值的圖幡夫，式泰信斯基，剛卡連珂那些人之外的一切人們，就是特別正確一流的人物。一切襲擊隊員，尤其是什麼都想學隊長，連表面的樣子也在摹仿的年青的巴克拉諾夫，大體是這麼想的："我呢，自然，是孽障的人，有許多缺點，

蔡 畬 生

例如許多事情，我不懂得，自己之中的許多東西，也不能克服。我的家裏，有着精細的溫和的妻或是新娘，我戀愛她；我喫甘甜的瓜，喝加麵包的牛奶，或者又因為要在那里的晚上引

誘姑娘們,愛穿刷亮的長靴。 然而萊奮生——他却是全然別樣的人。 不能疑心他做過這樣的事,——他懂得一切事,做得都適如其分。 他並不巴克拉諾夫似的去跟姑娘們,也不木羅式加似的去偸瓜。 他只知道一件事——工作。 因此之故,這樣的正確的人,是不得不信賴他,服從他的。"

從萊奮生被推擧爲隊長的時候起,沒有人能給他想一個別的位置了,——大家都覺得惟有他來指揮部隊這件事,乃是他的最大的特徵。 假使萊奮生講過他那幼時,幫着他的父親賣舊貨,以及他的父親直到死去,在想發財,但一面却怕老鼠,彈着不高明的梵亞林的事,那麽,大約誰都以爲這只是恰好的笑話的罷。 然而萊奮生決不講這些事。 這並非因爲他是隱瞞事物的人,倒是因爲他知道大家都以他爲特別種類的人物,雖然自己也很明白本身的缺點和別人的缺點,但要率領人們,却覺得只有將他們的缺點,指給他們,而遮掩了自己的缺點,這纔能辦的緣故。 對於摹仿着他自己的事,他也決不願意略略嘲笑那年靑的巴克拉諾夫的。 像他那樣年紀之際,他也曾摹仿過敎導他的人們。 而且那時候,在他看來,他們也都見得是正確的人物,恰如現在的他之於巴克拉諾夫一樣。 到後來,他知道他的敎師們並不如此了,然而他對於那些人,仍然非常感激。 現在,巴克拉諾夫豈不是不但將他的表面的樣子，並且連他先前的生活的經驗————鬥爭，工作，行動的習慣，也都在收爲己有麼？萊奮生知道這表面的樣子，當隨年月一同消亡，而由個人底經驗所積蓄的這習慣，却會傳給新的萊奮生，新的巴克拉諾夫，而這件事，也非常重要，非常必要的。

……八月初的一個潮溼的夜半，騎兵的急使馳到部隊裏來了。這是襲擊隊各部隊的本部長，年老的司荷威·珂夫敦所派遣的。老司荷威·珂夫敦寫了信來，說襲擊隊的主力所集中的亞奴契諾村，被日本軍前來襲擊；說伊士伏忒加近旁的決死的戰鬥，苦得快死的有一百多人；說自己也中了九彈，躲在獵人的過冬的小屋裏，還說自己的性命，恐怕也不會長久了。……

敗北的風聞，以不祥的速度，沿着谿谷展了開去。然而急使尙且追上牠，走掉了。於是各個傳令使，就直覺了那是自從運動開始以來，所派遣的最可怕的急使。人們的動搖，又傳播到馬匹去。毛鬆逢鬆的襲擊隊的馬，露着牙齒，順了陰鬱的溼的村路，從這村狂奔到那村————濺起着馬蹄所激的泥水……

萊奮生遇見急使，是夜裏十二點半，過了半點鐘 牧人美迭里札所率的騎兵小隊，便越過了克理羅夫加村，循着希霍台·亞理尼的人所不知的鳥道，扇似的向三方面擴張開去，

——並且將不安的通知,送給斯伐庚戰鬥區的諸部隊去了。

萊奮生匯集諸部隊送來的零散的報告,已經有四天了。他的腦緊張着,直感地在動作,恰如正在傾聽一般。 但他却仍像先前,冷靜地和人們交談,映着那與衆不同的碧綠的眼,並且揶揄巴克拉諾夫的跟着"骯髒的瑪沙"。 有一囘,由恐怖而膽子大了起來的企什,問他為什麼不講應付的方法的時候,萊奮生便溫和地敲着他的前額,答道,"那不是小鳥兒(一)的腦袋所能知道的。 他好像在用那一切樣子,示給人們,只有他分明地知道這一切何以發生,怎樣趨向,其中並無什麼異樣的可怕的事,而且他萊奮生,早已有了適宜的萬無一失的救濟之策了。 但實則他不但無並什麼策略,倒像勒令一下子解答那含有許多未知數的許多題目的學生一樣,連自己也覺得為難。 那不安的急使的一星期之前,襲擊隊員凱農尼珂夫到一個市鎮去了,他還在等候從那地方來的報告。

這人在急使到後的第五天,弄得鬍子蓬鬆,疲乏,飢餓,然而仍舊是出發以前照樣的狡黠,紅毛——只有這他毫沒有改樣——囘來了。

"市鎮統統毀掉了,克拉什理曼是被關在牢裏了……" 用

註一: 企什(Tchish)是"舞羽"的意思,故云——譯者。

了打牌上做手脚的人一般的巧妙，從很大的袖子裏的一個袋子裏，取出幾封書信來，凱農尼珂夫說，還用嘴唇微微地笑着，——他是毫沒有什麽高興的，然而倘不微笑，他就不能說什麽了。"在笴拉迭爾羅·亞歷山特羅夫斯基和阿里格——有日本的陸戰隊在……蘇羌是全給弄糟了……這事簡直像壞煙草！……哪，你也吸罷……"他便向萊奮生遞過一枝金頭的煙捲來。這"你也吸罷"是說煙捲的呢，還是說"像壞煙草"一樣不好的事情的呢，竟有些不能辨別了。

萊奮生望一望信面——於是將一封裝進衣袋裏，拆開另一封信來：那正證實着凱農尼珂夫的話。在充滿着虛張聲勢的公文式的字裏行間，那敗北和無力的悲憤，却令人覺得過於明白。

"不行麽，唔？……"凱農尼珂夫同情地問。

"可以……不算什麽……但信是誰寫的——綏圖赫？"凱農尼珂夫肯定地點頭。

"就像他——他是總要分了部門來寫的……"萊奮生用指甲在"第四部：當面的任務"之處的下面抓了一條線，——嗅一嗅煙草。"壞煙草呵，是不是？給我一個火……但大家面前，你不要多話呵……關於陸戰隊和別的事……給我買了煙管沒有呢？"他並不聽凱農尼珂夫的為什麽不買煙管的說明，又在注視紙上了。

"當面的任務"這一部，是由五個條項所構成的。其中的四條，從萊奮生看來，仿彿是獃氣的不能實行的事。（"唉，穆梭不在，真糟，"——他想，他這時纔痛惜克拉什理曼的被捕。）第五條是這樣地寫着的：

"……目下，襲擊隊指揮者所要求的最重要的事，——排除任何的困難也須達成的事，——是卽使不多，也須保持强固而有規律的戰鬥單位，他日在那周圍……"

"叫巴克拉諾夫和經理部長來。" 萊奮生迅速地說。

他將信件塞進圖囊中，於是在那戰鬥單位的周圍，他日會形成什麽呢，他也沒有看到底…… 從許多的任務裏，只描出了一件——"最重要的東西。" 萊奮生拋掉熄了的煙捲，敲着桌子…… "保持戰鬥單位"…… 這思想他總是不能消釋，以化學鉛筆寫在便箋上的六個字的形象，留在他的眼前。他機械底地取出第二封信，望着信封，知道是妻子所寄的。"這可以且慢，"他想着，又藏進袋子去：——"保持戰鬥單位……"

經理部長和巴克拉諾夫到來的時候，萊奮生已經知道，他要做的是什麽了，——他和在他指揮之下的人們：他們爲要保持這部隊，作爲戰鬥單位起見，是來做凡有一切的事的。

"我們應該立刻從這里出發。" 萊奮生說。"我們的準備，都停當了麼？…… 經理部長的發言……"

"是的，經理部長的發言。" 巴克拉諾夫反響似的說，顯着仿彿豫知了這一切的趨向一般的臉相，收緊了皮帶。

"要我——這個，沒有辦妥的工作，我是不做的。 我準備着，什麼時候都可以出發…… 不過那些燕麥又怎麼辦呢？那是……" 於是經理部長將一大串溼的燕麥，破的貨包，病的馬匹"不能運送燕麥"的事，一句話，就是將表明他全未準備的事，他以爲這移動是有損的計劃的事的情形，冗長地說了一通。 他竭力想不看隊長，病底地鑿着臉，睞着眼睛，而且咳嗽着，這是因爲豫先確信着自己的失敗了的。

萊奮生抓住了他的衣扣，說：

"你說昏話……"

"不，這是眞的，約瑟夫·亞伯拉彌支，我想，我們還是駐屯在這里好……"

"駐屯？…… 這里？！……" 萊奮生恰如同情於經理部長之愚似的，搖一搖頭。 "頭上已經就要出白頭髮了。 你說，你究竟在用什麼想的，用腦袋還是用卵袋的呀？……"

"我……"

"住口！"萊奮生含着許多意義地抓着他的扣子只一拉。

"準備去，要什麼時候都能走。 懂了沒有？…… 巴克拉諾夫，你監督着罷……" 他放掉扣子。"羞人！…… 你的貨包之類，毫沒有什麼要緊的…… 小事情！" 他的眼睛冷下去了，在他的峻峭的視線之下，經理部長終於也確信了他在着忙的貨包之類——真是小事情了。

"是的，自然…… 那是明明白白的…… 問題並不在這里……" 他喃喃地說，好像倘若隊長認爲必要，便連自己背着燕麥走路，也將贊成的一般。"那有什麼煩難呀？ 還可以立刻的！ 卽使是今天——卽使是一轉眼……"

"哪，就是呵……" 萊奮生笑起來了。"這就是了，就是了，去罷！" 他在他的背脊上輕輕一推。 "你要給我什麼時候都可以……"

"老狐狸，厲害的，" 懷着恚怒和感歎，經理部長走出屋子去的時候，想。

到傍晚，萊奮生召集了部隊評議會和小隊長。

他們各執了不同的態度，接受萊奮生的報告。 圖幡夫是撚着濃厚的沈重地拖下着的髭鬚，默默地坐了一晚上。 他分明是和萊奮生同意的。 對於出發，最爲反對的，是第二小隊長苦勃拉克。 他是這一羣中的最舊，最有功勞，而且最不高明的隊長。 但沒有一個幫襯他的人。 苦勃拉克是克理羅夫加的本地人，他所主張的，是克理羅夫加的田地，而不是工作的利益，那是誰都知道的。

"蓋上蓋子罷！得帶住了……" 牧人美迭里札打斷他。"已經是忘掉老婆的裙子的時候了呀，苦勃拉克伯伯！" 他照例地因了自己的話而激昂，用拳頭敲着桌子。而且他的麻臉上，也卽刻沁滿了汗。"再在這里，人會將你們像小鷄一樣——帶住而且蓋上的！……" 他於是響着胡亂的脚步聲，用鞭子敲着椅子，在屋子裏走來走去。

"不要這麽拚命，朋友，不然，立刻會乏的。" 萊奮生忠告他。但在心裏，却佩服着頓皮鞭似的緊緊地編成的柔韌的身體的激烈的舉動。這人連一分鐘也不能鎭靜地坐定，全身是火和動，他的兇猛的眼睛裏，燃燒着再來戰鬥的無厭的欲求。

美迭里札將自己的退却的計劃立定了。由此看來，顯然是他的熱烈的頭，雖對於很大的廣漠，也並無恐怖，而且未會失掉了軍事上的銳敏。

"對的！…… 他的頭很不錯。" 巴克拉諾夫感歎起來，但對於美迭里札的獨立的思想的過於大膽的飛躍，又略有些歆羨。"前幾時還在看馬的，再過兩年，一定會成爲指揮我們的罷……"

"美迭里札麽？…… 呵——阿…… 是的，是一個脚色呀！" 萊奮生也共鳴了。"但是，小心些罷，—— 不要自負……"

然而利用了各人都以自己爲比別人高強，不聽別人的話的這熱心的論爭，萊奮生就將美迭里札的計劃，用了更單純，更愼重的自己的計劃換了出來。 但他做得很巧妙，很隱藏，他的新的提案，便當作美迭里札的提案而付了表決，並且爲大家所採用了。

在囘答市鎭和式泰信斯基的書信中，萊奮生通知幾天之內，就要將部隊移到伊羅罕札河的上流希比希村去，而於病院倘沒有特別的命令，便還留在那地方。 萊奮生是還住在那鎭上的時候，就認識了式泰信斯基的。 這囘是他寫給他的第二封告警的信了。

他在深夜裏纔做完他的工作；洋燈裏的油已經點盡了。從敞開的窗間，流來了溼氣和爛葉的氣味。 蟑螂在火爐後面索索作響，隔壁的小屋裏，有略勃支的打鼾聲。 萊奮生忽然，記起了他妻子的信，便將油添在洋燈裏，看了起來。 並沒有什麼新鮮的，高興的事。 仍像先前一樣，找不到什麼地方做事，能賣的東西已經全部賣掉，現在只好靠着"工人紅十字"的款子餬口，孩子們是生着壞血病和貧血症了。 而且每一行裏，無不流露着對於他的無限的關切。 萊奮生沈思地理着鬍子，動手來寫囘信。 開初，他是不願意將頭鑽進和這方面的生活相連結的思想裏去的，但他的心情漸被牽引過去，他的是漸漸緩和，他用難認的小字，寫了兩張紙，而其中的許多話，是誰也不能想到，萊奮生竟會知道着這樣的言語的。

於是欠伸了疲倦的手脚，他到後院去了。 馬廐裏面，馬在踏蹄，嚙着新鮮的草。 守夜的衞兵緊抱着鎗，睡在天幕下。 萊奮生想："倘若別的哨兵們也這樣地睡着，可怎麼呢？……" 他站了一會，好容易克服了自己的渴睡的心情，將一匹雄馬從馬廐裏牽出。 他加了馬具。 那衞兵仍舊沒有醒。"瞧罷，這狗養的。"—— 萊奮生想。 他注意地拿了他的帽子，藏在乾草裏，便跳上鞍橋，去查衞兵去了。

他沿着灌木叢子，到了棚門口。

"誰在這里？" 哨兵粗暴地問，響着鎗門。

"伙伴……"

"萊奮生？…… 爲什麼在夜裏走動的？"

"巡察員來了沒有？"

"十五分鐘前來過了一個。"

"沒有新消息麼？"

"現下，是都平穩的…… 有煙草麼？……"

萊奮生分給他一點滿洲爾加，於是涉了河的淺灘，到了田野。

半瞎的月亮照臨着，蒼白的，滿是露水的叢莽，顯在昏暗中。淺河的每一個漣波，碰着礫石，都在分明地發響。前面的丘岡上，跳動着四個騎馬的人。萊奮生轉向叢莽那邊去，躲了起來。聲音逐漸近來了。萊奮生看清了兩個人：是巡察。

"等一等，"一個一面說，一面勒馬向路上去，馬歡着鼻子，向旁邊跳了起來。有一匹感到了萊奮生跨着的雄馬，輕輕地嘶鳴了。

"不是嚇了我們麼？"前面的一個用了激動的勇壯的聲音，說。"忒兒兒兒，……畜生！……"

"同你們在一起的是誰呀？"萊奮生將馬靠近去，一面問。

"阿梭庚的斥候呵……日本軍已經在馬理耶諾夫加出現了……"

"在馬理耶諾夫加？"萊奮生出了驚，說。"那麼，阿梭庚和他的部隊，在那里呢？"

"在克理羅夫加。"斥候的一個說。"我們是退却了的……這戰鬭打得很兇惡，我們不能支持了。現在是派來和你這面來連絡的。明天我們要退到高麗人的農場去了……"

他沈重地俯向鞍上，——恰如他自己的言語的厲害的重擔，壓着了他一般。"都成了灰了。 我們給打死了四十個。 一夏天裏，這樣的損害，我們是一囘也未曾有過的。"

"你早就離開克理羅夫加了麼？" 萊奮生問。"囘轉罷，我和你一同去……"

到了太陽快出的時候，他衰憊，瘦削，帶着充血的眼和因爲不眠而沈重的頭，囘到隊裏來了。

和阿梭庚的會面，決定底地證明了萊奮生所下的決心——銷聲匿跡，從速離開這里的決心之正當。 不特此也，阿梭庚的部隊的樣子，還將這事顯得很分明：所有連繫，都在朽爛了，宛如鏽的釘子和鏽的鐵箍的桶，却遭了强有力的大斧的一擊。 人們不聽指揮者的話，無目的地在後園徘徊，而且許多人還喝得爛醉。 有一個人特別留在萊奮生的心裏：一個捲髮的瘦削的人，坐在路旁的廣場上，用渾濁的眼睛，凝視着地面，在盲目底的絕望中，向灰白的朝霧一彈一彈地放鎗。

一囘來，萊奮生便將自己的信發出，給與受信人　但他巳經決定於明晚離開這村莊，却沒有給一個人知道。

八

對　頭

　　開了可紀念的農民集會的第二天，萊奮生就在寄給式泰信斯基的第一封信裏，提議將野戰病院也漸次加以整理，以減自己的危懼，且免他日過分的煩難。醫生將信看了好幾遍，——於是他就格外頻頻瞬眼，在他的黃臉上，顎骨也見得更加崚嶒起來，大家也就不知怎地成了不愉快的陰鬱的心情了。恰如從乾枯的兩手所拿的小小的灰色信封中，爬出了不安的萊奮生的驚愕，咻咻作響，將每一片葉，每一個人的心裏所存在的平安和靜謐，全都趕走了似的。

　　……不知道為什麼，晴朗的天氣忽然變化，太陽和雨輪流出現。滿洲的黑楓樹，也比別的一切都早覺得臨近的秋氣，悲哀地歌唱起來了。老了的黑嘴的啄木鳥，以異常的急促，啄着樹皮，——畢加則感到鄉愁，成了壞脾氣。他終日在泰茄中彷徨，疲乏，還是照舊的不滿，走了囘來。來縫紉呢，線就亂，下棋呢，總是輸的。而且在他，有宛如用乾草來吸了腐敗的池水一般的感覺。然而人們已經分散，囘到各各的村子去了——整理起沒有興頭的兵丁的包裹來，悲哀地微笑着，各各分手。　姊妹是一面還檢查一回繃帶，一面和"小兄弟"們接吻，作最後之別。　於是他們就將草鞋浸在苔蘚裏，向不知邊際的遠方，向泥濘裏走去了……

華理亞在最後送了跛子的行。

"再會，小兄弟，"吻着他的嘴唇，她說。"你看，上帝是愛你的——賜給了這樣的好天氣！　不要忘記我們這可憐人罷……"

"上帝，那是在那裏的呀？"　跛子微微一笑。"上帝是沒有的……　不，不，見鬼！……"　他想像平時一樣添上愉快的笑話去，但突然，臉肉發跳，揮一揮手，回過頭去，陰森森響着飯盒，一蹩一蹩從小路上走掉了。

負傷者之中，現在剩下的，就只有弗洛羅夫和美諦克，還有雖然一向什麼病痛也沒有，然而不願出去的畢加。　美諦克穿了託姊妹縫好的沙格林皮的襪子，用枕頭和畢加的睡衣墊着背脊，半坐在行榻上。　他的頭上已經不紮繃帶，他的頭髮長了起來，捲成帶深黃色的輪子，顴顴上的傷疤，使他全臉見得更加誠實和年老了。

"你也好起來了；你也就要去的罷……"　"姊妹"淒涼地說。

"但我到那里去呢?" 他含胡地問,自己也有些喫了驚。這問題,是剛纔燒起來的,於是生了模胡的,然而已經相識的表象——在這里,毫不能覺得什麼的歡欣。 美諦克皺了眉。"我是沒有什麼可去的地方的。" 他莽撞地說。

　　"瞧罷!…… 華理亞愕然說。"到部隊去,到萊奮生那里去。 你會騎馬麼?——到我們的騎兵隊去…… 不要緊,一學就會的……" 她和他並坐在行楊上,拿了他的手。 美諦克沒有轉過臉去,但凝視着小屋的上面。 而遲遲早早,總得走出這里去的一個思想——他現在好像用不着的這思想,就苦得恰如毒草之在舌上了。

　　"不要怕哪!" 彷彿她也明白他似的,華理亞說。"這麼漂亮,年靑,却膽小…… 你膽子小呵。" 她親愛地重複說,並且悄悄地環顧了周圍,在他額上接吻了。 在她的愛撫中,覺得總有些似乎母親的愛撫。 "在夏勒圖巴那里,雖然那樣子,但我們這里却不要緊……" 她沒有說完話,忽然附着他的耳朶,說道:"在那邊的,都是鄉下人,但我們這邊,大概是礦工呵——好傢伙——和你們馬上會要好的…… 你常常到我這里來罷……"

　　"但木羅式加——,他會怎麼說呢?"

　　"那麼,照片上的那人,會怎麼說呢?" 她笑着回答,同時將身子離開美諦克，——因爲弗洛羅夫轉過頭來了。

"……我是連想到她的事也早已忘掉了…… 我將照片撕碎了。" 他說了之後，又慌忙加上去道："那一囬沒有看見紙片麼？…… 那就是的。"

"那麼，木羅式加就更沒有什麼了——他一定是已經慣了的。 他自己也在游蕩…… 你用不着擔什麼心的——要緊的是常常來看我。 不要給什麼人趕上前…… 衝上去。 不要怕我們那些小子們，那只是看看好像兇很，——將手指放進嘴裏去，便會咬斷的一般。 但並不壞到這樣——不過樣子罷了。 你只要自己先露出牙齒來……"

"你就也露出牙齒來的麼？"

"我是女人，我恐怕全用不着這樣的——我恐怕就用愛來制勝。 不過在你們男子漢，不這樣可不行…… 只是怕你做不到。" 她沈思地加添說。 於是又彎身向他，低語道："也許，我的愛你，就爲此…… 這我可不知道了……"

"這是眞的，我一點也不勇敢。"到了後來，美諦克將兩手托在頭後面，用不動的眼睛看着天空，想。 "但我就眞的做不到麼？ 總得來做一做總是，如果別人是做得到的……" 他的思想裏，這時已經沒有悲哀，或凄涼孤獨的感覺了。 他已經能夠從旁來看事物，用別種眼光來看事物了。 這的來由，是因爲他的病有了一種轉變，傷是好得快了，身體也茁壯，健康起來了的緣故。（但這也許是由於地土，——因爲土是在發酒精和馬蟻氣味的，——或者也許是由於華理亞，——因爲她有柔和的，煙色的眼睛，又總是用了善良的愛之心來說話——而且極願意信任她的。）

"……實在，我有什麼悲觀的必要呢？"美諦克想，這時候，他就覺得好像並無悲觀的什麼原因了。"應該現在就好好地站起來：不要趕不上誰…… 對誰都趕不上，是不行的…… 她的話一些不錯。 在這裡是別樣的人們：所以，我也應該變過…… 我來改罷。"他對於華理亞，對於她的話，對於她的善良的愛之心，幾乎覺得是兒子一般的感謝，一面用了未曾有的決心，想。"……這麼一來，一切便會從新改變下去的罷…… 待到我回到鎮上去的時候，誰都將另眼相看的罷——我是一個全然別樣的人了……"

他的思想，遠遠地彎向旁邊——未來的光明的日子去了。所以那些也就輕淡地，彷彿在泰茄的空地上所見的柔輭的薔薇色雲一般，自行消褪。 他想，——在窗戶洞開的柔輭的客車中搖幌着，和華理亞兩個人回市鎮去，窗外面，是漸遠漸淡的羣峯和那一樣的柔輭的薔薇色雲，浮漾空中的罷。 而他們兩人，是緊偎着坐在窗際——華理亞說給他溫言，他撫摩着她的頭髮——而她的鬆髮，則金光燦爛，將如白晝似的…… 華理亞在他的幻想裏，也毫不像煤礦第一號的曲背的抽水女工了，——因爲美諦克所想像，是並非現實所有，而只是他所但願如此的。

……過了幾天，從部隊又送到了第二封信——送信來的是木羅式加。 他搗了一場大亂子，疾風似的從林中衝出，大聲嚷着，使馬用後脚站起，說些辨別不清的話。 他這麼鬧，就爲了精力的過多，並且——不過爲了開玩笑。

"你幹什麼呀，你這惡鬼，"受驚的畢加，用了唱歌似的叱責聲，說。"這裡是有一個人要死了，"他將頭歪向弗洛羅夫那面，"你却在嚷嚷……"

"阿呀，阿呀…… 綏拉菲謨爹爹！" 木羅式加向他作禮。"給你致敬！……"

"我並不是你的老子， 況且我的名字， 是菲，菲陀爾呀……" 畢加惱怒了，——他近幾時常常發怒，——那時候，他就見得是一個可笑的，可憐的人了。

"那有什麼相干呢，菲陀舍，不要那麼生氣罷，那麼生氣，頭要禿的呵…… 阿呀，給太太請安！" 木羅式加除下帽子，套在畢加的頭上，向華理亞鞠躬。"眞好，菲陀舍，帽子和你很合式。 不過你褲子再拉高一點罷，要不然，拖了下來簡直像嚇鴉草人一樣——很不像智識階級哩！"

"什麼——我們非立刻捲起釣竿來不可麼？" 拆着信封，式泰信斯基問。"停一會，到營屋裏來取回信罷。" 他對於從他肩上，望得頸子快要拔斷了的哈爾彙珂，遮掩着書信，一面說。

華理亞在和丈夫的會見中，這時纔覺到了奇妙的關係的不像樣子，弄着圍身布，站在木羅式加的面前。

"爲什麼長久不來的？" 最後，用了好像做作出來的鎭定，她問。

"你一定在等得太久了罷？" 他覺到了她那不可解的客套，嘲笑地囘問道。"不，不要緊，這囘可要高興了——到林子裏去罷……" 他沈默了一息，譏諷地加添道："去喫苦……"

"你的事，就只有那一件的，" 她不看他，想着美諦克，不在意地囘答。

"那麼，你呢？……" 木羅式加弄着鞭子，像在等候。

"我並不是頭一囘了。 我們並不是外人……"

"那麼，我們去麼？……"他注視不移地說。

她解下圍身布，將辮髮披在肩上，用那不穩當的不自然的脚步，從小路上走掉了——並且竭力不向美諦克這面看。 她知道他在用了可憐的惶惑的眼光相送,而且卽使到了後來,也不會瞭解她是只在盡無聊的義務的。

她在等候木羅式加從背後來抱住她。 然而他並不走近。他們保着一定的距離,這樣默默地走了許多時。 她到底忍不住了,站了下來,懷着驚愕和期待向他看。 他走近來了,但是並沒有來擁抱。

"在玩什麼把戲呀,姑娘……" 他忽然用了沙聲,一字一字地說。"你已經入了迷了呢,還是怎樣?"

"在說什麼呀——審問麼?" 她擡起頭來,凝視着他——反抗底地,而且大聲地。

木羅式加是早就知道她正如處女時代的行爲一樣,當他外出的時候,也在輕浮的。 他從那結婚生活的第一天,喝得爛醉了的他,早晨從地板上的人堆裏醒來,看見他那"年靑的","合法底的"妻,和煤礦第四號的選礦手的紅毛的該拉希謨抱着睡覺的時候起,便知道這事的了。 然而——在後來的生活中,也和那時候一樣——他對於這事,却完全取着冷淡的態度。 其實,他是從來沒有嘗過一囘眞的家庭生活,他本身也決不覺得自己是結了婚的人的。 但美謠克那樣的漢子,能做他妻子的情人,在他却以爲是非常的侮辱。

"究竟迷了誰呢,這倒願意知道知道的呵?" 他注視了她的眼光，用隨便的平靜的嘲笑，格外客氣地問，——因爲他不願意露出自己的忿恨來。"恐怕是那個小花娘的兒子罷？"

"是那個小花娘的兒子便怎樣……"

"對了，小子倒不壞——有點兒漂亮，"木羅式加補足說。"有味的罷。應該給小子縫一塊手帕，好擦擦小鼻子。"

"倘若要用，會給縫，會給擦的…… 我給他擦呵！懂了沒有？"她緊對着臉，興奮了，便很快地說："可是你到底是狠什麼呀，你發狠，那就怎樣呢？ 三年裏面弄不出一個孩子來——只有嘴巴會說得響亮…… 不中用的東西……"

"妍的漢子有一個分隊了，叫我怎麼來和你生孩子——恐怕連趕忙張開腿來也來不及罷…… 不要對我這麼發吼了！"他怒喝着。"要不然……"

"要不然，又怎樣？……"她挑釁似的說。"莫非要打麼？…… 來試試罷，我倒要看看你……"

他舉起鞭子，愕然地，好像受了意外的思想的啓示，但隨即又將手垂下了。

"不，我不打你……"他含胡地，遺憾地說，似乎還在疑惑，是否眞不妨來打她。"打也不要緊，但我可不願意打娘兒們 他的聲音裏，含着她所未嘗聽過的調子了。"哪，還是一同過活去罷，走你自己的路。 會做太太也說不定的。

— 85 —

……" 他驟然囘轉身,向小屋那面走去了——一面走,一面用鞭子敲落着草的花。

"喂,等一等!……" 她忽然充滿了少有的同情,叫了起來。"凡湼!……"

"我是不要公子哥兒的喫剩東西的。" 他激烈地說。"將我的給他去用就是了……"

她躊躇了——在他後面追上去了呢,還怎樣——沒有追上去。 她等着,直到他轉了彎,不見了——於是舐着乾燥的嘴唇,緩緩地在後面走。

一看見從密林裏囘來得有這麼快的木羅式加（傳令使是大擺着兩手,沈重地,憤怒地,勁着身子,走了去了）,美諦克便——憑着似乎毫無什麼實據,然而絕不容一點疑問的那意識下的確信——知道木羅式加和華珂亞之間的"沒有事",而那原因,則是——他,美諦克了。 一種不安寧的高興和說不出的犯罪感,在他裏面無端蠢動起來。 於是一遇到木羅式加的毀滅一切似的眼光,就開始覺得有些可怕了。

行棚的近旁,木羅式加的粗毛的馬在喫草,索索有聲;看去好像傳令使在弄馬,而實際上,却由一個暗的剛愎的力,將他引到美諦克這里來了。 然而充滿着受了創傷的自負和侮蔑的木羅式加,是連對自己也隱瞞着這事的。 他每一步,美諦克的犯罪感便生長起來,高興消了下去。 他用膽怯的,退縮的眼,看定了木羅式加,不能將眼從那里離開。 傳令使抓起了馬韁。 馬用鼻子推開他,恰如故意似的,推得和美諦克對面了。 於是美諦克突然受了因為憤怒而沈重,昏濁的冷的眼光,幾乎不能喘氣。 這短促的瞬間,他覺得自己是大受壓迫,非常骯髒,至於動着嘴唇,開始要說了,却並沒有話——他沒有話說。

"你們坐在後方的這里呀,這色鬼們,"不願意來聽美諦克的無聲的說明,木羅式加只照了自己的模胡的思想,帶着憤慨,說。"穿上了什麼沙格林皮的襪子哩……" 他覺得他的憤怒,美諦克也許以為是因嫉妬而來的,那就是一件憾事。但他自己却也沒有意識到真的緣故,只是滔滔地,不乾淨地罵了出來。

"罵什麼呀?" 美諦克滿臉通紅,囘問道。自從木羅式加破口罵詈之後,不知什麼緣故,他倒覺得輕鬆一些了。 "我是腿給砍壞了的,並不是在戰線後面……" 他顯着帶怒的顫抖和熱烈,說。 這瞬間,他就自己覺得彷彿兩腿眞被砍傷,而穿沙格林的襪子者,大概不是他,倒是木羅式加似的了。"便是我們,也知道在戰線上的人們裏,有怎樣的人的。" 於是他更加臉紅,添上去道:"便是,我也要對你說,倘使我沒有受過你的幫助…… 不幸的是……"

"曖哈…… 惱了麼？" 木羅式加像先前一樣,不聽他的話,也不想瞭解他的義氣,幾乎要跳起來,叫喊道。"忘了我將你從火裏救了出來了麼?…… 我們是將你似的傢伙帶在自己的頭上走着的呀!……" 他大聲裏,——恰如每天將負傷者像栗子一般,在"從火裏"帶出來那樣。"我們的頭上呀!…… 你們是坐在我們的那里的,要好好地記住!……" 他說着,還用了無限的粗野,拍着自己的後項。

式泰信斯基和哈爾彙珂從小屋裏跳出來了。 弗洛羅夫帶着病底的驚愕,轉過了臉來。

"你們爲什麼在嚷嚷的?" 用了令人驚怕的速度,睞着一隻眼,式泰信斯基問道。

"我的良心在那里麼?" 木羅式加回答着美諦克所問的良心在那里的話,叫喊說。"我的良心,藏在褲襠裏呀!…… 這里是我的良心——這里,這里!" 他暴怒得說不出話來,裝着猥褻的姿勢。

從泰茄中,從不同的兩側,姊妹和墨加都高聲叫着,跑了過來。 木羅式加只一跳便上了馬,仍如他在非常憤激之際的舉動一樣,用力加上一鞭去。 米式加便用後脚一站,彷彿受了火傷似的,跳向旁邊了。

"等一等,拿了信去!…… 木羅式加!……"式泰信斯基惶惑着，叫道。 但木羅式加巳經不在了。 只從喧囂的森林裏,傳來了漸漸遠去的風狂的蹄聲。

九

第 一 步

　　……道路如有波浪的無窮的帶，向他流過；垂下的樹枝拂着木羅式加的臉，而他，則滿懷着憤怒和悲恨和復讎，策了發狂一般的馬，奔馳前去。　和美諦克的愚蠢的鬪口的每個要素，一個比別個更加強有力地，接連在他熱了的腦裏發生——但雖然如此，木羅式加却還覺得對於這樣的人，自己的侮辱的表現還沒有盡致。

　　他也能夠使美諦克記得起來，例如，在那大麥田裏，他怎樣地用了撇不開的手，抓住了他；在他那瘋狂了似的眼中，怎樣地旋轉着對於自己的小性命的卑賤的恐怖。　他也能夠將美諦克對於那鬈髮的小姐之愛——那照片恐怕還在他洋服的帖近心胸的袋子裏的小姐之愛，刻毒地嘲笑一通，並且用了最討厭的名稱，來稱呼那有點漂亮的小姐……　他到這裏，便想起美諦克旣然和他的妻"弄成一起"，對於那有點漂亮的小姐，就早已毫不感到什麼侮辱了。　於是制服了敵人的勝利之感，便即消亡，木羅式加又覺到了自己的無可奈何的悲恨。

……爲了主人的不公道,受了很大的氣苦的米式加,一直跑到覺得流涎的唇間,馬嚼子已經放緩,——那時候,牠就放慢了脚步,而且一知道不再聽到新的叱咤聲了,便用了只在表面上見得迅速的步調前行,——正如感着侮辱而不失自己的威嚴的人類一樣。牠連䳜雀的聲音也毫不介意,——今晚那鳥兒太多叫,然而照例只是並無意義地叫,牠以爲比平常更瑣碎,更歎氣了。

泰茄以黃昏的白樺爲盡頭,疏朗起來;太陽穿過了樹幹的罅隙,來撲人面。這里是舒適,澄明,爽快,——和那像䳜雀的人類的瑣碎,是絕不相同的。木羅式加的激怒淡下去了。他已經說給,以及將要說給美諦克的侮辱的言語,早失却了那復讎本身的輝煌的毛羽,顯現在他面前的只是墮落的精光的可憐相,——只見得是好像胡亂張揚的,並無意思的東西。他已經後悔和美諦克吵架——沒有給自己"保住招牌"到底了。他這時覺得華理亞這人,還是像他先前所料一樣,對於他總決不是一個好女人,也知道了將決不再囘到她那里去。華理亞者,還是他"和大家一樣地"過活,凡事都看得單純,明朗時候,將他連在煤礦的生活上的最爲親密的人,現在和她分離,使他經驗了一種感情,好像他生活中的這大而長的時期已經收塲,而新的生活却還未開始一樣。

太陽向木羅式加的帽子的遮陽下面窺探進來——像冷冷的，不瞬的眼睛一般，還掛在山頂上，而周圍的原野，則已是不安地杳無人踪了。

他看了些在還未收割的田地上的沒有收拾的大麥束，忙得忘掉在堆積上的女人的圍身布，將頭鑽在路邊的鐵扒。 歪斜的乾草堆上，是悲哀地，茫然無主地停着烏鴉，一聲不響。但這些一切，都在他的意識上滑過了，毫無關係。 木羅式加是吹起了記憶上的極舊極舊，積疊起來了的塵埃。 並且明白了這是完全沒有樂趣的，沒有歡欣的被詛咒的重擔。 他覺得自己是被棄的，孤獨的人了。 他好像飄過了廣大的無主的荒原，而可怕的空虛，却只是更來增長他的孤獨。

因了忽地從丘岡後面奔騰出來的驚惶的馬蹄聲，他就定了神。 沒有擡頭的工夫——他面前已經豎着跨在大眼睛的會搗亂的馬上的，體面的，身上緊束皮帶的矮小的巡察，——馬喫了意外的人影子的嚇，用後脚站了起來。

"阿呵，你這該得詛咒的雌馬！……" 巡察一面從半塗中接取那為了衝突而落了下來的帽子，一面罵。"木羅式加，可是？ 快跑回去，快跑，——那邊已經是糟透了……"

"怎麼了呀？"

"是的，那邊跑來了逃兵，在吹很大的牛屎呵，很大的牛屎哩——日本人來了呀,什麽什麽呀!…… 農人們從田裏跑了來,女人們是叫喊…… 都將貨車拉到渡頭去了,市場到人家倒是一片汚穢。 管渡人幾乎給打死了,去了來,來了去,不能將大家都渡過去——將大家!…… 但是我們的格里式加跑了十二威爾斯忒去一看,——什麽日本人那些,連影子也沒有,——都是胡說八道。 就是造無聊的謠呀。 本該鎗斃他的——如果不可惜子彈,眞是!……" 巡察噴着唾沫,揮着鞭子,將帽子忽脫忽戴,一面亂擊着綣頭髮,好像除了自己在講的一切之外,還想說道:"喂,瞧罷,朋友,姑娘們是多麽喜歡我呵。"

木羅式加記得起來,這靑年是兩個月前像了他的洋鐵的熱水杯,後來却主張這是"從歐戰時候"就有了的。 熱水杯是已經不可惜了,但這回憶,却立刻——較之滿心是別的事,木羅式加並不在聽的巡察的話還要迅速地——將他推上了部隊生活的平常的軌道。—— 急使,凱農尼珂夫的到來,阿梭庚的退却,傳遍部隊的風聞——這些一切,就洗掉了往日的黑的渣滓,成爲不安的波濤,撲向他來了。

"你囉叨些什麽——逃兵?" 他打斷巡察的話。 那人喫了一驚,揚起眉毛,拿着剛剛除下,又正要去戴的帽子,動也不能動了。 "你單會出風頭,混帳小子!" 木羅式加輕蔑地

— 93 —

說。 他憤怒着,將韁繩一拉,幾分鐘後,就到了過渡的處所了。

膝髁上生一個大瘡,縛着一隻踝脚的多毛的管渡人,將裝得滿滿的渡船,前推後推,已經完全疲憊。 但這一岸上,還擁擠着許多人。 渡船將要到岸,人們,口袋,手推車,哭喊的嬰孩,以及搖籃的巨大的雪崩,便直擠向那上面去——人們各要首先上船,大家就擠,叫,軋,掉,——管渡人想維持秩序,叫破了喉嚨,然而沒有效驗。 得了和逃兵親口交談的機會的獅子鼻的女人——爲從速囘家的志願和將自己的新聞告訴別人的志願之間不能解決的矛盾所苦惱,——三囘擠不上渡船,背後拖一個裝着餵猪的蕪菁葉子的比她自己還大的口袋,剛在"上帝呀,上帝呵"的呼天,却又說起話來了,——說是再等第四囘的擺渡罷。

木羅式加遇到了這騷擾,照老脾氣,是很想("開開玩笑地") 將人們更加嚇唬一通的,但不知爲什麼竟轉了念頭,一跳下馬,便去安撫大家了。

"你在這里講什麼日本人呀,那都是謊人的。" 他去打斷那模樣巳經發了癡的女人的話:"她還對你們說,他們"放瓦——斯"…… 什麼瓦斯? 大概是高麗人在燒乾草罷咧,她就當作瓦——斯了……"

農民們便忘掉了那女人，都來圍住他——他驟然覺得自己是偉大的，有責任的人了。而且連對於這自己的特別的職務，以及按下了自己要去"嚇人"的意思的事，也感到高興，——他反駁，嘲笑着逃兵的胡說，一直到最後跑來的人，都完全走散。待到下一次的渡船到岸的時候，已沒有先前那樣混亂了。木羅式加自己去指點馬車挨次上船，農民們後悔着從田地裏回來得太快了，就恨恨地罵馬。連拖着口袋的獅子鼻女人，也終於載上了誰的貨車，坐在兩個馬頭和大大的農夫的屁股之間了。

　　木羅式加從闌干上彎身下去，看見船間走着兩個水泡的圈，——這一個圈，沒有追上別一個，——這自然的秩序，使他記起了他自己現在怎樣地組織了農民們的事來，——這回憶，是很愉快的。

　　他在村子的柵門口，遇見了巡察的輪班，——那是五個人，屬於圖繙夫的小隊裏的。他們用了笑聲和好意的罵詈，來歡迎他。爲什麼呢，因爲他們是常常喜歡會見他的，但並無什麼可說的話，——也因爲他們都是健康的，茁壯的傢伙，而暮天又復涼快，清爽了。

　　"折斷頸子折斷腿！……"木羅式加作別，羨慕地目送着他們。他願意和他們以及他們的笑聲和罵聲在一起，——充了巡察，和他們一同在這涼快，清爽的暮天裏馳驅。

和襲擊隊的會見，使木羅式加記起他離開病院時，沒有帶囘式泰信斯基的信，並且也許要因此受罰的事來。他幾乎要被逐出部隊的那集會的情形，便突然歷史底地在眼前出現，而且有東西來刺了他的心。木羅式加到這時候，這纔覺得這一件事，在他是這一月裏最爲重要的事——較之病院裏所發生的事，也重要得很遠的。

"米赫留忒加。"他對馬說，抓住牠的鬃甲。"我是什麼事都不高興幹了……"米式加將頭一搖，噴着鼻子。

木羅式加一面向本部走，一面下了堅固的決心，"一切都不管，"只去請給自己解除了傳令使的義務，放他囘小隊，伙伴的地方去。

在本部的大門口，巴克拉諾夫正在審逃兵，——他們都被解除了武裝，在監視之下。巴克拉諾夫坐在一級階沿上，在寫下名姓來。

"伊凡·菲立摩諾夫……"一個人竭力伸長頸子，用了哀訴的聲音，吞吞吐吐地說。

"什麼？……"巴克拉諾夫像萊奮生平時的擧動一樣，將全身轉過來向着他，嚇人地問。（巴克拉諾夫的意思，以爲萊奮生這樣做，是爲了加重自己的發問的斤兩的，——但其實，萊奮生之所以如此，却因爲頸子上曾經受過傷，不這樣便往往轉不過去的緣故。）

"菲立摩諾夫？…… 爻稱呢！……"

"萊奮生在那里呀？" 木羅式加問了。 囘答是向門昂一昂頭。 他整好頭髮，走進小屋去。

萊奮生在屋角上辦事，沒有看到他。 木羅式加躊躇着弄着鞭子。 在木羅式加的意中，本也是像在隊裏的一切人們一樣，以爲隊長是極正的人物的。 然而生活的經驗，却將並無正人的事，教給了他，於是他努力使自己相信，萊奮生倒正相反——是一個最大的壞人，無論什麽，都"要掩飾的漢子"。但雖然如此，他也相信隊長是"從頭到底，無不看透"的，所以幾乎瞞他不得，——因此來託事情的時候，木羅式加總經驗到一種奇怪的心虛。

"你總是老鼠一樣，將腦袋鑽在書本裏，"他終於說。"我是沒有差池地送了信囘來了。"

"沒有囘信麽？"

"沒——有……"

"好罷。" ——萊奮生將地圖推開，站了起來。

"聽哪，萊奮生……" 木羅式加開頭了。"有事情託你哩…… 如果肯聽——就做永久的朋友，眞的……"

"永久的朋友？" 萊奮生微笑着囘問道。"那麼,託什麼事,說出來罷。"

"給我囘小隊去罷……"

"爲什麼忽然要囘小隊去了？"

"說起來話長呀——總之，我是厭透了。 眞的…… 簡直好像我並不是襲擊隊，倒是……" 木羅式加將手一擺,蹙了臉,彷彿怕說話不愼,弄壞了事情似的。

"那麼,誰做傳令使呢？"

"教遏菲謨加能夠擔當，就好。" 木羅式加逼緊說。"呵,那小子,一說到馬,我告訴你罷,是好到在舊軍隊裏受過賞的！"

"你說是做永久的朋友罷？" 用了恰如這事有着特別的意義似的調子,萊奮生再問道。

"不要開玩笑了罷,你這鬼東西！……" 木羅式加熬不住,說出來了。"來和你商量事情,你却在發笑……"

"不要這麼氣惱罷,氣惱,是壞身體的呵…… 對圖皤夫說去,教送遏菲謨加來,並且你…… 去你的就是了。"

"這正是朋友了呀,這正是朋友了！……" 木羅式加高興得叫了起來。"萊奮生…… tvoju matj…… 這眞好透了！……" 他向頭上去硬扯下帽子來,摔在地板上。

"獸子……"

木羅式加到得小隊的時候，天已經暗了。 他在小屋裏，遇見了大約二十個人。 圖璠夫騎在凳子上，在小燈的燈光下弄"那干"。(一)

"嗳哈，壞種……" 他用低音，在鬍子下面說。 看見木羅式加手裏的包裹，他喫了一驚。 "你怎麼又帶行李回來了？ 莫非革掉了麼？"

"完了！" 木羅式加叫道。 "開缺！…… 連酬勞也沒有，就滾出來了…… 教遏菲謨加準備罷 —— 隊長的命令……"

"那麼，是承你的情，推薦了我的罷？" 生着瘡的瘦削的總在不平的青年，那遏菲謨加，冷嘲地問。

"去罷，去罷——去就知道。…… 總之，遏菲謨·綏密諾微支，就是賀你高陞呀！…… 你應該請我們喝一杯……"

爲了再在伙伴隊裏了的歡喜，木羅式加是遍開玩笑，揶揄，抓那管事的女人，在小屋裏跳來跳去，終於碰了小隊長，將擦鎗油和手鎗的一切機件一同翻倒了。

"你這廢物，鏽軸子！……" 圖璠夫罵着，在他的背上就

註一：手鎗的一種——譯者。

是一掌，打得這樣有力，木羅式加的頭幾乎要從身上脫落了。

這雖然很痛，但木羅式加却並不生氣，——倒愛聽圖幡夫用了誰也不懂的自己的言語和表現的罵詈：他承認在這里是一切應當如此的。

"是的…… 正是時候了，已經是這時候了……" 圖幡夫說。"你回到我們這里來，很好。 要不然，會全學壞了的——像那不用的螺絲釘一般鏽掉，大家都爲了你丢臉……"

大家爲着別的原因，贊成着這是好事情，——因爲許多人們，對於木羅式加，凡爲圖幡夫所討厭的處所，倒是喜歡的。

木羅式加竭力要不記起到病院去的時候的事來。 他極怕有人來問他道："那麽，你的女人怎樣了呢？……"

於是他和大家一同，走到小屋那邊去給馬匹喝水……岸上的林中，貓頭鷹在叫，鈍鈍地，並不嚇人；水上的霧裏，是點染着馬頭，帖耳伸頸，一聲不響，——在岸上，則烏黑的叢莽，將身隱在芬芳的冷霧中。"咳，這纔是生活哩……" 木羅式加想着，和氣地喝了馬。

在屋子裏，是修鞍，擦鎗；圖幡夫高聲讀那礦工寄來的信。 並且一面就寢，一面爲了"回到諦靡菲的懷裏來了的記念"，將木羅式加添任了守夜的哨兵。

一整夜裏，木羅式加覺得自己是眞正的兵士，而且是好

— 100 —

的,有用的人了。

夜間,圖幡夫在肋下覺到了重重的衝撞,醒過來了。

"什麼事? 什麼事?……" 他驚問着坐起,——還不及在暗淡的燈光中睜眼,——就有遠遠的鎗聲,接着是第二響,與其說是他聽到,倒是覺得了……

臥牀旁邊站着木羅式加,在叫喊:

"快起來！ 聽到對岸有鎗聲哩！……"

疏疏的凄涼的鎗聲,隔着頗有規則的間隔,一鎗一鎗地接續着。

"叫大家起來,"圖幡夫命令道:"立刻到所有小屋去……趕快！……"

幾秒鐘後,完全繫好武裝,他跳在後院裏了。 展開着無風的寒冷的天空。 銀河的迷濛的窮途上,星在慌張地走。 從乾草小屋的昏暗的洞裏,陸續跑出襲擊隊員的紛亂的形姿來,——且罵,且走且繫彈匣帶,拉出了馬匹。 從棲枝上,鷄發狂地叫,掉了下去；馬是倔強,嘶鳴。

"拿鎗！…… 上馬！" 圖幡夫指揮着。 "密忒加·綏涅！…… 跑到小屋去,叫起大家來…… 趕快！……"

炸藥的火花,咻咻地響着,和煙一同從本部的廣場上飛向

紛 亂

空中了。 睡了的婦女,由窗口伸出臉來,又卽縮了回去。

"動手哩……" 有誰用了帶些發抖的低聲,說。

從本部跑來的遏菲謨加,在門口叫道:

"警報!…… 大家全副武裝到集合地去!……" 他在門上迅速地勒轉馬嘴,還喊些什麼知不清的話,跑掉了。

派去的人囘來的時候，纔知道小隊的大部分，並沒有宿在營裏，——傍晚出外去散步，睡在姑娘們那里了罷。 惶惑了的圖礌夫，決不定還是單將聚集了的人們出發好呢，還是自己到本部去，探明出了什麽事情好。 他就一面罵着上帝和教士，一面派人到各方面，一個一個的去搜索。 傳令使帶了"全小隊立刻集合起來"的命令，已經來了兩次了，但他還不能將人們召集，只如被捕的野獸一般，在院子裏跑來跑去，絕望之餘，幾乎要用彈子打進自己的額角去，而且實在，倘使他沒有常常覺着自己的重大的責任，恐怕也打了進去了。 這一夜，許多人們就都喫了他毫不饒放的拳頭。

疲乏了犬吠聲送在後面，小隊終於跑向本部去了，——發狂的馬蹄的鐵聲，充滿着爲恐怖所壓的街道。

圖礌夫看見全部隊都在廣場上，很喫了一驚。 大路上排列着移動的準備已經妥當的輜重，——許多人下了馬，坐在馬旁邊在吸煙。 他用眼去尋萊奮生的小小的身材，——他站在照着炬火的粗木材旁，鎭靜地和美迭里札在談話。

"你怎麽會這麽遲的？" 巴克拉諾夫對他發話了。 "還在說：'我們…… 礦工……'哩。" 他已經有些着忙，要不然，大約是決不會向圖礌夫來說這樣的話的。

小隊長單是搖手。

他最爲恨恨的,是意識着這年靑人,巴克拉諾夫,現在正有用一切言語來斥罵他的十足的權利,而且雖是這斥罵,對於他圖幡夫之罪,也還未能算是十足的懲罰。 況且巴克拉諾夫又觸着他最痛之處了:在他自己的心的深處,圖幡夫是以爲惟有礦工這名目,乃是在這地上,人類所能有的最尊的名目的。現在他確信了惟有他的小隊,却正將他自己,將蘇羌的礦工們,而且將全世界的一切礦工們辱沒了,至少直到第七代。

　像心縱意的罵過之後,巴克拉諾夫就去叫囘巡察去了。圖幡夫由五個從河邊囘來的自己的兵士口中,纔知道並無什麼敵人,他們是奉了萊奮生的命令,"毫無目標,向空中"開了鎗。 他這時便明白了萊奮生是要試一試部隊的戰鬭準備。但這隊長的試驗,不能給他滿足,爲了他不能來做別人的模範了的這種意識,他更加覺得狂躁了。

　這樣地各小隊整列起來,舉行點呼的時候,就知道了雖然如此,却還是缺少許多人。 而散失得最多的,則是苦勃拉克的隊裏。 苦勃拉克自己也因爲日間去和家族作別,酒還沒有醒。 他屢次向着自己的小隊演說道——"怎麼能尊敬自己這樣的廢料,猪一般的東西呢?" ——並且哭起來了。 於是全部隊就都看見苦勃拉克醉着。 只有萊奮生却裝作沒有覺得,因爲倘不然,便須將苦勃拉克撤換,然而又沒有可以替他的

— 194 —

人。

萊奮生檢查過隊伍,回到中央,舉起一隻手。 手冷冷地,嚴厲地在空中停了幾秒時。 在只波動着神祕的夜的聲息中,更發生了一種寂靜。

"同志們!……" 萊奮生開口了,他的聲音是低的,但在各人,却聽得很分明,恰如自己的心臟的鼓動一樣。"我們從這里出發…… 到那里去——現在用不着說明。 日本軍的勢力——固然沒有看得牠太大的必要——然而,還是有我們不如隱藏起來,到時機的來到為妙的那麼大小的。 這並不是我們完全走出危險之外了的意思。 並不的。 危險是常常掛在我們上面的。 一切襲擊隊員,都應該明白這件事。 我們沒有辱沒我們的襲擊隊之名麼?…… 在今天,是不能說沒有辱沒的。 我們是女孩兒似的散亂了!…… 倘若眞的是日本軍到來了,會怎樣?…… 他們就會將我們殺了個乾淨,好像小鷄!…… 是多麼的恥辱呵!……" 萊奮生忽然屈身向了前方,而他的結末的話,則如放開的渦卷鋼條一樣,頓時彈了過來,於是一切人們,便忽然被其圍住,覺得自己就像給不可捉摸的鐵的手指,在暗中扼殺的小鷄一般了。

連什麼都不懂得的苦勃拉克,也彷彿有着確信似的說道:

"不錯…… 都不錯的……" 他將四角的頭轉到旁邊

去，用大聲打起呃逆來。

圖幡夫是一秒一秒的在等候萊奮生來這樣說："例如圖幡夫——他今天就是事情完了的時候纔到的。 但我的屬望於他，豈不比對誰都還大的麼——是恥辱呵！……" 然而萊奮生却誰的姓名都沒有提起。 他總是不多說話的,但他恰如敲那又鈍又強的釘,以作永久之用的人一般,就只執拗地敲着一個處所。 只是為了要查明他的話,達到了那本人之處沒有,他便看着圖幡夫那邊,突然這樣說：

"圖幡夫的小隊跟着輜重去…… 因為他們是很敏捷的……" 於的他在馬鐙上站起,將鞭一揮,發號令道：——"立……正！…… 從右三列走動…… 開步走！……"

馬嚼子一齊發響了,馬鞍相軋有聲,而且恰如海底的大魚一般搖蕩着,緊密的人列,在深夜裏游向那從古老的希霍台,亞理尼山巔之後,升起古老的,然而永是新鮮的曙光之處去了。

第 二 部

一

在部隊裏的美諦克

式泰信斯基從爲了糧食，跑到野戰病院裏來的經理部長的助手那里，纔知道了出發的事。

"是刁鑽的脚色——這萊奮生。" 助手將蒼白色的駝背曬着太陽，說。"倘若沒有他，我們怕都完了罷…… 你想想看！——到野戰病院去的路，誰也不知道。 所以，來攻擊我們的時候，——我們領了全部隊，到了這里了！ 想一想罷，我們是怎麼的…… 況且在這里，是糧食呀，糧秣呀，都已經準備得停停當當。 眞會想……" 助手感歎着，搖搖頭。 但式泰信斯基却覺得他的稱讚萊奮生，與其說爲了他眞是"刁鑽的脚色"，倒是因爲將自己所沒有的性質歸之別人，於助手自己反而覺得舒服的。

這一天，美諦克第一次能夠站起來了。 他支着臂膊，走向草地去。 在脚下感着驚人地愉快的有彈力的短草，他無端地歡笑。 後來躺在行榻上，也許因爲疲勞了，或者是爲了這大地的歡欣的感覺，心臟高聲地跳個不停。 兩脚還爲了衰弱在發抖，而快活的好像螞蟻在爬一般的癢覺，却穿透了全身。

美諦克散步時，弗洛羅夫羨慕似的向他望，於是美諦克就總不能克服了彷彿對他不起的感情。 弗洛羅夫已經病得很久，久到將周圍的人們的同情都汲盡了。 在他們的不能省的愛護和掛念中，他聽到了"你究竟什麽時候纔死呢？"這一個永是存在的疑問。 然而他不願意死。 對於"生"的他的執迷的這分明的盲目，就像墓石一樣，將大家壓着了。

直到美諦克留居病院的最後的一天，他和華理亞之間，就繼續着奇妙的關係，這好像一種游戲，那對手希望着什麽，是彼此都明白的，然而又彼此害怕着對手，誰也不敢跨出大膽的，決定底的一步去。

在她那結識了許多男人，多到在記憶裏，他們的眼睛的顏色，頭髮的顏色，或者連姓名也分不清了的辛苦而很難忍受的一生中，華理亞對誰也從來不能說出"可念的，可愛的人"的話過。 美諦克是她有對他來說這話的權利，而且也要說這話的最初的男人。 在她，是只有他，——只有這樣美，這樣溫和的男人，——纔能夠使她那爲母的熱情，得到平靜，她以爲正因爲這緣故，所以愛了他的。 （但其實，這確信是在她愛了美諦克之後,纔在她裏面發生出來的,而她的不孕性,和她的個人底的希望也有着獨立的生理底原因。) 在不安的沈默中,她每天呼喚他,每天不倦地貪婪地尋求他——將他從人們之中領出,將自己的遲暮的愛來獻給他罷…… 但不知道爲什麽,她竟沒有決計直白地來說出。

美諦克雖然也以那剛剛成熟的青春的熱和空想,希望着一樣的事,然而他竭力迴避着和她兩個的牽連——或者招畢加和自己在一處,或者訴說着自己的不舒服。 因爲從來沒有接近過女人,他膽怯了。 他也想到,自己竟不能像別人一樣麽,於是十分羞。 他偶然也戰勝了這膽怯,然而這囘是憤怒的木羅式加的形相,他揮着鞭子,從秦茄中走了出來的形相,湧現於他的眼前,於是美諦克便經驗到銳利的恐怖和對他還未報答之恩的意識的混合起來的東西了。

在這游戲中,他消瘦而成爲長條子了。 但直到最後的瞬息間,他終於沒有克服那膽怯。 他和畢加一同,簡直好像對於外人似的,向大家作了勉勉強強的別,走掉了。 華理亞在小路那里追上了他們。

"來,連作別,也不好好地作麽?" 她因爲飛跑和感奮,紅着臉說。"在那邊,不知怎地我難爲情起來了…… 這樣的事倒向來沒有過,什麽難爲情。" 她說着,就照礦山裏的年靑姑娘們誰都做的那樣，將鏤花的煙盒，好像做壞事似的塞在他的手中。

她的感奮和這贈品，和她很不相稱。 美諦克可憐她了，而當畢加的眼前，又覺得抱愧。 他微微地一碰她的嘴唇，她用了煙一般的最後的眼向他看，於是她的嘴唇牽歪了。

"來看我，不要忘記罷！……" 當他們爲森林所隱蔽時，她大聲叫道。 待到知道了並無回答，便倒在草上，哭起來了。

在道上，從深的回憶得了解放的美諦克，時時覺得自己已是眞的襲擊隊員，爲了曬太陽，竟還捲起了衣袖，——這在他，以爲當和那大可記念的"姊妹"交談之後，他所開始了的新生活，是十分緊要的。

伊羅窣札的河口，已被日本軍和科爾却克軍所占領。 畢加是駭怕，焦躁，一路訴說着想像出來的痛苦。 美諦克竟無法使他同意，避出村子，繞道從山谷前行。 他們遂只好順爬過山，沿着人所不知的山羊的小路走。 到第二夜，他們從多石的峭壁，拚死命降向河流那面去。 美諦克還沒有覺得自己的脚的健壯。 幾乎到早晨，他們纔摸到了高麗人的農場。兩人貪饞地吸了沒有鹽的刁彌沙。 一看見乏透了的可憐的畢加的模樣，美諦克總不得不記起曾經使他心醉的坐在幽靜的葦蕩旁邊的那閑靜的,爽朗的老人的形相來。 畢加就好像用了自己的壓碎了似的神情,在映發沒有休息和救援的這寂寞的不安和空洞。

他們於是在疏疏落落的田莊裏走,在這里,沒有一個聽到關於日本軍隊的人。 部隊經過了這里沒有呢?——對於這詢問,他們是向河上指點,打聽新聞,請喝蜜的克跋斯,(一) 姑娘們則窺看美諦克。 是收穫時期已經開始了。 道路隱沒在密叢叢的沈重的麥穗裏;一到早晨,空的蛛網上,便停着露水,在空氣裏,是充滿着秋前的像在申訴一般的蜂鳴。

他們到得希比希,已是傍晚了。 村莊站在多樹的丘岡的向陽之處,——從相反的一面,射過西下的夕照來。 看見在倒敗的,生齒的祈禱所旁,有一羣帽上滿綴紅布的快活的,喧嚷的青年們,在玩九柱戲。 一個穿着高背的農人長靴的,生着三角的尖劈一般的紅鬍子的,好像童話插畫上的侏儒那樣的小男人,剛將柱子拋完,却出醜地全部失敗了。 嘲弄的笑聲是那酬答。 這小男人也沒法地微笑,但好像並不介意,倒也一樣地非常高興似的。

"那是他,萊奮生。" 畢加說。

────────────────────

註一: Kvass 一種飲料——譯者。

"那里?"

"哪,那邊,那個紅鬍子的……" 畢加就拋下正在驚詫的美諦克,用了惡魔似的敏捷,奔向小男人那邊去了。

"喂,大家,瞧罷——畢加!……"

"唔,是畢加哩……"

"爬來了麽,這禿頭鬼!……"

青年們放下游戲,圍住了老人。 美諦克立在一旁,决不定走過去好呢,還是等到叫他好。

"和你同來的是誰呀?"萊奮生終於問。

"從病院裏來的一個人——很好的青年……"

"那是木羅式加帶了來的負傷者呵。" 有知道美諦克的,插口說。 美諦克聽得在說他了,便走近大家去。

原來九柱戲那麽不行的小男人,却有着大的敏捷的眼——那眼抓住了美諦克,將他翻一個轉面,恰如檢查其中的一切似的,就這樣地過了幾秒時。

"到你的部隊裏來的,"美諦克因爲忘記了放下袖子,紅着臉,一面說。 "先前是在夏勒圖巴那里的…… 到受傷爲止。" 他添上一句,想增些重量。

"從什麽時候起,到夏勒圖巴那里去的?……"

"從六月的,唔,的中旬……"

— 112 —

萊奮生又射過他那試探的,檢查的眼光來,問道:

"能放鎗麼?"

"能的……" 美諦克含胡地回答。

"遏菲謨加…… 拿一枝馬鎗來……"

去取馬鎗之間,美諦克覺得有幾十隻好奇的眼睛,從各方面將他釘住。 他將這無言的纏繞,開始當作敵意了。

"那麼…… 打什麼好呢?" 萊奮生用了眼向四近搜尋。

"打十字架!" 有人高興地提議。

"不,打十字架,那不必…… 遏菲謨加,拿九柱戲的柱子去豎起來,是的,那邊,在那里……"

美諦克拿了鎗,因為驚惶,幾乎要閉上了眼睛。(這驚惶的籠罩他,並非因為要打靶,却是為了他覺得大家好像都在希望他失敗的緣故。)

"將左手再靠近些——那麼,就容易了。" 有人忠告道。

表示出分明的同情的這話,很幫助了美諦克。 他一扳機頭。 於是鎗在音響中發射了 —— 那時他不能不閉一閉眼——但他還能夠分辨那站着的柱子已經飛開。

"好……" 萊奮生笑了。 "養過馬沒有呢?"

"沒有。" 美諦克用了在這樣的成功之後,卽使擔當了別人的罪孽也不要緊那樣的心情,自白說。

"這可惜，"萊奮生說。 人看見，他是眞在可惜的。"巴克拉諾夫，將'求契哈'牽給他罷。" 他狡猾地睒着眼："好好地養去，是溫和的馬呵。 怎麼養法，小隊長會教的…… 我們將他編到那一個小隊裏去呢？"

"據我想來，還是苦勃拉克那里，——他那里正缺着人。" 巴克拉諾夫說。 "和畢加一起罷。"

"也好……" 萊奮生同意了。 "那麽 你去就是了……"

……向"求契哈"的最初的一瞥，逼得美諦克非將自己的成功和因此發生的孩子一般自以爲榮的希望，全都忘却不可了。 她是一匹善於流淚的，瘦弱的，汙白色而且有着窪脊梁和大肚子的，溫和的馬，先前爲農民或別人所有，一生中連耕了許多兒削契那〔一〕的地面。 還不但這些哩，最壞事的是她懷着胎，她的奇特的名字，適合到恰如上帝的祝福，正適合於沒有牙齒的老婆婆一般。

"這給我，唔？……" 美諦克低聲地問。

"這馬看相不很好，"苦勃拉克拍着她的屁股，說。 "蹄子有點缺勁——不知道爲了糧食，還是爲了有些生病的意思…" 但騎着走，是可以的……" 他將蓋着帶白色的針的四方

註一：地積名，l Dessiatina 約中國三千五百步——譯者。

形的頭，轉向美諦克這一面，用了愚鈍的確信，重複說道："騎着走是可以的……"

"這里沒有另外的馬麼？" 美諦克一面對於"求契哈"和騎着她也可以走路的事，突然感到要命的憎惡，一面便反對了。

苦勃拉克並不囘答這話，但無聊地，單調地，開始講起爲了養護這脫毛的牝馬的無數的危險和疾病，早晨，日中，晚上的該做的事來。

"一從行軍囘來不要卽刻將鞍子除下，"小隊長教導他說："給她立一會，等她有些涼。一將鞍子除下，就給她擦背——用手掌，或是乾草，還有，上鞍之前，也得擦的……"

美諦克嘴唇發着抖，只凝視着馬匹之上的地方，却並沒有聽。他的勇敢的襲擊隊員的心情，恰如小碟子裏的水一般，全都乾涸了。他自己覺得只因爲開初就要輕賤他，所以特地分給他這樣傷了蹄子的丟臉的牝馬。這時候，美諦克是從他非開始不可的那新的生活的觀點，在看一切自己的行爲的。現在帶了這樣討厭的馬，那新的生活之類，就好像無從說起——此時的他，恐怕誰都以爲不再是完全兩樣了的，強有力的有自信的人物，他也還是先前的可笑的美諦克，連好馬也不能交給他的了。

"除此之外,這馬,舌頭還在發炎……" 小隊長並不管美諦克怎樣地在受辱,這話可能進他耳朵去,只是堅決地說。"這是應該用礬來醫治的,但不幸這里沒有礬,我們在用雞糞醫治着這病——這也是很有効驗的方子。 用破布包起來,在加上嚼子去之前,裹在嚼子的周圍的——眞靈得很……"

"我是——小孩子,還是什麼呢?" 美諦克不去聽小隊長的話,自己想。"不,我到萊奮生那里去,說我不高興騎這樣的馬罷…… 替別人受苦的義務,我是絲毫也沒有的(在他,是要自以爲好像在做誰的犧牲,這纔舒服的)。 不,我要統統直白地說出來,給他不至於誤會……"

但小隊長一說完,馬匹完全交給美諦克之手的時候,他纔後悔他沒有聽取小隊長的講解了。"求契哈"低着頭,在動她懶懶的白色的嘴唇。 美諦克省悟了她的全生命,現在就在他手裏。 然而他不知道怎樣處置這單純的馬的生命,却仍如先前一般;他連繫好這溫和的牝馬也做不到,她就在暗中將頭伸到別個的乾草去,使別的馬和守夜人發恨,並且在馬厩裏往來。

"遭瘟的, 那個新傢伙在那里呀?…… 怎麼連自己的馬也不繫好的?……" 有人在小屋裏大叫。 於是聽到發怒的鞭聲。"滾，滾，昏蛋！ 守夜人！——帶了馬去呀，滾她媽的……"

美諦克因為奔跑和內部的熱，渾身流汗，頭裏充滿着最惡毒的罵詈，時時碰着有刺的樹叢，在黑暗的，睡了的街道上行走，要尋出本部來。 有一處，他幾乎撞進散步的一羣裏面去，——嘶嗄的手風琴在絞出"薩拉安夫斯卡耶"的曲子，煙捲在燒，劍和拍車在響，姑娘們在發尖聲，而大地則因發瘋似的跳舞而在顫抖。 美諦克怕向他們問路，遠開了。倘沒有一個人的形相，從路角那邊向着他出現，他也許會走一整夜的罷。

"同志！本部在那裏呀？" 美諦克走近去，一面說。 並且知道了那是木羅式加。"阿阿，晚安……" 他惴惴地，羞慚地說。

木羅式加發了一種含胡的聲音，就在惶惑中站住……

"到第二個後院，往右。" 他終於不想別的事，回答說。於是兩眼異樣地發着閃，並不回顧，從旁邊走過了……

"木羅式加…… 是的…… 他在這里……" 美諦克想。 他就恰如先前一樣，突然覺得自己是孤獨，環繞着各種的危險，木羅式加呀，暗的不熟識的街道呀，不知怎麼調理的溫和的馬呀。

走到本部時，他的決心巳經完全無力。 他巳經不知道來幹什麼，不知道做什麼好，說什麼好了。

　　大約二十個襲擊隊員，躺在空虛的，平野一般廣大的後院中央所燒的篝火的周圍。　萊奮生是高麗式地曲着腿，爲生烟發響的火燄所魅惑，就坐在火的直近旁。　這使美諦克更加想起童話裏的侏儒來了。　美諦克走近去，站在那後邊，——誰也沒有向他這面看。　襲擊隊員們順次講着淫褻的故事，其中是一定夾着奇怪的教士，淫亂的教士的妻，還有輕步地上，因了教士之妻的溫婉的心情，巧妙地欺騙教士的勇敢的青年的。　從美諦克看來，他們的講着這些事，並非因爲這眞可笑，倒因爲此外無可講，而且他們的笑，也只是爲了義務。　然而萊奮生却總是注意傾聽，大聲地，好像眞是出於本心地哄笑。　當大家要他也來講述的時候，他就也講了幾件可笑的事情。　他在聚集於此的人們裏，是最有教養的人，所以他所講的，也就成了最好的最淫褻的故事。　但看起來，萊奮生却毫無顧忌，用了滑稽的平靜模樣開談，並且淫褻的句子，彷彿別人的話一般滔滔而出，和他全不相干似的。

　　一看見他，美諦克便自然而然地自己也想去講一講，——他是以這樣的事爲可恥的，並且竭力裝着超然於這些之上的樣子，但其實却愛聽這一類話，——然而他害怕，倘若他在火旁坐下，大家就會詫異地對他看，他覺得那是最不愉快的。

他於是沒有加入，走掉了，——心裏懷着對於自己的不如意，對於一切人們，尤其是萊奮生的怨恨的心情。"哼，不要緊，"他憤恚地閉着嘴唇，想。"無論如何，我不來伺候那馬的，要死，死掉就是。　看他說什麼罷；我不怕的……"

　　從此他真不再留心到馬匹上去了。　只在練習和喝水時候，牽出她去。　如果他在注意較深的指導者那里，他是一定要立刻遭打的。　然而苦勃拉克對於自己的小隊的情形，並無興致，就只聽其自然。"求契哈"是遍身瘡癤，餓着，渴着走，只偶然受些別人的照應，而美諦克則被大家所憎惡，以爲是"傲慢，懶惰的人"。

　　全小隊中，只有兩個人和他有些親密，——那是畢加和企什。　但他和他們交際，決不是因爲他們合了他的意，乃是因爲誰也不和他相往來的緣故。　企什是竭力想博他的歡心，自己來尋他的。　趁着美諦克爲了沒有擦過的鎗，和小隊長吵鬧之後，獨自躺在天篷下面，惘惘然凝視着篷頂的瞬間，企什便用了逍遙的脚步，走近他來，這樣說了：

　　"您在生氣麼？……　呸，算了罷！　這樣的一個胡塗的沒有學識的東西，用不着當眞的。"

　　"我也並不生氣。"　美諦克歎了一聲，說。

　　"那麼，無聊？　倘是這，那又是一囘事，倘是這，我也知道……"企什坐在拆掉了的車子的前段上，照平常那樣子，俛開了抹得很濃的長靴。"唔，其實是，我也無聊的——因爲在這里，智識分子眞少。恐怕只有萊奮生，然而他也是……"企什將手一揮，含蓄地望着自己的脚。

"他也是——怎樣呢？……"美諦克因爲好奇心，追問道。

"唔，然而他也是沒有什麽了不得的學問的人呵。單是狡猾罷了。就在想將我們當作踏脚，來撐自己的地位。您不這樣想麽？"企什哀傷地微笑起來。"自然，您總以爲他是很有勇氣，很有才能的隊長罷。"——他用了特別鄭重的發音，說出"隊長"這兩字來。"哼，豈有此理！——那都是我們自己幻想的！我告訴您……就拿我們的開拔的具體底的事情來看罷——我們不用一直的衝鋒，去打敗敵人，却鑽進這骯髒的窟窿裏來了。自然，您早知道，那是因爲高明的戰略底觀點！在那邊，我們的同志們正在死掉也說不定，而我們却在這里——是爲了戰略底觀點哩……"企什不自覺地從輪子上拔出木閂來，又惋惜地將這塞進原先的處所去。

美諦克並不相信萊奮生是眞像企什所形容出來那樣的人，但聽他的話，是有趣的，——他久沒有聽到這樣有教養的談吐了，並且不知道爲什麽，他相信其中也有幾分的眞實。

"眞是這樣的麽？"他站起來，說。"在我，却原以爲他是好像極其出色的人物的。"

"出色的人物？！" 企什煩厭了。 他的聲音失掉了平常的甜膩的調子，其中並且響着現今自己的優越的意識。"這是怎樣的誤解！…… 只要看他挑選的是怎樣的人，就是了！…… 那個巴克拉諾夫，是什麽東西呀？ 一個胡塗蟲！…… 自己以爲了不得，但小子是怎樣的副手呢？ 莫非尋不出別的人了麽？ 自然，我是生病，負傷的人——我受了七粒子彈和空氣的撞傷——我是不耐煩做那樣麻煩的工作的，然而無論如何，我總該不會比小子還要壞——這無須誇口來說……"

"恐怕他沒有知道你是懂得軍事的罷？"

"呸，會不知道！ 誰都知道的，您去問問看。 自然，大家是因爲嫉妬，要說壞話的，然而這是事實！……"

美諦克漸漸有了元氣，也開講些自己的心情。 他們在一處周旋了一天。 這樣的幾次談天之後，不知怎地他有些反對企什了。 然而他不能離開他。 長久不見的時候，他竟會自己去尋覓。 企什又教給他逃脫守夜和燒飯的事，凡這些，是早巳失去那新鮮的魅力，只成着無聊的義務的了。

從那時候起，部隊的沸騰一般的生活，就從美諦克的旁邊走過了。 他沒有看見部隊的機構的彈鏃，沒有感到正在做着的一切事情的必要。 在這樣的隔絕中，對於新的大膽的生活的他的幻想，就消失下去了，——雖然他學會了囘嘴，不怕人；曬慣了太陽，習慣了穿著，在外觀上也和別的人不相上下。

二

開　始

　　木羅式加遇見了美諦克,自己也以爲奇的,是先前的怨恨和憤怒,都不再覺得了。 所剩下的,只是這樣的有害的人,何以又在路上出現的這一種疑心,以及他木羅式加,對他應該憤慨的一種無意識底的確信。 但是這邂逅,也還是將他打動,使他要將這事卽刻和誰去談談。

　　"剛纔在橫街上走,"他對圖幡夫說。"剛要轉彎,跑到我的鼻子尖前來了,——那個夏勒圖巴的小伙子呵,我帶來的,那個,記得麼?"

　　"這怎樣?"

　　"不,沒有什麼了不得的事…… 他問說'到本部去,該怎麼走呢?……''到後邊的——我說——第二個後院,往右……'"

　　"那又怎麼了呢?" 圖幡夫在這裏面毫不能發見奇特之處,以爲還有後文,便試探地問。

"不,遇見了就是了!……　這還不夠麼?"　木羅式加含着不可解的憤怒,囘答說。

他忽然淒涼起來,不再願意和人們說話。　原想到晚上的集會裏去的,但却鑽進了乾草小屋子,然而不能睡。　不愉快的回憶,成了沈重的擔子,向他上面壓來。　在他,彷彿覺得美諦克是爲了要使他從一種正當的方向脫出,所以特地在路上出現似的。

第二日,他好容易,纔按住那再遇見美諦克的希望,什麼地方也靜不下:彷徨了一整天。

"我們爲什麼連事情也沒有,却老坐在這里的?"　他悵恨地,去對小隊長說。"要爲了無聊,爛掉的呵……　他究竟在那里想些甚麼呀,我們的萊奮生?……"

"就在想要怎麼辦,纔能使木羅式加開心呵。　說是因爲只是坐着想,所有的褲子都破完了。"

圖臨夫竟並不體察複雜的木羅式加的心情。　得不到幫助的木羅式加,便在不祥的憂鬱中跑來跑去,知道他倘不能有强烈的工作來散一散悶,那可就要浸在酒裏了。　他從有生以來,這纔第一次和自己的欲望戰鬭。　然而他的力量是孱弱的,但有一偶然的事故,將他從沒落裏救出了。

鑽在偏僻處所的萊奮生,和別的部隊的連絡幾乎統統失掉了。 有時能夠到手的報告，描給他看的是死解和苦痛的腐蝕這兩種可怕的圖像。 死的鐵靴，毫無慈悲地踩躪着馬蟻羣，而瘋狂了的馬蟻，則或者因爲絕望，卽投身靴下，或者成了混亂的羣，逃向不能知的彼方，徒爲自己本身的酸所腐蝕。不安的烏拉辛斯克的風，是送來了煙一般的血腥。

萊奮生沿着多年絕了人迹的無人知道的泰茄的小徑，和鐵路作了連絡。 他又得到報告，知道載着鎗械和衣服的軍用貨車就要到來。 鐵路工人約定了來詳細通知日子和時刻。萊奮生知道，部隊是遲遲早早，總要被發見的，而沒有彈藥和防寒衣，要在泰茄裏過冬，是不可能的，于是決定了實行最初的襲擊。 剛卡連珂趕緊放好急性佬（一）。 濃霧之夜，悄悄地邊出了敵陣，圖嶓夫的小隊突然在鐵路線邊出現了。

……剛卡連珂將接着郵件車的貨車截斷，客車並無損壞。在爆發的聲響中，在炸藥的煙氣中，破壞了的鐵軌跳上空中，於是抖着落在斜坡下面了。 急性佬的閂子上繫着的一條繩，纏住了電線，掛着，後來使許多人絞盡了腦漿，想知道誰爲了什麼和甚麼緣故，將這東西掛在這地方。

當騎兵斥候在四近偵察之間，圖嶓夫帶了滿滿地載着物

註一：地雷的綽號——譯者。

件的馬匹，藏在斯伐庚的森林的田莊裏，一到夜，就逃出叫作"面頰"的山谷去了。 幾天之後，到了希比希，一個人也不缺。

"喂，巴克拉諾夫，可就要動手哩……" 萊奮生說。 但在他的起伏的視線裏，却辨不出他是在開玩笑呢，還是在說眞話來。 就在這一天，他只留下些可以帶走的馬，將外套，彈藥，長刀，硬麵包，都分給各人，僅剩了馱馬能夠運送的這一點。

到烏蘇里的烏拉辛斯克山谿，已經都被敵軍佔領。 新的兵力集中於伊羅罕札河口，日本軍的斥候在各處偵察,常常和萊奮生的巡察衝突起來。 到八月底，日本軍開始前進了。他們從這田莊進向那田莊，一步一步都安排穩妥，側面布置着縣密的警備，伴着長久的停止，慢慢地進行。 在他們的動作的鐵一般固執中之，雖然慢，却可以感到有自信的,有計算的，然而同時是盲目底的力量。

萊奮生的斥候顯著殺伐的眼回來了,但他們的報告，是互相矛盾的。

"這究竟是怎麼的！" 萊奮生冷冷地回問。 "昨天說他們是在梭羅孟那耶的，今朝却在麈那庚了，——那麼，他們是在後退麼？……

"那我我不知道，"斥候呐呐地說。"也許前哨在梭羅孟那耶罷……"

"那麼，在摩那庚的，不是前哨，却是本隊，你怎麼知道的呢？"

"農人們說的……"

"又是農人們！…… 人怎樣命令你的呀？"

斥候於是揑造了些胡說八道的事情，說明他何以不能深入。但其實，他是給女人們的饒舌嚇住了，離敵十威爾斯忒，就坐在叢莽裏，吸着烟捲，在等候可以囘去了的時候。"你自己拱出一囘鼻子去罷。"——他一面眠着眼，用鬼鬼祟祟的農夫眼色，斜瞥着萊奮生，一面想。

"你應該自己去走一趟了，"萊奮生對巴克拉諾夫說。"否則，在這里我們會給人家撲殺，像蒼蠅一般。這些傢伙是沒法可想的。你帶了誰，在太陽未出之前就動身罷。"

"帶誰去呢？"巴克拉諾夫問。他內心雖然洶湧着劇烈的戰鬪底歡欣，但硬裝着認眞的深思遠慮模樣，他也如萊奮生一樣，是以爲必須將自己的眞感情遮掩起來的。

"你自己挑選罷…… 那個苦勃拉克那里的新來的也可以——是叫作美諦克的罷？ 又可以順便看看那是怎樣的青年。人們說他好像不行，但是他們弄錯的也說不定……"

做斥候去是美諦克的無上的機會。 他在部隊中的短短的生活之間,已經存貯了非常之多的尚未成就的工作,不會完結的約束,和未曾實現的希望,而於那每一事,則連本可成就的事,也至於失掉那價值和意義了。 而且綜合起來,這些責任和懶惰,壓在他身上,是沈重而且苦痛,使他不能從這被囚的,無意思的狹窄的環境中逃出,現在他覺得,彷彿仗這勇敢的一擊,便可以衝破了。

他們在未明之前出發。 泰茹的尖頂上,已經閃着微紅,山腳下的村中,送來了第二遍的公雞叫。 四周是寒冷,昏暗,還有些陰森。 這境遇的異常,危險的豫感,成功的希望,——凡這些,在兩人裏面,激起了一種戰鬪底的心情;各種另外的情感,至不重要了。 在身體中——是血液生波,筋肉見韌,而空氣則冰冷地,竟至於顯得好像在鑽刺,在發聲。

"阿呀,你的馬,滿生着疥癬哩。" 巴克拉諾夫說。 "沒有照管麼? 那是不行的…… 一定是苦勃拉克模模胡胡,沒有教給你怎麼理值罷?" 一個知道如何養馬的人,會毫無良心,一直弄到這模樣,巴克拉諾夫是連夢裏也想不到的。 "沒有教罷,唔?"

"我怎麼說呢?……" 美諦克窘急起來:"就至般說,他是不很肯照應的。 可是聽誰好呢,也不知道。" 他愧對自己的

— 128 —

說話，在鞍橋上縮着身子，一瞥巴克拉諾夫。

"誰都可以，你只要好好地問就是了。 在那里明白這等事情的人很多。 他們裏面儘有着好小子……"

美諦克也幾乎翻掉了據爲己有的企什的意見，巴克拉諾夫有些中他的意了。 他胖得圓圓的，綴住了似的坐在鞍上。他的眼褐色而銳敏，將一切事物，在動蕩中抓住，而在這瞬息間也已經將要點從不關緊要的事物中析出，發出實踐底的結論來：

"喂，朋友，我先前就在看你的鞍子爲什麼寬滑了的！ 你將後面的肚帶收得很緊，前面的却弛着。 不反一反，是不行的。 好，給你來繫過罷……"

美諦克還沒有明白是怎麼一囘事，巴克拉諾夫已經跳下馬，在鞍子那里動手收拾了。

"哪…… 你的鞍韉也打着皺哩…… 下來罷，下來罷——要把馬糟蹋了。 給你從頭弄好罷。"

數威爾斯忒之後，美諦克就確信起來，巴克拉諾夫比他良好而且能幹得遠，不但這一點，巴克拉諾夫也是非常強壯而且勇敢的人，因此他美諦克應該服從他，毫無貳話。 巴克拉諾夫這一面，則不挾一些先入之見，以接近美諦克去，雖然接着也覺得自己的優越，但還是竭力要憑着沒有屬雜的觀察，來定他的眞價値，一面看作同等的脚色，和他去談天：

"誰紹介你來的呢？"

"原沒有誰，是自己跑來的，雖然給我證明書的，是急進派……？"

美諧克記起了式泰信斯基的奇特的擧動，就想將保送他的團體的意義，設法弄得含胡些。

"急進派？…… 你不該和他們往來的——和這些臭小子……"

"但我是不管這些的…… 只因爲有兩三個高中學校的同學在那里，我就也……"

"你在高中學校卒了業麽？" 巴克拉諾夫截住話。

"唔？ 是的，卒了業的……"

"那很好。 我也進過職業學校。 學旋盤工。 但沒有卒業，因爲上學太晚了。" 恰如分辨似的，他說。"後來我在造船廠做工，直到兄弟長大…… 這之間，這回的亂子就鬧起來了……"

暫時緘默之後，他沈思似的，拖長了調子說：

"是的…… 高中學校…… 孩子時候，我也很想進去的，但怎麼能……"

美諧克的話，好像在他心裏喚起許多無用的囘憶來了。

美諦克用了突然的熱心，開始來說明巴克拉諾夫的不進高中學校，並不算壞事情，倒是好。 他在無意中，想使巴克拉諾夫相信自己雖然無教育，却是怎樣一個善良，能幹的人， 但巴克拉諾夫却不能在自己的無教育之中，看見這樣的價值，美諦克的更加複雜的判斷，也就全然不能為他所領會了。 他們之間，於是並不發生心心相印的交談。 兩人策了馬，在長久的沈默中開快步前進。

路上時時遇見斥候，但他們仍然說謊，像先前一樣。 巴克拉諾夫只是搖頭。 他們在離梭羅孟那耶的小村三威爾斯忒的田莊裏下了馬，步行前去。 太陽已經西傾，農婦們的雜色的頭巾，點綴着疲倦了的田野。 從肥大的禾堆上，則靜靜地躺下濃厚的，柔軟的影子來。 巴克拉諾夫向着迎面遇見的馬車，問在梭羅孟那耶可有日本兵沒有。

"聽人說，早上來了五個人，現在却又沒聽說了…… 但願能夠給我們收起姿子來——他們先在地獄裏……"

美諦克的心狂跳起來了，但他並不覺得恐怖。

"那麼，他們是真在摩那戾了。" 巴克拉諾夫說。 "來的那些一定是斥候。 總之，去罷……"

他們被憂愁的犬吠聲所迎接，進了村中。 在豎起一束縛在竿上的乾草和門前停着馬車的客店裏，他們"巴克拉諾夫式地"將麵包放在大碗裏,喝過牛乳。 到後來,美諦克每當帶着一種不舒服,想起這回的馳騁,則在自己的眼前,總看見巴克拉諾夫顯着活潑的臉相,上唇帶些牛乳點,走出街上去了那時的神情。 他們走不到幾步,突然從橫街裏跑出一個提高了裙子的胖女人來,一撞見他們,就柱子一般站住了。 她的圓睜的眼,陷在頭巾中,她的嘴,是被捕魚似的在吸空氣。 而且忽然,用了最尖利的高聲,叫起來了:

"孩子們, 我的孩子們,你們那里去呀? 許許多日本兵,就在學校裏邊呵。 他們就要到這里來了,快逃罷,他們就要到這里來了!……"

美諦克還沒有全領會她的話之際,從橫街裏已經出現了開正步,背鎗枝的四個日本兵。 巴克拉諾夫發一聲喊,同時也抓起了手鎗,就在眼前瞄了準——向兩個發射了。 美諦克似乎看見他們的背後噴出血團,兩個人都倒斃在地面上。 第三彈沒有打中,手鎗也不靈了。 餘下的日本兵中的一個,連忙逃走,別的一個是從肩頭取下鎗枝來。 但是,當此之際,為強有力地主宰了他的新的力量所動,壓倒了恐怖的美諦克,却對他連放了好幾鎗。 當最後的一彈打中了日本兵時,他已經倒在塵土裏抽搐了。

"我們跑罷!……" 巴克拉諾夫叫道。 "到馬車那里去！……"

幾分鐘之後，他們就解下了在客店前發跳的馬，揚起着塵埃的熱的旋渦，在街上疾走了。 巴克拉諾夫站在馬車上，時時反顧，看可有追來的人，一面用韁繩的頭，竭力打馬。 大約在村子的中央模樣，有五六個喇叭卒在吹告警的喇叭。

"他們在這里…… 統統！……" 他用了得意的憤怒，大聲說。"統統！…… 是主力！ 你聽到他們在吹喇叭麼？……"

美諦克是什麼也沒有聽到。 他倒在馬車的底板上，正在自己能夠逃脫了的狂喜中，料想那在熱而乏的塵土裏被他打死了的日本兵，因為臨終的苦惱，在拚命地掙扎。 他看見巴克拉諾夫時，似乎他那痙攣的臉，也見得討厭，可怕了。

過了些時，巴克拉諾夫已經在微笑。

"我們幹得出色！ 是不是？ 他們進村子，我們也進村子——就是一下子。 但是你，朋友，是一個好脚色。 我還料不到你會這樣哩，真的！ 沒有你，他的彈子就要將我們打通了！"

美諦克竭力要不看他，躺着，埋了頭，黃而且青，臉上顯着暗色的斑，在車子裏——好像爛了根的穀穗。

走了兩威爾斯忒遠近，聽不見有人追來，巴克拉諾夫便將馬靠近遮在路上的獨株的楡樹下。

"你，等在這里，我趕緊上樹去，看一看怎麼樣……"

"為什麼？……" 美諦克用了斷然的聲音問。"我們快走罷，應該去報告一切…… 主力在那地方，是明明白白的……" 他要使自己相信自己所說的話，然而不能。 他現在怕敢留在敵人的左近。

"不，還是等一等好。 我們不是專為了來殺三個蠢才的。 給嗅出確實的事情來罷。"

大約過了三十分鐘，二十人上下的騎兵，從梭羅孟那耶村緩步出來了。"倘給看見了，不知道會怎樣哩？" 巴克拉諾夫心中感着戰慄，一面想："我們恐怕不能坐這馬車去了罷。"然而他自制着，決計等到最後的可能的時間。 被丘岡遮住，為美諦克所看不見的騎兵已經到了半路之際，巴克拉諾夫就在那瞭望處望見了步兵，——他們踏起濃塵，閃着鎗，排成密密的柱子，正從村子裏走出…… 在火速的疾驅，直到田莊之間，兩個襲擊隊員幾乎弄死了馬匹。 他們在田莊裏換騎了自己的馬，數瞬之後，已在路上向希比希疾走了。

長於先見的萊奮生，在他們未到之前（他們是夜裏繞回來的），就布置了加嚴的警備——苦勃拉克的徒步小隊。 小隊的三分之一，和馬匹一同留下，其餘則在村旁的舊蒙古城寨的堡壘後面，當警備之任。 美諦克將馬交給巴克拉諾夫，和隊

— 134 —

一同留下了。

美諦克雖然很疲勞,但不想睡。 霧從河邊展布開來,空氣是冷的。 畢加翻一個身,說着夢話。 步哨的脚下,野草在作響,像謎一般。 美諦克仰臥着,睜眼在尋星星。 星在彷彿躺在霧帳背後的黑的空虛中,依稀可見。 於是美諦克自己裏面,感到了更暗的,更鈍的——因爲那地方是星也沒有的緣故——和這一樣的空虛。 他還以爲這一樣的空虛,弗洛羅夫一定常常感到。他突然想起,這人的運命,不和他的運命相像麽,因此就立刻害怕起來了。 他竭力想逐出這恐怖的思想,然而弗洛羅夫的形像,總浮在他的眼前。 他沒有活氣地帶着掛下的手和枯透了的臉,躺在行榻上在看他,他的上面,楓葉在幽靜地作響。"他死了呵!……" 和恐怖一同,美諦克想。然而弗洛羅夫動起指頭來,並且轉臉向他,帶着骨立的微笑,說:"大家……在鬧……"忽然之間,他在行榻上發了痙攣,從他那里有什麼圑塊迸散,於是美諦克看見那全不是弗洛羅夫了,是日本兵。"這可怕……"他全身發着抖,又這樣想。 但華理亞彎腰在他上面,低聲說:"你,不要怕呀。" 她冷靜,溫柔。美諦克立刻輕鬆了。"你不要怪我沒有好好地作別罷,"他溫和地說,"我是喜歡你的。" 她將身挨近他來。 忽然,一切飛散,沈沒在無何有中,幾瞬間後,他已經坐在地上,映着眼,用手在尋鎗枝了。 在很明亮了的周圍,則人們捲着外套,忙碌着。 藏身叢莽中的苦勃拉克,是在看那望遠鏡。 大家都聚在那里,問道:

"那里?……" 那里?……"

美諦克摸到了鎗,爬到牆上,知道大家是在說敵人。 然而看不見敵,於是他也發問了:

"那里?……"

"你們為什麼擠作一團的?" 小隊長忽然用力將誰一推,怒叱道。"散開!…… 伏倒!……"

沿着堡壘排開時,美諦克還伸了頸子,努力想看敵人。

"但是敵在那里呀?" 他向那在他旁邊的人問了好幾回。那人爬着,不理他的話,不知道為什麼總是側着耳朵,而他的下唇是拖下的。 他突然囘顧,發狂似的向他吆喝起來。美諦克來不及回答,——就聽到號令之聲了:

"小隊……"

他挺着鎗,還是什麼也沒有看見,並且因為大家看見,他却看不見而發惱——和"放"的號令一齊,胡亂地開鎗。(他沒有知道小隊的大約一半的人們,也是什麼也沒有看見,只因為免得後來給人笑話,瞞着罷了。)

"放!……" 苦勃拉克再號令說,於是美諦克又開鎗。

"唉唉，給逃走了！……" 人們在四處大聲說。 大家都忽然隨便高談，臉上也活潑地亢奮起來了。

"夠了，夠了！……" 小隊長叫喊道。"在那里放鎗的是誰呀？ 愛惜子彈！……"

美諦克從大家的話裏知道，日本軍的斥候已經來過了。也一樣地並未看見的許多人，這時就嗤笑美諦克，並且自誇着他們所瞄準的日本兵，是怎樣地從鞍橋滑落。 這時大礮聲轟然而起，反響充滿着豁谷中。 幾個人因為怕，就伏在地面上，美諦克也毛骨悚然，像給打倒了一樣，——這是他平生所聽到的最初的礮聲。 礮彈在村子後面的不知什麼處所炸裂了。接着機關鎗的發狂地拚命地作響，頻繁的馬鎗聲到處殷殷然。然而襲擊隊並不囘答。

過了幾分鐘，或者一點鐘——時間感覺是被苦惱所消滅了——美諦克覺得襲擊隊員已經增加起來。 並且看見了巴克拉諾夫和美迭里札，——他們是從堡壘上走下來的。 巴克拉諾夫拿着望遠鏡。 美迭里札則臉在痙攣，鼻孔張得很大。

"伏着麼？" 展開了額上的皺紋，巴克拉諾夫問。"哪，怎樣？"

美諦克悲苦地微笑了。 並且對於自己，呈着非常的緊張，問道：

"我們的馬在那里？……"

"我們的馬在泰茄裏，我們也就要到那邊去了…… 只要略略一防，就好…… 我們是不要緊的。" 他分明要使美諦克放心，加添說。"但是，圖幡夫的小隊，却在平地上…… 呀，惡鬼！……" 他給近處的爆炸一悚，忽然怒號起來。"萊奮生也在那里……" 於是用兩手按住望遠鏡，沿着散兵線，跑到不知那里去了。

到其次應該射擊的時候，美諦克却巳經能夠看見日本兵——他們作成幾條散兵線，走着叢莽之間的路，正在前進。從美諦克看去，是近到雖在必要之際，也早不能逃出他們了。他這時所感到的，不是恐怖，倒是一種苦痛的期待，不知道這一切要什麽時候繞完。

在這樣的瞬間之中，苦勃拉克不知從那里出現，叫了起來：

"你瞄着那里呀？……"

美諦克向周圍四顧，纔知道小隊長的話，和他並不相干，是在說先前不知道為什麽他竟沒有留心到的畢加。 畢加將臉緊靠了地面，躺着。 在頭上胡塗地探着鎗門，正在射擊他自己面前的樹木。 苦勃拉克叱罵了他之後，也不過是子彈已完，空有鎗門發響這一點不同罷了，他仍舊繼續着無異於前的工作。 小隊長將他的頭用靴子踢了幾下，但畢加依然沒有擡頭。

……這之後，大家開始是雜亂地，後來則成了疏疏的鏈子，向什麼地方疾走。 美諦克也一同奔跑，對於這些一切的爲什麼和怎樣地出現，全都莫名其妙。 他只覺得雖是這最絕望底的擾亂的瞬息間，也還是決非偶然，決非無意識；而且在指導他和他的周圍的人們的行動者，乃是和他現在的經驗不同的許多人。 這些人們，他沒有看見。 然而他在自己中，感得他們的意志，待到進了村落的時候——那時他們是作着長的鏈子，在走的——他不知不覺，用眼來搜尋那主宰着他的運命者，究竟是什麼人。 走在最前面的是萊奮生。 然而他見得非常之小，而且那麼滑稽地揮着很大的盒子礮，要相信他是主要的指導底力，可不容易。 美諦克正在努力想解決這矛盾，而密密地，惡意地，四面又飛下子彈來。 這些子彈，彷彿掠過頭髮，甚至於掠過耳朵上的茸毛。 鏈子向前疾奔，幾個人死掉了。 美諦克感到，倘若再要應戰一囘，他就會和畢加毫不兩樣了。

作爲這一天的混亂的印象，遺留下來的，還有跨着揚開火燄似的鬣毛，露着牙齒的馬的木羅式加的形相。 他跑得極快，令人分不出木羅式加從那里爲止，馬從那里開頭來。 到後來,他纔知道<u>木羅式加</u>是被選爲戰鬥之際,聯絡小隊的騎兵的一個。

<u>美謠克</u>的完全恢復原狀,是在泰茄之中,被近時走過的馬所踏爛了山間小路上。 這處所,是幽暗,寂靜,端嚴的杉樹,用了那安穩,苔封的枝幹,蔭蔽起來的。

三

苦　惱

　　恰如在不容情的強有力的機械之下的苦惱的布一樣，日子是如飛的過去了，寸寸互相類似——都是無眠的夜和非人類底的掙扎的果實。而在那日日的布上面，則忙着人們的不倦的梭……

　　戰鬥之後，藏身在繁生着木賊草和羊齒的深邃的山峽裏，萊奮生檢查馬匹了，遇見了"求契哈"。

　　"這是怎的？"

　　"什麼呀？"　美諦克口吃了。

　　"哪，解下鞍來，將背脊給我看……"

　　美諦克用發抖的手，解開了肚帶。

　　"你看，那自然……　背上滿生着瘡。"　萊奮生用了彷彿毫不期望什麼好事情似的口氣，說。"莫非你以為馬是單單騎坐的東西，用不着理值的，小阿叔……"

　　萊奮生竭力要不提高聲音，但他好容易纔做到，——他非常疲勞，他的鬍子在抖動，他還用兩隻手與奮地旋着不知從那里折來的枝條。

"小隊長,喂,這里來…… 你爲什麼單是看着的?……"

小隊長眼也不映,凝視了美諦克不知道爲什麼而抖抖地拿在手裏的鞍,於是陰鬱地,慢慢地說道:

"對這蠢才,我是說過好幾次了……"

"我也這樣想!" 萊奮生將枝條拋掉了。 向着美諦克的他的眼,是冰冷,森嚴。"往經理部去,到這醫好爲止,騎着運貨馬罷…;"

"你聽,同志萊奮生……" 美諦克以爲並非因爲他管理壞,是因爲他得到的是很重的鞍,於是用了由他所經驗的自卑而發抖的聲音,喃喃地說:"並不是我不好…… 請你聽我說…… 請你等一等…… 這囘一定…… 我將這馬弄得好好的給你看……"

但萊奮生頭也不囘,走向其次的馬匹去了。

……糧食的不足,使他們只得跑向鄰近的山豁去。 數日之間, 部隊爲了戰鬥和辛苦的跑路,弄得精疲力盡,一面又繞着烏拉辛斯克的支流間躔行。 不被占領的田莊的數目,總是減少下去,要得一片麵包和燕麥,也須經過戰鬥,舊的創傷還未醫好,新的又起來了。 人們就都成了枯燥,寡言,狠毒。

萊奮生深信着──驅使着這些人們者, 決非單是自己保

— 142 —

存的感情，乃是另外的，粗粗一看，是隱藏着的，連他們之中的許多人也還沒有意識到的，不下於此的重要的本能，藉了這個，他們纔將所忍耐着的一切，連死，都售給最後的目的，倘沒有這，恐怕誰也未必會自己走進這烏拉辛斯克的泰茄裏而去送死的罷。 然而他又知道，這本能之生活於人們中，是藏在魂靈的深處，在他們的細小，平常的要求和顧慮——也很細小，然而是活的個體——的下面的，這因為各人是要喫，要睡，而各人是屠弱的緣故。 看起來，這些人們就好像擔任些平常的，細小的雜務，感覺自己的弱小，而將自己的最大的顧慮，則委之萊奮生，巴克拉諾夫，圖蟠夫那樣的較強的人們，並且使他們惦念這一端，較多於惦念自己也有睡食的必要，而其餘一切，就一任別人去想去了似的。

　　萊奮生現在是常在隊伙裏——自領他們戰鬪，在一個鍋子裏喫，夜裏不睡，去察看哨兵，而且是還沒有忘記了笑的幾乎惟一的人了。 連和人們談些最平常的事情的時候，在他的言語的每一句裏，也聽出這樣的意思來：＂看罷，我也在和你們一同喫苦，——我明天也被殺死，也說不定的，或者餓得倒斃，也說不定的，但我却像先前一樣地活潑，固執，為什麼呢，因為這些一切，是沒有什麼大要緊的……＂

　　但是，雖然如此…… 繫住他和襲擊隊之心的看不見的繩索，却一天一天斷下去了……　而且這些繩索愈少，就愈使他難於說服人，也愈使他變爲只是居部隊之上的權力了。

　　通常，爲了捕取食用的魚，先將牠們在水裏鬧昏，這時是誰也不願意進冷水去拾取，總是趕最弱的一個，最多的是先前的牧豕奴拉孚路式加——這不知姓氏，膽怯而口吃的一個下去的。　他非常怕水，發着抖，劃着十字，從岸上走下去。　美諦克往往悲哀地凝望着那掘取了馬鈴薯的田似的，不平的土色的高高低低的瘦削的他的背脊。　有一囘，萊奮生看見這情形了。

　　"且慢……"　他對拉孚路式加說："爲什麽你自己不下去的？"　他問那正在推拉孚路式加下去的，臉的一面好像給門夾過了的兩面不匀的青年。

　　青年將那惡意的白睫毛的眼向着他，意外地囘答道：

　　"自己下去試試罷……"

　　"我不下去，"萊奮生平靜地答說："我別的事情多着哩，但是你應該下去……　脫掉褲子，脫掉……　哪，魚已經在流走了。"

　　"讓牠們流掉……　我可不是獃子哩……"　青年一轉背，就從岸邊走開了。　幾十對眼睛，彷彿稱讚他似的，並且嘲笑萊奮生似的，在望着。

"眞是麻煩的小子們……" 剛卡連珂一面自己脫小衫，一面想去，但給隊長的異乎尋常的大叫嚇得站住了。

"回來！……" 萊奮生的聲音中，響着充滿了意外之力的權力者的調子。

青年站住了，而且自己在後悔着爭這樣的事，但不願意在大家面前丟臉，便又說：

"說不做，便不做……"

萊奮生揑定盒子礮，陷下而嚇人的閃閃的收小了的眼，看定了他，用沈重的脚步，向他這面躞過去了。 青年慢慢地，好像很不願意地，脫起褲子來。

"趕快！" 萊奮生帶着沈鬱的威嚇，又走近去。

青年向他這邊一瞥，忽然嚇得倉皇失措起來，褲子是兜住了，又怕萊奮生不明白這偶然的事，竟殺掉他，就很快地說道：

"立刻，立刻…… 兜住了哩…… 唉，鬼…… 立刻，立刻……"

萊奮生環顧周圍時，大家都在懷着尊敬和恐怖對他看，然而，只是這點罷了，——却沒有同情。 在這瞬間，他覺得自己是居部隊之上的敵對底的力，但他已經覺悟，竟要向那邊去，—— 他確信他的力是正當的。

從這時候起，萊奮生常必須收羅糧食，削減過多的休息日之際，就什麽都不顧慮。　他偸牛，掠取農民的田地和菜園，然而連木羅式加，也覺得這和在略勃支的田裏偸瓜，道理是全然不一樣的。

　　……越過緜延數十威爾斯忒的烏兌庚支脈的行軍——那時部隊是只靠野葡萄和用火蒸熟的菌類養活的——之後，萊奮生走進離伊羅罕札河口二十威爾斯忒的"虎谿"的寂寞的高麗人的小屋去。　一個高大身材，多毛如他自己的長靴，不戴帽子，腰帶上掛着生鏽的"斯密斯"鎗的漢子，來接他們。　萊奮生認識他是陀畢辛斯基的酒精私販子斯替爾克沙。

　　"噯哈，萊奮生！……" 斯替爾克沙用了嘶嗄的，沒有好過的傷風的聲音，說。　從濃毛間，帶着照例的峻烈的嘲笑，望着他的眼睛。"還活着麽？…… 很好…… 人正在這里尋你哩。"

　　"誰在尋我呀？"

　　"日本人，科爾却克軍…… 另外還有誰會尋你呢？……"

　　"恐怕不見得尋着罷…… 這里有我們可喫的東西麽？……"

　　"恐怕也不見得，" 斯替爾克沙謎似的說。"他們也不是獃子，——你的頭上是掛着金子的呀…… 在村的集會上讀過命令——給捕得活的或是死的的人，是——賞金呵。"

"阿呵…… 出得多麼？……"

"西伯利亞票子五百盧布。"

"便宜得很……" 萊奮生嘲笑道。"我說，有沒有我們喫喫的東西？"

"怎會有，怎會有…… 高麗人自己是只靠小米活着的。猪肉有十普特，但他們簡直在向牠禮拜——冬天的肉呀。"

萊奮生尋主人去了。 被鐵絲的帽子所壓，顫巍巍的白髮的高麗人一開口，就求他不要碰他的猪。 萊奮生記得他後面有一百五十張飢餓的嘴，也可憐這高麗人，想要證明除此以外，更沒有怎樣的辦法。 高麗人不懂這些，只是哀求地合着掌，反覆說道：

"不喫,不喫…… 不,不……"

"不管,殺罷。" 萊奮生一揮手，皺了眉，——好像要將這人殺掉似的。

高麗人也皺了眉,哭了。 他突然跪下,鬍子擦着草,在萊奮生的脚上接起吻來。 但他並不去扶起他,——他恐怕這麼一來,就會忍不住,收囘了自己的命令。

美諦克看見這一切,他的心很沈重,逃到小屋後面去,將自己的臉埋在乾草中。 但在這里,他面前也現着哭壞了的老臉，在萊奮生的脚邊，是蜎縮起來的白衣的小小的形相。"竟非這麼辦不可麼？"——美諦克熱病似的想；於是他前面，又有也是被取去最後的東西的，馴順的，恰如在空中倉皇失措的農民的臉，成着長串，浮了上來。"不，不，這殘酷，這太殘酷了。"——他又想，愈將自己埋進乾草裏去了。

美諦克知道，倘是自己，是決不會將高麗人弄得這樣的，但他和大家一同喫了肉，爲什麼呢，因爲他餓着。

早晨，萊奮生的山路被敵截斷了，戰鬪兩小時之久，大約失掉了三十個人，他纔硬奪了一條路，以向伊羅罕札的山谷。科爾却克的騎兵緊追着他的踪跡。他棄掉所有馱貨的馬，在正午，纔走到往病院去的認識的道路。

於是他覺得在鞍子上很難坐住了。心臟當非常的緊張之後，就緩緩地，緩緩地跳，並且似乎就要停下來。他要睡覺，他垂了頭，立刻在鞍上開始搖動——凡有一切，都成爲單純的不相干的東西了。忽然，他受了什麼從中發動的刺戟，愕然環顧了周圍……誰也沒有覺得他睡着。一切人們，都在自己之前看見像平常一樣的稍爲彎曲的背脊，誰能夠想到他也會如大家一般，要疲倦，想睡覺的呢？……"是的……我的力可還夠麼？"——萊奮生想。而且這問的彷彿並非他自己，倒是別的人，萊奮生搖搖頭，於是在膝頭覺到了微微的，討厭的顫動。

"究竟…… 你也就會見你的老婆了。" 兩個人騎着馬走向病院那邊去的時候,圖幡夫對木羅式加說。

木羅式加不開口。 他以為這事是已經完結了的,雖然他一向也想看見華理亞。 他自欺着,將自己的希望,只當作"他們之間是怎麼了呢"這一種旁觀者的自然的好奇心。

但他見了她時,——華理亞,式泰信斯基,哈爾棄珂都站在小屋旁邊,笑着,伸着手,——他心裏的一切都改變了。 他禁不住,就和小隊一同通過了楓樹下,一面放鬆肚帶,在馬旁邊調護了許多時。

華理亞尋覓着美諺克,對於歡迎的招呼,只是簡單地囘答,對大家含羞地,敷衍地微笑了。 美諺克一遇到她的眼睛和點頭,便滿臉通紅,低垂了頸子:他怕她立刻跑近他去,給大家覺得他們倆之間有些蹊蹺。 但在她的心中不知道是什麼主意,却並不顯出喜歡他的來到模樣。

他連忙拴好"求契哈",鑽進森林中。 走了兩三步,便碰着了畢加。 他躺在自己的馬匹旁邊,集中於自己本身的他的眼色,是荒涼而且空虛。

"坐下來……" 他疲乏地說。

美諦克並排坐下了。

"我們這囘是到那里去呢？……"

美諦克沒有囘答。

"我呢,很想捉捉魚……" 畢加愁思地,說。"在養蜂場那里…… 現在魚正在向下走…… 是做起小瀑布來捉的…… 只要用手去捉就是……" 他沈默了一會,悲哀地加添說:"是的,養蜂場那些,現在是早已沒有了…… 沒有了！否則多麼好呵…… 那里很幽靜。 這時候,蜂兒是不叫的……"

他忽然用一隻肘彎支起身來,使橫眼看着美諦克,用了因憂愁和哀傷而發抖的聲音講起來了：

"聽哪,保盧沙…… 聽呀,我的孩子,保盧沙！…… 莫非眞不能再有這樣的一塊小小的地方麼？…… 我怎麼活下去呢,我的孩子,保盧沙？…… 我在世界上,沒有一個人…… 只是一個人…… 精光的一個…… 上了年紀…… 就要死的……" 他尋不出話,沒法地吸一口氣,而空着的一隻手,則痙攣地緊抓着野草。

美諦克不看他,連他的話也沒有聽,然而他的話的每一句中, 總有一點東西在靜靜地顫動, 恰如有誰的怯弱的手指,在他的心中從還是活着的幹子上,搖落着巳經枯掉的葉子—

— 150 —

般。"一切都有完結,決不囘來的……" 美諦克想,而且這使他爲他的枯葉哀傷。

"我去睡……" 他想設法逃開此地,便對畢加說。"我乏了……"

他更加深入森林中,躺在叢莽之下,於是入了不安的微睡…… 忽然,好像給什麽東西所觸的一樣,他醒了。 心臟不整地跳着,浸了汗的小衫粘在身體上。 叢莽後面有兩個人在談天,——美諦克知道這是式泰信斯基和萊奮生。他小心地撥開枝條,望過去。

"……無論如何,"萊奮生陰鬱地說:"要停在這里,是萬萬做不到的。 惟一的路,是向北方——土陀·瓦吉斯克薩谿去……" 他打開他的圖囊,抽出地圖來。"這里…… 我們可以順着這嶺走,下到伊羅竿札去。 這是一條遠路,但也沒有法……"

式泰信斯基並不看地圖,只眺望着泰茄的深處,——彷彿測量着澆了人汗的每一威爾斯忒一般。 他忽然一隻眼睛陕得更快了,並且看着萊奮生,問道:

"但是,弗洛羅夫呢?…… 你又忘了他了……"

"是的 —— 弗洛羅夫……" 萊奮生沈重地坐在野草上。美諦克就在自己的正對面,看見他蒼白的一邊的面龐。

"自然，我是可以和他一同留下的……" 暫時沈默之後，式泰信斯基陰鬱地說。"其實，這是我的義務……"

"不行，"萊奮生搖手。"等不到明天正午，日本兵就追着我們的新的踪跡，到這里來…… 莫非你的義務，是給人殺掉麼？"

"那麼，應該怎麼辦呢？"

"我不知道……"

美諦克從來沒有在萊奮生的臉上，見過這樣的無法可想的表情。

"總之，只剩了一條辦法…… 我早經想過了的……"萊奮生的聲音沈下去了，並且粗暴地咬了牙，不說話。

"唔？……" 式泰信斯基等着似的問。

美諦克覺到了一種不吉的事情，幾乎要挺出身子去，使他們知道自己在這里。

萊奮生要一句話說出剩在他們那里的惟一的方法來，然而這一句話，好像有他所不能說出的那麼苦痛。 式泰信斯基懷着怠疑和驚愕，看定他，于是…… 懂得了。

他們不相互視地，在極苦痛的艱難中，抖着，停頓着，談起兩人已經明白，然而不能用一句話來說明的事情來了，雖然這並不將一切說明，並且結束他們的苦惱。

"他們要謀死他。……" 美諦克想，失了色。 他的心臟用了叢莽那邊也許聽到那樣的力，跳了起來。

"但他怎樣——不行麼？ 很不行？……" 萊奮生問了好幾回。"倘不這麼辦…… 我想…… 倘使我們不將他……總之，他還有一點醫好的希望麼？"

"希望是一點也沒有的…… 然而問題是在這里麼？"

"總之，心裏可以覺得輕鬆些，"萊奮生自白說。 他這時以欺了自己為愧，然而他實在覺得輕鬆起來了。 沈默一會之後，他輕輕地說："應該今天就做…… 但要小心，給誰也不覺得，尤其是他自己…… 可以麼？……"

"他不會覺得的…… 他立刻就該喝溴素劑了，換出牠就是…… 還是等到明天呢？ 唔？"

"還拖延什麼…… 有什麼兩樣呢。" 萊奮生收好地圖，站了起來。"總得做的…… 另外什麼法子也沒有…… 總得做的不是？……" 他尋求着他自己所要支持的人的支持。

"總得做的，正是……" 式泰信斯基想，但他沒有說出口。

"聽哪，"萊奮生慢吞吞地開始了："你明白說，你下了決心沒有？ 倒不如明白說……"

"我下了決心沒有？" 式泰信斯基想："是的，我決心了。"

"去罷……" 萊奮生將手放在他的肩上，于是兩個人慢慢地走向小屋那面去了。

"他們眞要做這勾當麼？"…… 美諦克仰天倒在地面上，用手按着臉。他恰如當戰鬪之前的惡夢似的，躺在巨大的，沒有生命的空虛中，不知道多少時候。後來他起來了，攀着叢莽，負傷者一般搖搖擺擺地，跟着式泰信斯基和萊奮生的踪跡而前去了。

卸了鞍的馬，全凉了，將疲乏的頭向他看，有些襲擊隊員在林間的空地上打盹，有些是貪着喫的東西。美諦克搜尋着式泰信斯基，沒有見，便幾乎飛跑一般，徑向小屋那邊去。

他碰到恰好的時間，式泰信斯基背對着弗洛羅夫，正向亮處伸出發抖的手，在將什麼東西倒進玻璃杯裏去，

"等一等！——你在幹什麼？……" 美諦克顯着嚇得圓睜的眼，撲向他。"等一等！我都聽到了！……"

式泰信斯基慄然，囘過頭來，他的手更加發抖了…… 突然，他走近美諦克去，可怕的紫色的脈管，在他額上漲了起來。

"滾！……" 他用了凶險的絞殺似的低聲，說。"要你的命！……"

美諦克喫了一驚，不禁跳出小屋去。式泰信斯基也卽刻定了神，轉向弗洛羅夫那面去了。

"什麼?……　這是什麼?……" 弗洛羅夫向杯子一瞥,擔心似的問。

"這是溴素劑,喝罷……" 固執地,嚴正地,式泰信斯基說。

他們的眼光相遇了,並且彼此心照,被縛在一個思想上,凝結了……"完了。……" 弗洛羅夫想,然而並不很喫驚——他于恐怖,于不安,于悲戚,都不覺得了。一切都看得是極其單純而且安易。當"生"只約給他新的苦惱,而"死"却是由此脫離的意思的時候,他爲什麼那麼苦惱,那麼求生而怕死的呢,倒是莫名其妙的事。　他恰如搜求什麼似的,惴惴地環顧了周圍,眼光就留在旁邊小桌上沒有動過手的剩着的食物上。　那是加了牛乳的果子羹, 已經冷掉, 蒼蠅在那上面飛舞的了。從傷病以來,在弗洛羅夫的眼睛裏,這纔現出了人類底的哀情——是對于自己的憐憫,或者對于式泰信斯基的憐憫罷。他順下眼去,一到再睜起時,他的臉便平靜而溫順了。

"倘若到蘇羌去," 他緩緩地說:"給我說一聲,不要太傷心…… 我是完結了…… 大家也都是總有一天要走到這一步的…… 大家。" 他用了關於人們的必然的死的思想,雖然還沒有全得到明白的證明,然而已經從個人底的——他弗洛羅夫的——死,滅掉了那特別的,各個的,恐怖的意義,而將牠——這死——弄成什麼普通的，一切人們所固有的東西了那樣的表情，重複地說。 于是想了一下，他又說：「我有一個孩子⋯⋯ 在礦山裏⋯⋯ 他叫菲迦⋯⋯ 平和了之後，請想到這小子，怎樣都好，照顧照顧他⋯⋯ 好，拿來罷！⋯⋯」忽然間，他用了潤澤的，發抖的聲音收束了。

牽着蒼白的嘴唇，覺着寒慄，映着眼睛，<u>式泰信斯基</u>將杯子送到他那里去。 <u>弗洛羅夫</u>用兩手捧住，喝完了⋯⋯

⋯⋯<u>美諦克</u>被枯樹絆着，跌着，不管路徑，奔進密林中。他失了帽子，頭髮掛在眼睛上，討厭地而且粘粘地，好像蛛網，太陽穴在跳動，而且他的血液每一搏，他便重複地說着無用的，哀傷的言語，一面又固執着那言語，因為除此以外，也沒有什麼可以抓住了。 忽然間，他撞到了<u>華理亞</u>，便閃着獰野的眼，跳到旁邊。

「我正在尋你哩⋯⋯」 她高興地說，但給他的瘋狂似的模樣一嚇，不說下去了。

他拉住她的手，急躁地，斷續地說起來：

「聽哪⋯⋯ 他們將他毒殺了⋯⋯ <u>弗洛羅夫</u>⋯⋯ 你懂麼？⋯⋯ 他們將他⋯⋯」

「什麼？⋯⋯ 毒殺了？⋯⋯ 住口！⋯⋯」 她一切都明

白了,一面忽然叫了起來。 于是強有力地拖他向自己那邊,用熱的,溼溼的手,將他的嘴按住。"住口,不要管罷…… 來,從這邊去……"

"那里去?…… 唉,放手罷!……" 他掙脫身子,咬響着牙齒,推開她。

她又拉住他的袖子,要帶他走,一面執拗地重複說道:

"不要管罷…… 來,從這里去…… 人要看見我們了…有一個少年人…… 他跟住着我…… 來,趕快!……"

美諦克幾乎要打她,纔又掙脫了身子。

"你那里去呀? 站着!……" 她叫着,在後面追了上來。

這瞬間,從叢莽後面就跳出了企什來——她電光一般迅速地逃向旁邊,連忙跳過小溪,躲進榛樹的密處。

"不要玩麼——怎的?" 企什跑近美諦克來,一面問。

"試試罷,恐怕我運氣好一些!…… 瞧!……"他拍拍自己的腿,污穢地笑着,邁開大步,追趕華理亞去了……

四

路　　徑

　　木羅式加是從幼小時候以來，就受慣了美諦克一類的人，將他那眞實――單純而不出色，正和他的一樣――的感情，藏在偉大的，響亮的句子後面，藉此來隔開木羅式加那樣，不能裝得很漂亮的人們的。　他還未意識到這就是如此，也不能用自己的話表白出來，但他總在自己和這一類人們之間，覺得有走不過的牆壁，這便是他們從不知什麼地方拖出來的虛僞的盛裝的言語和行爲。

　　在木羅式加和美諦克的難忘的衝突中，美諦克總竭力尋求表示，以見因爲救了自己的性命的感激，所以對于木羅式加是在客氣的。　爲了毫無價值的人，按下自己的低級的衝動，這思想，使他的存在裏充滿了愉快的，堅苦的悲傷。　然而在心底裏，他却怨恨着自己和木羅式加的，因爲在實際上，他本願意木羅式加遇到一切不好的事，但只爲怯，也只爲體驗堅苦的悲傷，較爲美麗和愉快，所以沒有親自去做罷了。

　　木羅式加覺得，華理亞是正因爲他自己裏所沒有的美，而

― 158 ―

在美諦克之中——却認爲不僅是外表底的美，也是眞實的，和靈魂緊接的美，所以棄掉自己，取了美諦克的。因此他再看見華理亞時，便不禁又跑進沒有出路的思想的舊道上去了——關于她，關于他自己，關于美諦克。

他覺得華理亞日日夜夜總在忙着些什麼事（"一定是和美諦克！"）而且他久久不能睡覺，——雖然也想自信，一切事情于他是毫不相干的。一有微聲，他便昂起頭來，向暗中留心注視：沒有隱現着兩個畏罪的私奔的影子麼？

夜裏，他被微聲驚醒了。溼的枯樹在籌火中發爆，龐大的黑影閃爍于林間空地的盡頭。小屋的窗子一亮，又黑暗了——有誰劃了火柴。于是哈爾彙珂走出小屋來，和站在旁邊的隊員講了幾句話，就在籌火之間走過，找尋着什麼人。

"你找誰呀？"木羅式加沙聲說，但聽不清那囘答，便問道："有什麼事？"

"弗洛羅夫死掉了。"哈爾彙珂陰鬱地說。

木羅式加格外裏緊了他的外套，又睡着了。

……到黎明，弗洛羅夫被埋到土裏去，木羅式加和別的人們一同，平靜地掩了他的墳。

當馬上加了鞍的時候，人們發見了畢加是消失了。他的小小的鈎鼻馬，整夜背着鞍，悲苦地站在樹底下。牠見得很可憐。"老頭子,再也受不住,跑掉了。"——木羅式加想。

"哪,好,讓他跑罷。" 萊奮生說,因爲早晨以來的脅肋痛,皺了眉。"可不要忘記了馬…… 不,不,不要裝貨!……經理部長在那里? 都準備了麼?…… 上馬!……" 他深深地吐一口氣,再一皺眉,好像因爲負着重而大的東西,使他沉重而艱難的一般,在鞍上伸直了身子。

誰也不以畢加的事情爲可惜。 只有美謠克覺得苦痛,彷彿一個損傷。 近來畢加從他的心裏,雖然除鄉愁和苦惱的回憶之外,毫不引起什麽來,但他還覺得自己的有一部分,和畢加一同消失了。

部隊順着峻急的,山羊所走的山嶺,向上面開拔了。頭上罩着冷冷的鋼灰色的天空,底下依稀可見青碧的深處。 沉重的石塊發出大聲,就從脚下滾到那地方去。

在久待的秋光的寂靜裏,泰茄的帶金色的葉子和枯草籠罩了他們。 在槎枒的羊齒草的黃色花紗中,蒼髯鹿毿失了顏色。 露水澄明地——清澈而且微黃,像草莽一樣,整日地發着光。 但野獸却從早晨起便咆哮起來——不安靜地,熱心地,不能忍耐地,好像在泰茄的金色的彫零中,有着一種強大而有永久生命的怪物的呼吸。

首先覺察出木羅式加和華理亞之間的糾葛的,是傳令使遏菲謨加，他是在正午的略略休息以前，將"縮短尾巴，免得給人咬斷"的命令，送到苦勃拉克這里來的。

遏菲謨加用盡氣力，通過了長列，給有刺的灌木鈎破了褲子，和苦勃拉克罵起來了，——小隊長就忠告他，與其多管別人的尾巴，倒不如小心他"自己的鼻子"。此外，遏菲謨加又看出了木羅式加和華理亞騎着馬走，都在互相遠離，而且他們昨天也並不在一起。

在歸途中，他追到木羅式加旁邊，問道：

"你好像在避着你的老婆，你們倆中間有了什麼了？"

木羅式加惶窘地，氣惱地看定了他那瘦削的焦黃的臉，並且說：

"我們中間有什麼呢？我們中間什麼也沒有。我不要她了……"

"不要了？……"遏菲謨加默然看了一些時，便不高興地向了別處，——好像他在思索，在木羅式加和華理亞的先前的關係上，原也沒有緊密的家庭的關係，現在這樣說法，是否適當的一般。

"不算什麼——常有的。"他終於說："適逢其會……哪，哪，這瘟馬！……"他用勁地將馬打了一鞭，而目送着他的羽紗襖子的木羅式加，則看見他向萊奮生報告了一些話，於是和他並馬前進了。

"我的乖乖――這是生活呀！……" 木羅式加懷着出於最後之力的絕望，想，而且於自己的有所束縛，不能那麽放心地在隊伍裏往來或者和鄰人談話，也十分的悲哀。"他們有福氣――要怎樣就怎樣，無憂無愁，"他欣羨地想。"他們實在那里會有憂愁呢？ 例如萊奮生罷？…… 自己揑着權力，大家都尊敬他――而且要做的事，什麽都做得…… 這是值得活的。" 他不想到萊奮生冒了風寒，脅肋在作痛，萊奮生對於弗洛羅夫之死，負有責任在身上，以及人們正在懸賞募他的頭，比誰都有先行離開頸子的危險。――木羅式加只覺得在這世界上，儘有着健康，平靜，滿足的人們。而他自己，却在這生活中，完全沒有幸福。

當他在暑熱的七月天氣，從病院囘來，綣髮的割草人們佩服了他那確有自信的騎馬的姿勢的時候，這纔發生出來的那混亂的，倦怠的思想，――當他和美諦克相爭之後，經過曠野，看見孤獨的，無歸的烏鴉，停在歪斜的乾草堆上的時候，以特別的力，捉住了他的那一樣的思想，――這些一切的思想，現在都顯出未曾有的苦惱的分明和鋒利來了。他覺到了為先前的自己的生活所欺的自己，並且又在自己的周圍，看見了虛僞和欺瞞。 他也毫不疑心，從他出世以來的自己的全生活――

這一切沈悶而無聊的安閑和勞動，他所流了的血和汗，連他那一切"無愁的"玩笑——那也決不是歡欣，只是向來無人會敬，此後也將無人會敬的不透光的流刑的勞役罷了。

他又懷着連自己也是生疏的——悲傷，疲乏，幾乎老人似的——苦惱，接續着想：他已經二十七歲了，但已無力能夠來度一刻和他迄今的生活不同的生活，而且此後也將不會遇見什麽好處，恐怕他就要像誰也不惜的弗洛羅夫的死掉那樣，作爲誰也不要的人物，中彈而死的了。

木羅式加現在是拚命盡了他一生的全力，要走到萊奮生，巴克拉諾夫，圖蟠夫，（連遏菲謨加彷彿也走到了這道路上）這些人們所經過的，於他是覺得平直的，光明的，正當的道路去，但好像有誰將他妨礙了。他想不到這怨敵就住在他自己裏，他設想爲他正被人們的——首先是美諦克一類的人們的卑怯所懊惱，於是倒覺得特別地愉快，而且也傷心。

進膳之後，他給馬到溪邊去喝水的時候，顯着祕密的臉相，曾經偸了他洋鐵水杯的那活潑的，捲頭髮的少年，跑到他這里來了。

"我要告訴你的⋯⋯"他迅速地低聲說："是她是壞貨，這華留沙——真的⋯⋯ 對這等事，我是有特別的鼻子的！⋯⋯'

"什麽？⋯⋯ 爲什麽事？⋯⋯" 木羅式加擡起頭來，粗暴地問。

"女人呵，女人這東西，我知道她底底細細。" 那少年有些窘急了，申明道。"自然還沒有鬧出事情來罷，但要瞞過我，朋友，可不行……她的眼睛總是釘着他，釘着他呵。"

"他呢？" 木羅式加知道這話是指美謠克的，但忘記了自己應該裝作什麽也不知道，便憤激起來，紅着臉問道。

"他怎麼樣？ 他不怎樣……" 那少年用了含胡的，畏怯的聲音說，——彷彿他說過的一切，本來不關緊要，只要在木羅式加面前洗掉自己的舊罪一般。

"隨她媽的，和我什麽相干？……" 木羅式加哼着鼻子。"恐怕你也和她睡過了——我那里知道。"他帶着侮蔑和恚恨，加添說。

"什麽話！…… 我倒是……"

"滾你的蛋！" 木羅式加忽地憤然大叫起來。"和你的鼻子都滾到你媽的嫖子那里去，滾！……" 他就使勁在他屁股上踢了一脚。

米式加給他那激烈的舉動大喫一驚，跳向旁邊，聳着的後腿浸在水裏，向人們豎起耳朵，動也不動了。

"你，狗養的你……" 那少年爲了驚愕和憤怒，說不出話來，一面就奔向木羅式加去。

— 164 —

他們大家交手，好像兩匹彎。 米式加連忙囘轉身子，開輕步離開他們，囘顧着跑掉了。

"永不超生的畜生，我來打塌你的鼻子。…… 我來將你……" 木羅式加用拳頭銜着他的肋骨，又恨那少年攔住他，不能自由地打，便咆哮着說。

"喂，孩子！" 一個喫驚的聲音向他們叫喊。"那是在幹什麼呀……"

兩隻骨節崚嶒的大手，在爭鬥者之間劈了進來，並且抓住各人的衣領，將他們拉開了。 兩人不明白是怎麼一囘事，大家又都想撲過去，但這囘是各各喫了沉重的一脚，木羅式加飛得脊梁撞在樹木上，那少年是顛過一枝墜地的枯枝，揮着臂膊，木樁頭似的坐在水裏了。

"伸出手來罷，我來幫你……" 剛卡連珂並不嘲笑地說。"要不然，你們總沒有什麼法子的。"

"我可總得有法子…… 這猪狗…… 應該打死他……" 木羅式加發着吼，又要奔向那溼淋淋的在發獸的少年這邊去。

少年用一隻手拉住剛卡連珂，一隻手用力地拍着自己的胸膛，他的頭在發抖。

"不，說來罷──說來罷，"他用了要哭的聲音，對着他的臉孃叫道："無論誰，只要高興在屁股上踢一脚，那在屁股上踢一脚就是麼，唔？……"待到他看見人們聚集起來了，便厲聲大叫道："誰的錯呀，誰的錯呀，——如果那老婆，他的老婆……"

剛卡連珂怕鬧亂子，尤其是擔心木羅式加的運命（如果萊奮生知道了這事呢），便摔開那嚷着的少年，抓住木羅式加的臂膊，拉着他走了。

"來罷，來罷。" 他向那還在掙扎的木羅式加，嚴峻地說。"人要趕出你的，你這狗養的……"

木羅式加終於明白了這強有力的，嚴厲的漢子，是同情於他的，便停止了抗拒。

"那邊出了什麼事了？" 美送里札的小隊裏的一個綠眼睛的德國人，對他們迎面跑來，問道。

"他們捉了一匹熊。" 剛卡連珂冷靜地說。

"一匹熊？……" 德國人張着嘴站了一會，便突然又飛跑過去，好像還要去捉第二匹熊似的。

木羅式加這纔懷了好奇心去看剛卡連珂，微微地笑着。

"你這瘟疫，你倒是有力氣。" 他對於剛卡連珂的剛強，抱着一種滿足，說。

"你們為什麼打起來的？" 工兵問道。

"為什麼…… 一個那樣的畜生……" 木羅式加從新憤激起來了。"那就應該……"

"好了，好了，"剛卡連珂打斷話，來鎭靜他。"那是有你的道理的……　那就是了，那就是了……"

"歸――隊！……"什麽地方叫着響亮的，夾着成人和孩子的聲音，是巴克拉諾夫。

同時從叢莽中也昂出蓬鬆的米式加的頭來，――米式加用了那聰明的，灰綠色的眼，看着他們，輕輕地嘶叫。

"阿，你！……"　木羅式加爆發似的說。

"好機靈的馬兒……"

"人可以爲牠不要性命的！"　木羅式加高興地拍着馬的額頭。

"性命還是留着好罷――還能有什麽用處的……"　剛卡連珂在暗色的，打捲的鬍髯後面微微一笑。"我還得給我的馬匹去喝水，你自己走罷。"　於是他邁開穩實的大步，走向自己的馬匹去了。

"木羅式加又用好奇心目送着他，――並且想，他爲什麽早先沒有留心到這驚人的人物的呢。

後來，當小隊集合了的時候，他不自覺地和剛卡連珂並排着在行列中，而且直到訶牛罕札，在路上也沒有分散。

分在苦勒拉克的部隊裏的華理亞，式泰信斯基和哈爾彔珂，都走在最近尾巴處，一到山嶺上，全部隊就分明可見，——是一條細長的鏈子。 他們後面跟着萊奮生，微彎了背，巴克拉諾夫也不自覺地模彷着一樣的風姿。 華理亞總覺得她背後的什麼地方有美諦克在，而且對於他昨天的舉動的憤懣，在她裏面蠢動，將她常常向他所經驗的大而温暖的感情損害了。

自從美諦克離開病院以來，她是瞬息也沒有將他忘却，並且只想着重行相見之日而活着的。 從這時起，她心中就結了最深的，最祕密的——關於這，是對誰也不能說的——而同時又非常鮮活的，人間的，幾乎像是實有其事的夢想。 她自己想像，他怎樣地在森林盡頭出現，——穿着沙格林皮的襪子，美麗，高大，略有一些羞怯——她在自己上面感到他的吹噓，在自己掌下感到他的柔軟的鬈髮，聽到他温柔的摯愛的言辭。她竭力要不記起先前對他的誤解來，——不知道為什麼緣故，她覺得這樣的事不會再有的了。 一句話，就是她所設想的，是她和美諦克的未來的關係，雖然迄今未曾有，她却但願其會這樣，而對於實在會有的事，却竭力要不去想到，以免招致了悲哀，

她遇見了美諦克的時候，因了她所特稟的對於人們的敏感，她知道他在她面前是煩亂而且興奮到不能統馭自己的行為，而且那煩亂的事件，比她任何個人底的憤懣都更重要了。

但在先前，這遭遇在她是另一種想像的，所以美諦克的突然的粗暴，就使她覺得受侮而且驚奇。

華理亞這纔覺到，美諦克的粗暴，並非偶然，美諦克恐怕全不是她無日無夜，久經等候的那人，然而她另外也沒有一個人了。

她沒有立卽承認這事的勇氣，——拋棄了她長日長夜之間，藉此生存——懊惱，歡欣的一切，心裏突然感到無可填塞的空虛，原不是怎樣容易的。 她只願意相信，並沒有什麽特別的事，一切都只在弗洛羅夫的可憐的死亡，一切都還順當。然而從清早晨起，她所思想的，却只在美諦克怎樣侮辱了她，以及她帶了自己的幻想和自己的愛去接近他時，他怎樣地並無侮辱她的權利。

她整天感到苦惱的慾求，要會見美諦克，和他談一些話，但她連一眼也沒有向他看，便是食後的休息時候，也沒有去走近他。"我怎能娃兒似的跟住那人呢？" 她想。"倘如他親口所說，眞是愛我的，那麽，到我這里來就是了，我一句也不加責備。 但如果不來呢，也好，——我就一個人…… 那麽，就什麽事也沒有。"

一到山上的平地上，路就寬闊起來了，企什和華理亞並騎而進。 他昨夜要捕捉她，並沒有成功，但他對於這事是非常堅執的,也並不失望。 她覺得他的脚的接觸,他在她耳旁吐些無恥的言辭,然而她沒有去聽他,只沉在自己的思想裏。

"唔,怎樣呢,您怎麼想呢？" 企什執拗地問(他是不管年紀,地位,以及和他的關係,只要對於女性一切的人們,都稱爲"您"的)。

"您答應麼——不?……"

……"我都明白的,我向他要求什麼事呢?" 華理亞想。"對我退讓一點,眞就這麼難麼?…… 但也許他現在自己在苦惱,—— 以爲我在討厭他。 但我得告訴他麼?…… 怎樣地?!…… 從我?!…… 等到他趕開我之後?…… 不,不,——凡事還是由他去的好……"

"但是您怎麼了,您聾了麼,我的好人？ 我在問,您答應麼?"

"答應什麼呀！" 華理亞驚覺了。 "閉了你的嘴……"

"請您的早安,睡得好麼?……" 企什懊惱地向空中一揮手。 "但是,我的好人,這是怎麼的,您簡直說着好像還是第一回的,閨女的話。" 於是他又忍耐地從新在她耳邊私語起來,只以爲她是聽到,並且明白他的話,却因爲女人的慣技,要擡高價值,所以在"扭揑"。

黃昏到了,山峽上垂下了夜的輕輕的翼子的扇勤來,馬匹疲倦地歙着鼻子,霧氣在溪水上愈加濃重,並且慢慢地爬到谿谷裏去了。 但美諜克總是還不到華理亞那里去,看來就像連要去的意思也沒有似的。 而她愈確信他終於不到她那里去,也就愈覺得難遣的哀傷和先前的自己的夢想的悲苦,並且也愈加難以和他們走散了。

部隊爲了歇宿,降到小小的谿谷去,人馬在溼的慄慄的黑暗中動彈。

"請您不要忘記,我的好人。" 企什用了討厭而溫柔的固執,低聲說。"是的,——我將燈擺在旁邊…… 您就可以認識……" 幾秒鐘之後,聽得他對人大叫起來:"什麼叫作'你爬到那里去'呀? 倒是你在旁邊搗什麼亂哩?"

"你跑到別的小隊裏來幹什麼的?……"

"什麼叫作'別的'? 睜開你的眼睛來罷!……

暫時沉默之後,這其間,大約兩人是睜開眼睛來看了的了,先問的人便用了謝罪似的推託似的聲音說:

"Matj tvoju——原來是'苦勃拉克派'…… 美迭里札在那里?" 他用了對人不起似的聲音,粉飾着自己的錯誤,一面又拖長了聲音,叫喊道:"美~~迭里札呀!……"

在下面有人用了不能忍的興奮,大嚷起來,好像倘不聽他的要求,他便要自殺,或者殺人一樣:

"點——火哩！……　點——火——哩！……"

谷底那面，突然騰起無聲的篝火的紅燄來，於是從黑暗中，蓬鬆的馬頭和疲倦的人頭都在彈匣和馬鐙的冷光裏出現。

式泰信斯基，莘理亞和哈爾彙珂比別的駐紮處靠邊一些，下了馬。

"好了，現在我們要休息了，生起火來罷！"　哈爾彙珂用了誰也不會因此活潑起來的快活模樣，說。"去找點枯樹來呵！……"

"……永遠是這一著——好時候不歇住，於是來喫苦。"他用那一樣的慰安很少的調子說，——用手探着溼草，也實在害怕着溼氣，黑暗，以及給蛇來咬的恐怖，還有式泰信斯基的憂鬱的沉默。"我記起來了，先前從蘇羌出來也這樣的——本該駐紮得早些，現在是暗得好像在洞裏，但我們……"

"爲什麼他說這些事？"　莘理亞想。"蘇羌……　從什麼地方來……　暗得好像在洞裏……　現在對誰還有意味呢？　一切，一切都已收梢，什麼也沒有了。"

她餓了，這餓又加強了她別種的感覺——那她現在無可充填的，緘默的，按住的空虛的感覺。　她幾乎要哭出來。

然而用過夜膳，溫暖了之後，三個人都一時活潑起來了，環繞他們的藍黑的，陌生的，冷冷的世界，也顯得親近而且溫和。

"唉唉,你外套兒呀,我的外套兒呀。" 哈爾彙珂脫着外套,用那喫飽了的聲音說:"入火不焚,入水不溺。 現在只還缺一個姑娘兒……" 他映着眼睛,笑了起來,似乎他想說:"這自然是完全辦不到的,但你們該是同意,以為這倒不壞的"模樣。"你現在可想和女人睡覺呢,唔? 同志醫生!" 他裝一個鬼臉,去問式泰信斯基道。

"想睡的呀。" 式泰信斯基還未聽完話,便認真地回答說。

"為什麽我只是討厭他的呢?" 華理亞為了愉快的篝火,為了喫過的粥,為了哈爾彙珂對她的親暱的談話,覺得她平日的柔和良善,都恢復了,一面想。"豈不是實在並沒有什麽,為什麽我就那麽生氣的呢? 因為我胡塗,那少年獨自冷清清地坐着…… 只要我到他那里去,一切就又會好起來了……"

於是她忽然極不願意在四近的人們極愉快地醉着,自己也愉快到好像醉着一般的時候,為了心裏懷着憤懣和牢騷,所以在懊惱,她遂決計將這些抛開,去會美諦克了。 而且這在她,其中也已經沒有了委屈和不好。

"我什麽,什麽都不要。" 她忽而活潑起來,想:"只要他要我，只要他愛我，只要他在我的身邊……　不，只要他總是和我走，和我說，和我睡，我什麼都交給他——他是多麼漂亮，而且多麼年青呵……"

美諦克和企什在略略離開之處生着別一個篝火。　他們懶着，沒有造飯，在火上燻着肥肉，而且較之喫麵包，倒更努力於此，全都喫完之後，兩個人便餓着肚子坐着了。

美諦克自從弗洛羅夫的死亡和墨加的跑掉以後，還沒有復原。　他整天的彷彿沉在用了關於孤獨和死亡的遼遠而嚴峻的思想，編織而成的煙霧裏。　一到晚上，這霧幕便落掉了，但他不願意見人，害怕一切。

華理亞費盡氣力，纔尋出他們的篝火來。　全個山谷，就活在這樣的篝火和煙霧濃濛的歌唱裏。

"你們躦在這樣的地方。"　她心跳着，走出叢莽來，一面說。"晚安……"

美諦克悚然，用了生疏的，喫驚的眼光看着華理亞，便轉臉去向篝火了。

"噯哈！……"　企什高興地微笑。"就只缺少您一個呵，您請坐，您請坐，我的好人……"　他連忙攤開外套，指給她一個坐處，在他的旁邊。　然而她不去和他並坐。　他的油滑，這性質，她是早已覺到了的，雖然不知道這是什麼——這時却特

— 174 —

別討厭地剌戟了她了。

"來看看的，你怎樣了，要不然，你就將我們完全忘記了。"她向美諦克，並不遮掩惟獨為他而來的事，用了唱歌一般的聲音，說。"哈爾彙珂也就問過了，你的健康怎樣了，為什麼不給人知道一點你的消息，——我也想說了好幾回了……"

美諦克不開口，聳聳肩。

"我們自然很頑健的——這不成問題！" 企什將一切拉在自己身上，滿足地大聲說。"但請您在我們這里坐一坐呀——您客氣什麼？"

"不，我就走的，"她說。"因為我從這里走過……" 她原為美諦克而來的，他却只聳聳肩，因此她忽然發惱了。 她接着說道："你們還沒有喫過東西麼？——鍋子乾乾淨淨的……"

"什麼都喫得麼？ 如果給我們一點較好的材料，可是他們分給這樣鬼知道是什麼東西……" 企什牢騷似的皺了臉。"但您請坐在我的旁邊呀！" 用了絕望底的親熱，他再說一回，捏住她的手，拉向他那邊去。"請您坐一坐呵！……"

她坐在他旁邊的外套上。

"您還記得我們的約束麼？" 企什親密地向她睞眼。

"怎樣的約束呀？" ——她問着，隱約地記起了什麼事，

喫了一驚。"唉唉，我還是不來好。"——她想，於是一種大的不安的東西，忽然在她胸膛裏炸裂了，

"什麼——怎樣的？……等一等……"企什忽然彎身向了美諦克那邊去。"人們面前是講不得祕密話的。"他說，抱着他的肩頭，於是轉對華理亞道，"然而……"

"什麼是祕密呀？……"她合着偏頗的微笑，說，於是突然映着眼，用了發抖的，不如意的手指，整起頭髮來。

"你這鬼爲什麼海狗似的默坐着的？"他在美諦克的耳旁低聲說："和大家都約過的——就是這樣的女人——兩個人都幹罷，就在這裡將她……但是你……"

美諦克連忙縮回，向華理亞一瞥，滿臉通紅了。從她的飄泛的眼色裏，好像責備似的在對他說："現在好。你看，不是鬧成這樣了麼？"

"不，不，我要去了……不，不。"當企什將要轉身向她，再勸她什麼可羞可鄙的事的時候，她喃喃地說。"不，不，我去了……"她跳起來，低着頭，跨開小而快的腳步，飛奔而去，終於在暗中消失了。

"又給你錯過了……廢物！……"企什輕蔑地，惡意地說。突然間，他被原質底的力所指使，一躍而起，好像他內部的誰將他拋了出去的一般，跳似的追着華理亞之後奔去了。

他在二十步之遠的處所，追上了她，一隻手緊緊地將她抱住，一隻手按住她的胸脯，拖她到叢莽裏面去：

"來罷，來罷，寶貝，來……"

"走……　放我……　放我……　我要喊起來了！……"她乏了力，懇求說，幾乎要哭出來，然而她又覺得喊救的力，在她是沒有的，況且為了什麼，為了誰個，現在有叫喊的必要呢？

"但是，寶貝，不要這樣，不要這樣！……"　企什用手按住她的嘴，一面被他自己的溫柔所興奮，一面勸慰說。

"這為了什麼呢？　鬼也不會知道的。"她軟乏地想。"然而這是企什……　是的，這是企什啊……　他從那里來的……　怎麼是他呢？……　唉唉，這不是全都一樣麼？……"於是在她，實在也成了全都一樣了。

她在腿上，覺着一種熟識的溫暖的無力，並且，在他的溫柔的強迫之下，從順地溜倒在地面上了，一面燒紅在男性呼吸的氣息裏。

五

重 負

"我和他們合不來,那些農人們,和他們合不來。" 木羅式加說,一面規則地在鞍子上幌搖,而且每當米式加踏出右前蹄去,便用鞭子打一下白樺的明黃的枯葉。"我也曾住在祖父那里。 有兩個叔伯——是種地的。 唉,和他們合不來! 也並不是,並不是別的血統:小氣,陰氣,沒有膽——毫無例外……都這樣!" 白樺沒有了,木羅式加便用鞭敲着自己的長靴,免得失掉了拍子。"為什麼呀,要那麼膽怯,那麼陰氣,那麼小氣的呢?" 他擡起頭來,問。"自己是什麼喫的也沒有——什麼也沒有。 簡直像掃過的一樣!……" 他於是顯出一種特別的,淳朴的,同情的笑來。

剛卡連珂將眼光注在馬的兩耳之間,一面傾聽着;在他灰色的眼睛裏,泛着一種很能聽取,而且——很能思索他所聽取了的話的聰明而有丈夫氣的神情。

"我是這樣想的,"他忽然說。"從我們的無論誰,人如果掘下去,——從我們呵,"他特地提高聲音,看着木羅式加,"譬如我,或者你,或者圖幡夫也是——在各人裏,都會發見農民的,在各人裏。" 他深信似的反覆說,——"總之,屬於這邊的什麼,至多也不過沒有穿草鞋……"

"你們在說什麼呀？" 圖幡夫從鞍上回過頭來,說。

"而且恐怕連草鞋…… 我們在說農民呀…… 我們的各人裏面,我說,都藏着一個農民……"

"唔……" 圖幡夫疑惑地說。

"你不信麼？…… 譬如木羅式加,就有祖父和叔伯住在鄉村裏,—— 你呢……"

"我,朋友,沒有人。" 圖幡夫遮斷他。"謝謝上帝。 老實說,我是不喜歡他們這類人的…… 我們就拿苦勃拉克來做例子罷:苦勃拉克不過是苦勃拉克(人原也不能期望個個人都懂事的!),但是他帶着怎樣的小隊呀？ 逃兵,一個又一個——這就是小子們!" 圖幡夫於是輕蔑地唾了一口。

這談天是出在部隊降向訶牛竿札的水源去,在道上的第五日裏的。 他們走着軟軟的,枯掉的野草所舖滿的冬天的路。 經理部長的助手在病院裏所貯蓄的糧食,雖然誰也沒有一點了,但大家都意氣揚揚;覺得住所和休息已經臨近。

"瞧罷," 木羅式加睞着眼。"我們的圖幡夫,那老頭子,對你們怎麼說？" 他因為小隊長贊成的是自己,而不是剛卡連珂，且驚且喜，笑起來了。

"好罷，"工兵說——毫不窘急。"你沒有什麼人，是沒有關係的，——我現在也沒有什麼人。 我們就拿你們礦工來說罷…… 自然，你是閱歷得多了，但木羅式加呢？ 他除了自己的礦山之外，怕不很見過什麼罷…… 可對哪？"

"什麼叫作怕不很見過什麼呀？" 木羅式加懊惱地插嘴說。"上過前線的……"

"就是罷，就是罷。" 圖蟠夫向他搖搖手。"好，沒有見過什麼，那麼？……"

"那麼你們的礦山，就是一個鄉村。" 剛卡連珂鎮靜地說。"各人都有自己的菜園——這是第一件。 一半是冬天跑來，夏天又回到村子裏去的…… 是的，還有鹿兒在叫，好像在猪闌裏一樣！…… 我知道你們的礦山的。"

"一個鄉村？" 圖蟠夫趕不上剛卡連珂的話，詫異地說。

"別的是什麼呀？ 女人們忙着種園，周圍都是農民，會沒有一點影響…… 自然有影響的！" 工兵於是照着慣相，用手掌向空中一劈，將另外的從自己的東西分開。

"有影響…… 當然……" 圖蟠夫含胡地說，一面還在想，——其中是否於"礦山的人們"有些丟臉。

"就是呵…… 我們這回就拿都市來說罷：我們的都市有

多麽大，另外還有多少呢？ 人可以用手指來數的…… 幾千威爾斯忒——都是鄉村…… 我問，這可有影響？"

"且慢，且慢，"小隊長惶惑地插嘴說。"幾千威爾斯忒——都是鄉村麽？…… 當然，有影響的……"

"那就在我們各人裏面——都藏着一個農民了。" 剛卡連珂說，他囘到出發點去，由此籠罩了圖皤夫所說的全盤。

"說得不錯！" 從圖皤夫加入以來，對於爭論，只在人的幹練的表現這點上，覺得有味的木羅式加，這時佩服了。"給你碰了壁哩，老頭子，你已經喘不出氣來了！"

"所以我要說的，"剛卡連珂不給圖皤夫有反省的時光，說明道："就在我們對於農民，沒有驕傲的道理，木羅式加也是——倘若沒有農民呢，那我們就……" 他搖搖頭，不說了，而且很明白，圖皤夫所說的一切，毫不能將他的確信推翻，

"伶俐鬼，"木羅式加從旁一瞥剛卡連珂，對他逐漸懷起尊敬來，一面想。"他將老頭子牢牢地抓住了——使他再也沒法逃跑了。" 木羅式加很知道，剛卡連珂是也如別的人們一樣，有過失，有錯處的。 他用了那麼的確信來說的那農民的重負，木羅式加在自己裏也還沒有覺得，——然而他獻給工兵的信仰，較多於對於別的人。 剛卡連珂是"全體中的一員"。他"懂事"，他"識得"，而且他並不是空談家和廢物。 他的大

而有節的雙手是渴於工作的，一眼看去，好像紆遲，但其實却快——他的每一舉動，是周詳和正確。

於是木羅式加和剛卡連珂之間的關係，就到了襲擊隊中所謂"他們在一件外套下睡覺"，"他們在一個鍋子裏喫食"的交情上所必要的第一階段了。

靠着和他每日的親近，木羅式加也開始相信起來，他自己，木羅式加，也是出色的襲擊隊的一個：他的馬是整頓的，馬具是齊整的，鎗擦得鏡子一般發閃，在戰爭上，他是第一個勇猛而可信的兵，同志們因此就愛他，敬他……他這樣地想着，便於不知不覺間，走進那剛卡連珂好像常是這樣地過活的有計劃的健康的生活，就是，不給無用和懶惰的想頭有一點餘地的生活裏去了。

"嗆……　站住！……"前面有人叫了起來。叫聲順着排列傳下去，前頭已經站住了，後面的却還是往前擠，排例混合了。

"嗆……　叫美迷里札去呀……"叫聲又順着排列傳下去。　幾秒鐘後，美迷里札便飛跑而過，屈着身子，像一隻鷹，於是全部隊的眼睛，便都帶着不自覺的驕矜，送着他那什麼操典上都沒有記載的，輕捷的，牧人的騎術。

"我也得去看一看，出了什麼事了。"圖幡夫說。

過了一會，他興奮着囘來了但，在別人面前，竭力掩藏着興奮。

"美迭里札做斥候去，我們在這里過夜。" 他興奮着說，但他的聲音裏，却顫動着誰都聽得出來的怨恨的，飢餓的調子。

"怎麽，空着肚子麽?! 在那里怎麽想的呀?!" 周圍都叫了起來。

"遭瘟的!" 木羅式加附和着。

前面已經駐下了。

……萊奮生决計在泰茄中過夜，因爲他沒有的確知道，敵人是否已經放棄了訶牛罕札的下流。 然而他還在希望，即使那里有着敵人，仍能夠由斥候探路，走到富於麵包和馬匹的土陀·瓦吉這豁谷去。

在遼遠的一路上，日見沉重的熬不住的脅肋痛總在苦惱他，他也早經知道，這病痛──由過勞和少血而起的這病痛，只能由幾週間的安靜而喫飽的生活，纔可以醫好。 但因爲他也很知道，更安靜，飽足的生活，在他還很遼遠，於是他就靠着使自己相信這"沒有什麽的病"，是平時也生着的，無妨於成就他所以爲自己的義務的事，在道上適應了自己的新的景况了。

"我這樣想，我們應該前進的……" 苦勃拉克不聽萊奮

— 183 —

生的話，看着那長靴，用了除噢以外，不知其他的人們的固執，第四回重複說。

"去罷，自己去，如果你不能等⋯⋯ 自己去⋯⋯ 留一個替代人，你走就是了。 但帶着全部隊進危險中去，是不上算的⋯⋯"

萊奮生用了彷佛苦勃拉克正有着這樣不對的計算似的表情，說。

"去罷，朋友，你還是去派定衞兵的好罷。" 他不聽小隊長的新意見，添上去說。 但當他看見他仍然固執的時候，便突然皺了眉，嚴厲地問道："什麽？"

苦勃拉克仰起頭來，睒着眼。

"你派騎馬的巡察到路的前面去。" 萊奮生仍用先前的，帶些冷嘲的調子，繼續說。"在後面，半威爾斯忒之遠，你去派一個步哨；最好是在我們曾經跑過的水泉那里。 懂了沒有？"

"懂了。" 苦勃拉克喃喃地說，——而且奇怪他自己不說眞是要說的事，倒是說了別的。"滑頭，"——關於萊奮生，他用了對於他的無意識的，包着尊敬的憎惡，和對於自己的同情，想。

夜裏，他忽然醒來，這在近時是常有的，萊奮生記起了和苦勃拉克的會話，吸完煙捲之後，便查衞兵去了。

他竭力不踏着睡覺的人的外套，謹愼地經過了將熄的篝火的中間。　右邊最末的燒得比別的更明亮，近旁蹲着守夜人，在烘手。　他好像全不想到現在的事了，——黑的羊皮帽滑在後腦上，睜着做夢似的眼睛；而且他顯着忠厚的，孩子一般的微笑。"這眞像樣……"　萊奮生想，並且就用這句話來表現了看見這藍的將熄的篝火和微笑的衞兵，以及——在深夜中幽暗地等候着他的一切的時候，驟然抓住了他的那沉靜的，略覺異樣的高興的，模胡的感情。

他於是更其悄悄地，小心地前行——這並非要不使人覺察他，倒只爲了不嚇掉守夜人的微笑。　但他並沒有覺得，仍然微笑着在看火。　大約這火和從泰茄中傳來的馬匹喫草的乾燥的索索的聲音，使這守夜人記起了孩子時候的"夜巡"（一）來了罷——含露的，滿是月光的草原，村裏的雞的遠遠的啼聲，索索地響着脚鏈的幽靜的馬羣，在孩子似的，做夢似的眼睛之前的愉快地閃動着的篝火的光燄……　這篝火是滅掉了，所以在守夜人，就也覺得比現在的更溫暖，更光明了。

萊奮生剛剛離開陣營，潮溼的，霉氣的黑暗就將他圍住，

註一：Nochinoe，夜間將馬在野外放牧，也加以監視——譯者。

兩脚陷在粘軟的泥土中，發着菌子和爛樹的氣息。"多麽陰氣呀！"——他想，環顧了周圍。 他的後面巳沒有一點金色的微光，—— 彷彿陣營巳經和微笑的守夜人一同沒入了地底似的。 萊奮生深深地歎一口氣，便用了故作活潑的脚步，從小路走進深處去了。

他立刻聽到溪水的潺淺聲，站了一會，向黑暗中傾聽，暗自微笑着，這囘是走得更快了…… 竭力要響得厲害，給人們聽到。

"誰呀？…… 那邊的是誰？……" 從暗地裏發出斷續的聲音來。

萊奮生知道是美諦克，並不答話，直向他走過去。 在森然的寂靜中，鎗閂作響，絆住了，可憐地軋轢着。 聽到想裝子彈的焦急的手的聲音。

"應該常常擦油的。" 萊奮生冷嘲地說。

"阿呀，是您麽？……" 美諦克放心地吐一口氣。"總在擦的…… 不知道是怎麽的……" 他惶窘地看着隊長，而且將開着的鎗閂忘却，便放下了鎗枝。

美諦克是充當深夜中的第三班衞兵的。 不到半點鐘，便會聽到換班的人在草間的怱忙的脚步聲，但美諦克自己却覺得巳經站得很長久。 他和他的思想，在活着和他無緣的，緊張的，兇猛的生活的那一切動彈着，一切徐流着的偉大的，敵對底的世界裏，是成了孤獨了。

　　總之，永遠是這一種思想。　這不知從何時何處，總在他裏面發生，而且他無論想什麼，總也囘到這處所。　他知道，這思想是對誰也不說的，他知道，這思想是有些不好，有些可羞的，但他也知道，他現在已不能和這思想分離，——他也知道要竭全力來做這件事，——因爲這已是剩在他那里的最末的，惟一的東西了。

　　這思想，就是必須用什麼方法，然而要從速，離開了部隊。

　　而且一想到能夠囘到先前在他是那麼沒有樂趣，那麼無聊的都市生活去的時候，現在却見得有趣而且無愁，於他也彷彿是惟一的可能的生活了。

　　當他看見萊奮生時，美諦克的張皇失措，却並非爲了沒有擦鎗，倒是因爲他忽然被這種思想所襲擊了。

　　“好漢！”　萊奮生和善地說。　自從見了微笑的守夜人以後，他不願意怒罵了。“這樣站着，冷靜罷，是不是？”

　　“這倒不⋯⋯　怎麼會呢。”　美諦克微覺慌張，囘答道。“已經弄慣了。”

　　“我却全沒有慣哩。”　萊奮生笑着說。　“獨自走着，騎着，不知道多麼久了——日裏和夜間——但總覺得陰森森地……　唔,這里怎麼樣,全都平靜的?"

"平靜的。"　美諦克說,懷了一點驚愕和若干的膽怯,看着他。

"我們立刻就要舒服了。"　萊奮生彷彿並非囘答美諦克的話,却是對於藏在他裏面的東西似的,說。"只要我們一到土陀・瓦吉,就會好一點……　你抽煙麼?　不?"

"不,我不吸的……　至多不過是玩玩。"　美諦克急忙加上話去,這時他忽然記得了華理亞的煙盒,以爲萊奮生是一定知道着有這煙盒的了。

"煙也不抽,不覺得無聊麼?……　凱農尼珂夫曾經說,'害人的煙草'。——我們這里曾經有過一個這麼出色的襲擊隊員的。　不知道他到了市鎭沒有……"

"他到那邊幹什麼去的?"　美諦克問,其時有一種模胡的思想,使他的心猛跳起來。

"派他送報告去的,但時候是這樣地不平靜,他又帶着我們的一切通知書。"

"許還要派人罷。"　美諦克用了異常的聲音問,但竭力要顯出在他的話裏,並不藏着什麼特別的東西。"您沒有再派一個的意思麼?"

"那就怎樣?"　萊奮生注意了。

"沒有什麼……　如果您有這意思，我却可以去得的……那地方我很熟悉……"

美諦克覺得，他太急遽，而且萊奮生現在是全都看透了。

"不，沒有這意思……"　萊奮生深思地，慢慢地囘答。"你有親戚在那里麼？"

"不，我在那里做過工作的……　就是，在那里親戚也有，但也並非爲了這緣故……　不，您可以放心：我在那市鎭上工作的時候，就常常傳遞着祕密文件的。"

"你和什麼人一起工作的呢？"

"和急進派，但那時我想，這都是一樣……"

"什麼是一樣的呢？"

"就是，無論和誰一起工作……"

"現在呢？"

"現在是有些給人弄胡塗了。"　美諦克料不定到底會要求他什麼，但輕輕地囘答。

"哦～～。"　恰如這話便正是他在等待着的一般，萊奮生拖長了聲音說。"不，不，沒有這意思……　沒有派人的意思。"　他從新反覆道。

"您可知道我爲什麼又來提起這事的呢？……"　美諦克用了突然的神經性的決心，開談了，他的聲音發着抖。"請您不要見怪，也不要以爲我對您有什麼遮瞞——我都明白告訴您罷……"

"我就要都告訴他。"——他想着，一面覺得現在委實要全都說出，但不知道這是好的呢，還是壞的。

"我說這話的緣故，就因爲我相信，我是一個不夠格的，不中用的隊員，倘若您派了我，倒好一點…… 不，請您不要以爲我有些害怕，或者有什麼瞞着您，我實在是什麼也不會做，什麼也不知道的…… 我在這里，和誰也合不來，誰也不幫助我，但這是我的錯處麼？ 我用了直心腸對人，但我所遇見的却是粗暴，對於我的玩笑，挪揄，我是和大家一樣，參加一切戰鬪，並且受了重傷的。——您知道這事…… 現在我已經不相信人了，我知道，如果我再强些，人們就會聽我，怕我的，因爲在這里，誰也只向着這件事，誰也只想着這件事，就是裝滿自己的大肚子，倒不妨來偸他同志的東西；別的一切，他們却都不在意…… 我常常竟至於這樣地感到，假使他們萬一在明天爲科爾却克所帶領，他們便會和現在一樣地服侍他，和現在一樣地法外的兇殘地對人，然而我不能這樣，簡直不能這樣……"

美諦克覺得，彷彿每一句話，陰雲就在他那里分散。 言語用了異常的輕捷,從逐漸生長的窟窿中，奔迸而出，他的心也因此輕鬆起來。 他還想永遠說下去，萊奮生對這要怎麼說，已經全不在意了。

"這可開場了！…… 了不得的廢話。" 萊奮生懷了漸漸增高的好奇心，傾聽着在美諦克的言辭之下，神經性地在發抖的藏着的主意，一面想。

"且住。" 他終於說，一觸他的袖子，美諦克格外分明地覺得自己上面，釘定着他那大的，暗黑的眼睛。"朋友，嘮叨了一大通，沒法掩飾了！…… 我們暫且將這當作問題來看罷。 我們拿出最重要的來…… 你說，在這裏是各人都只想裝滿大肚子……"

"那可不是的！" 美諦克叫了起來：他覺得這並非他話裏的最重要的事，倒在他的生活在這裏怎樣地不行，大家對於他怎樣不正當地欺侮，以及坦白地說出，他是怎樣地做得合宜。"我要說的是……"

"不，且慢，這回要給我說了。" 萊奮生柔和地打斷他。"你說過，各人都只想裝滿他的大肚子，而且我們倘爲科爾却克所帶領……"

"我並不是說你個人！…… 我……"

"那都一樣…… 倘使他們爲科爾却克所帶領，他們便將和現在一樣，殘酷地，無意義地來做合於他的意思的工作。

但這是決不然的！……" 於是萊奮生開始用了平常的話，來說明那錯誤的緣由。

然而他說得愈多，也愈加分明地覺得是空費自己的光陰了。 從美諦克所插說的片言隻語中，他知道還應該說些另外的，更加基本底的，更加初步底的——他自己是曾經費了力這纔達到，而現在却已經成了他的肉和血的東西了。 然而要說這些事，現在却已不是這時候，因爲時光已在向各人要求着計劃底的，決定底的行動了。

"對你眞沒法子"。 他終於用了誠懇的，好意的哀憐，說："隨你的便罷。 你跑開去，却不行。 人們會殺掉你，再沒有別的了…… 還是全都仔仔細細地想一想的好，尤其是我告訴了你的那些。 將這些再去想想，決沒有壞處的……"

"我此外實在也沒有想別的事。" 美諦克含胡地說，而逼他說得那麼多而且那麼大膽的先前的神經性的力，也突然離開他了。

"最要緊的，是切勿以爲你的同志們比你自己壞。 他們並不更壞，不的……" 萊奮生取出煙草盒，慢慢地包起煙捲來。

美諦克帶了萎靡的哀愁，看着他的舉動。

"總之，鎗門還是關起來罷。" 萊奮生突然說，可見在他們的談天之間,他是總記得那開着的鎗門的。"這樣的事,已該是省得的時候了。——這里是並沒有縋着母親的裙角了呵。" 他劃着了火柴,於是暫時之間,在暗中顯出了生着長的睫毛的他的半閉的眼瞼,他的薄薄的煽動的鼻翼,他的紅灰色的沉靜的鬚髯。"是的,你的馬怎麼了？還總是騎着那一匹麼?"

"還總是……"

萊奮生想了一想。

"那麼,聽罷:明天我給你'尼夫加',知道不？畢加騎過的……'求契哈'就還給經理部去。懂了沒有?"

"懂了。" 美諦克傷心地囘答道。

"胡塗漢子。"——後來,萊奮生當他軟軟地,小心地踏着暗中的草的時候,一面大吸着煙,一面想。 爲了這會話,他有些興奮了。 他想,美諦克是多麼孱弱,多麼懶惰而且無志氣呢,太多地生了這樣的人們——這樣可憐而且無用的東西的國度,是多麼晦氣呵。"只在我們這里,在我們的地面上,"萊奮生放開脚步,還是大吸着煙,一面想:"幾萬萬人從太古以來,活在寬緩的怠惰的太陽下,住在汙穢和窮困中,用着洪水以前的木犂耕田,信着惡意而昏愚的上帝,只在這樣的地面上,這窮愚的部分中,纔也能生長這種懶惰的,沒志氣的人物;

— 193 —

這不結子的空花……"

　　萊奮生滿心不安了，因為他的所想，是他所能想的最深刻,最重要的事，——在克服這些一切的缺陷的窮困中，就有着他自己的生活的根本底意義,倘若他那里沒有強大的,別的什麼希望也不能比擬的,那對於新的,美的,強的,善的人類的渴望,萊奮生便是一個別的人了。 但當幾萬萬人被逼得只好過着這樣原始的,可憐的,無意義地窮困的生活之間，又怎能談得到新的,美的人類呢？

　　"但是,我有時也曾是這樣，或者相像麼？" 萊奮生又記得了美諦克,想。 他試要記起他孩子時代,以及幼年時代的情形來,但很不容易，——因為他自從成了被稱為先驅者萊奮生的萊奮生以來,歷年所積的層，是很堅固地,很深邃地——而且於他是很有意義地——橫亙着了。

　　他只能記起先前的家族的照相來,那上面是一個孱弱的猶太的小孩———穿了黑的短衣和長着天真爛漫的大眼——用了喫驚似的,不像孩子的固執,在一處地方凝視,從這地方,那時人們對他說,是要飛出美麗的小鳥來的。 小鳥終於沒有飛出,他還記得,因為失望,幾乎要哭出來了。 然而,為了要到決定底地確信"那不會這樣！"， 却還必要受多少這樣的失望呵。

當他明白了這事的時候，也懂得關於這美麗的小鳥的——關於飛到什麼地方去，使許多人徒然渴望了一生的這小鳥的騙人的童話，是將數不清的災害，送給人們了…… 不,他已經用不着牠！ 他已經將對於牠的無爲的,甜膩的哀傷——由美麗的小鳥這騙人的童話所養成的世代所留傳下來的一切,毫不寬容地在自己裏面壓碎……。 "照現狀來看一切,以變革現狀,而且支配現狀。"（一）——這是眞理——這簡單,也最繁難的——萊奮生是已經達到了。

……"不,我是一個堅實的青年,比他堅實得多。" 這時他懷了一種誰也不能懂,而且想不到的難於說明的,高興的得意之情,想。"我不但希望了許多事,也做到了許多事——這是全部的不同。"…… 他往前走,不再留心道路。 冰冷的,帶露的枝條,使他的臉淸涼。 他感到一種異乎尋常的力的橫溢,將他提高,出於自己之上（恐怕就是他傾了全心的熱力,在所嚮往的新的人類罷？）——他就從這廣大的，世間的和人類底的崇高,克服了他的孱弱和肉體的疾病。

註一: "Alles so sehen, wie es ist, um zu ändern, was ist, und zu lenken, was ist." 中國恐怕還有更確切的翻譯存在,但一時無從查得,因錄原文以備參考——譯者。

……萊奮生囘到陣營的時候，篝火巳經消滅，守夜人也不在微笑了．──只聽到他低聲咒罵着，在稍遠之處調弄他的馬匹。 萊奮生走向自己的篝火去，── 篝火還剩着微明。 在那旁邊，巴克拉諾夫裹在外套裹，睡着深深的，很安靜的覺。萊奮生加上枯草和枯枝，吹起火來。 為了劇烈的緊張，他頭暈了。 巴克拉諾夫覺到了忽然增加的温暖，便翻一個身，在夢中咂嘴，──他的臉外露，嘴唇像孩子一般向前突出，帽子給後腦壓得直豎，他那全體就像一個大大的，肥胖的，馴良的小猪。"你瞧。"──萊奮生摯愛地想，並且微笑；在和美諦克交談之後，看見巴克拉諾夫，於他──自己也不知道為什麼──就特別舒服了。

於是他吐一口氣，躺在他的旁邊，剛剛合上眼，──他就眼眩，飄搖，漂蕩，不再覺得自己的身體，直到忽然落在一個深得無底的，漆黑的窟窿中。

第 三 部

一

美迭里札的偵察

　　萊奮生派美迭里札去做斥候之際,是命令他無論如何,當夜必須囘來的。 然而這小隊長被派前往的村,比起萊奮生所推想的來,在實際上却遠得不少:美迭里札於下午四點鐘從部隊出發,竭力策馬飛跑;鷙鳥似的屈身馬上,殘忍地,愉快地張着那薄薄的鼻翼,恰如陶醉於厭倦的五天之後的這狂暴的飛奔一樣,——然而直到黃昏,追逐着他的都是秋天的泰茄,——在野草的蕭颯裏,在垂死的太陽的冷而悲傷的光耀裏。 待到他終於走出泰茄,駐馬在一所屋頂倒壞的,舊的,朽的,久無居人的小屋旁邊的時候,已經完全昏暗了。

　　他繫好了馬,抓着腐爛的,一觸便碎的木材,不怕落在發着爛樹和腐草的討厭氣味的窟窿裏,走到角落裏去了。 他曲了膝彎,跕着足趾,向林中的地上不能看見的黑夜凝視,傾聽,屹然不動地大約站了十分鐘,比先前更像一匹鷙鳥。 當他前面，在被暗夜襯成漆黑的兩山之間所夾的暗淡的堆積和叢莽裏，橫着一道陰鬱的溪流。

美迭里札跳上鞍橋，走出路上去。 那烏黑的，久沒人走的輪迹，幾乎都沒在草莽中。 白樺的細幹在暗中靜靜地發白，好像熄了的蠟燭一樣。

他上了一個丘岡：左邊仍如先前，橫着小山的暗黑的行列，彷彿龐大的野獸的脊梁。 溪水在作響。 離這約略兩威爾斯忒的地方，有一個篝火——這使美迭里札記起了牧人生活的孤單的寂寞來。 更前面，則微露着村落的黃色的不動的燈光，斜射在道路上。 右邊的山帶，却彎向旁邊，沒在青靄裏了。 這一面的地勢，非常低下。 這里曾有先前的河牀，分明可見，沿岸是陰鬱的森林。

"那是沼澤，一定的。" 美迭里札想。 他冷了起來：他是在黴領的小衫上面，穿着解開扣子的軍用背心的。 他決計先到篝火那邊去。 但為了預防萬一起見，便從皮匣裏取出手鎗來，插在背心下面的帶子上，皮匣則藏在鞍後面的袋子裏，他並沒有帶馬鎗。 這回他已經很像一個從田野間來的農民了，——因為歐洲大戰以後，穿着軍用背心的人們是很不少的。

他已經到了篝火的近旁，——不安的馬嘶聲，突然在暗中發響。 他的馬就一跳，聳起耳朵，抖着強壯的全身，哀訴地，

— 198 —

懊惱地在黑夜中嘶鳴着來作回答。 同時有黑影子在火旁邊動彈。 美迭里札打了一鞭,和馬一同向空中跳起……

篝火那里,站有 個圓睜了喫驚的眼睛,一隻手揑鞭,別一隻在大袖子裏的手,則自衞似的擧起,瘦削的黑頭髮的孩子,——穿着草鞋,破爛的短褲,用麻繩做帶的太大的衣衫。美迭里札幾乎要將這孩子踏爛了,就在他鼻子跟前慌忙勒住馬,正想叱罵他時,却忽然在自己面前,看見了大袖子上的驚愕的眼睛,露出膝髁的短褲,不成樣子的,也許是主人給他的長衫,其中還乞哀地,謝罪地顯着細瘦的,滑稽的,孩子的賴頸……

"爲什麽這樣站着的? 喫驚了罷?…… 唉唉,你這呆鳥,——這樣的一個昏頭!" 美迭里札有些慌張,用了平時是只對馬說的好意的粗暴,說。"神像似的站着!…… 如果我踏壞了你呢?…… 一個這樣的昏頭!" 他完全溫和起來,重複說,——而且覺得一看見這困苦的孩子,在他裏面也叫醒了一種一樣地可憐的,滑稽的,孩子氣的東西了。

孩子這纔定了神,垂下臂膊去。

"你爲什麽要惡鬼似的竄來的呀?" 他還有些驚惶,但竭力要合理地,獨立地,像成人一般地說。"這是嚇他不得的,——如果他在這里管馬……"

"馬～～？" 美迭里札嘲弄地伸長了聲音，說。"再說一問罷！" 他兩手插腰，扭轉身子去，睜大了眼睛，微動着緞子似的靈活的眉毛，看着那孩子。 他忽然笑起來了，是很響亮，很仁善，很愉快的聲音，怎麼從他這里會發出這樣的聲音來的呢，連自己也覺得詫異了。

孩子是倉皇失措，動着鼻子的，但一知道這並不可怕，倒是有趣的事，便皺着臉，將鼻子一直送到上面地，他也——完全孩氣地——坦白地微細地笑了起來。 這很出於意料之外，使美迭里札更加高聲大笑了，他們倆雖然並非故意，却各在使對手發笑，這樣地笑了幾分鐘，——這一個在鞍橋上將身子前後幌搖，閃着被篝火映得好像火燄一般的牙齒，那一個是兩肘支在地面上，坐着，每一失笑，就向後彎了腰。

"有趣得很！" 美迭里札終於說，將脚脫出了踏鐙。"眞的，一個了不得的獸子……" 他跳到地上，將兩手伸向篝火去了。

孩子停止了笑，懷着認眞的，高興的驚異對他看——彷彿還在等候他更加特別的東西。

"你是一個有趣的小子。" 好像將自己的觀察，給了最後的決算似的，他終於一字一字，清清楚楚地說。

"我麼？" 美迭里札微笑道。"是的，有趣的哩……"

"可是我很喫了一驚。" 孩子招認道。"這里有馬。 煨着番薯……"

"番薯？ 這了不得！……" 美迭里札並不放掉韁繩，在他旁邊坐下。"你那里拿來的呀,那番薯？"

"從那邊拿來的…… 那邊多得在爛掉！" 孩子向四近揮着手。

"那麼,偷來的罷？"

"偷來的呵…… 拿你的馬給我看…… 這是種馬呀…… 不要緊,我拿得緊緊的…… 是匹好馬,"那孩子將富有經驗的視線,向那駿馬的停勻瘦勁,苗條而苗壯的身子上一瞥,說。"你從那里來的？"

"是一匹出色的馬兒。" 美迭里札同意道。"但你呢,是那里來的呀？"

"從那邊。" 孩子將臉向那燈光的旁邊一動,說:"訶牛竺札呵…… 一百二十家人家,在一枝頭髮上就夠。" 他複述着別人的話,並且唾了一口。

"哦…… 我是從山後面的伏羅畢夫加來的。 這地方你大概知道罷？"

"伏羅畢夫加？ 不,沒有聽到過——該是很遠的罷……"

"是的,很遠。"

"那麼,你到我們這里來幹什麼的?"

"叫我怎麼說好呢…… 這事情說起來話長哩,朋友……我是到你們這里來買馬的,人們說,你們養得很多…… 我是很喜歡馬匹的,朋友。" 美迭里札帶了狡獪的微笑,道:"我自己一世就是養馬的,雖然是別人的東西。"

"你以為我是自己的麼?——主人的呀……"

孩子從大袖子裏伸出黑瘦的小手,用鞭子去撥灰土,從這里就誘惑似地巧妙地滾出烏黑的番薯來。

"你要喫麼?" 他問。"這里也有麵包,雖然只有一點點……"

"多謝,我剛剛喫過了,——一直到喉嚨口。" 美迭里札撒謊說,這時他總覺得自己是怎樣地肚餓。

孩子擘開一個番薯,吹了幾下,將那一半連皮放進嘴裏去,在舌頭上一滾,便動着尖尖的耳朵,有味地喫起來了。 喫完之後,他向美迭里札一瞥,用了和先前說他是有趣的人那時候一樣清楚的聲音,一字一字地說道:

"我是一個孤兒,從半年以前起,我已經是一個孤兒了。父親是給哥薩克兵殺死了,母親遭過凌辱,還被殺死,他們又鎗斃了我的哥哥……"

"哥薩克麼?" 美迭里札活潑了起來。

"另外還有誰呀？ 惡鬼似的亂殺一通。 他們還將全家都放了火。 不但是我們這里，另外還有十二家，他們還每月來一趟，現就住着四十個人。 在拉吉德諾易村呢，整夏天駐紮着聯隊！ 你喫番薯呀……"

"那麼，你們爲什麼不——逃走的？…… 這里樹林多得很……" 美迭里札幾乎要站起來。

"樹林有什麼用呀？ 你不能一世都躲在林子裏的。 況且那邊是泥沼——走不出的——全是爛泥……"

"果然不出所料。" 美迭里札記起了自己的推測，想。"哪，"他一面站起，一面說："照應着我的馬罷，我到村子裏去走一趟。 看來你們這里是不必說買，就是自己所有的東西也都要給搶得精光的……"

"你忙什麼呢？ 再停一會罷！……" 牧童忽然淒涼地說，也站了起來。"一個人眞無聊。" 他用了大的，懇求似的溼潤的眼睛，看定美迭里札，發出悲苦的聲音，說明道。

"不成的，朋友，"美迭里札搖手："我得在沒有昏暗之前去跑一轉…… 但是我立刻回來的。 我們就將馬絵起來罷……他們的本部在那里呢？"

孩子便告訴他，騎兵中隊長所住的小屋在什麼地方，他最好從後院繞進去。

"他們有很多狗麼？"

"狗——我們很多，但是不咬人的。"

美迭里札將馬拴好，告了別，便沿着河流，在小路上走去了。　孩子用悲哀的眼光送着他，直到他消失在昏暗裏。

半點鐘之後，美迭里札巳經走到村落的近旁。　路向右曲了，但他却依着牧童的忠告，仍在割過牧草的平地上走，終於碰到了圓圓地圍着農民的園地的柵闌——他就由此彎進後院去。　村巳經在睡覺。　燈光巳熄，在星光之下，微微可見空虛寂靜的院子裏面的小屋的溫暖的草頂。　風從園地裏，吹出新掘過的潮溼的泥土氣息來。

美迭里札走過兩條小橫街口，到第三條，這纔轉了彎。狗用嘶嗄的不切實的吠聲相送，好像牠們自己却喫了一嚇似的，然而走出街上，來奈何他的人，却一個也沒有。　覺得這里的居民，於一切都巳習慣，對於彷徨街上的外來的陌生的人們，也毫不措意了。　平時——到秋天，在村中慶祝婚禮時常常遇到的喁喁相語的新夫婦，也到處都沒有見：在柳叢的濃影下，這一秋巳沒有談愛的人了，

正如當凡有危險之際一樣，他充滿了蔑視一切和不願一切的感情，看着空虛的長板椅，侮蔑底地閉着嘴，而且無端憤怒起來。

依着牧童所說的記號，他在教堂旁邊轉彎，又走過幾條小橫街，終於到了牧師家的油過的柵外。（騎兵中隊長是宿在牧師的家裏的。）　美迭里札向裏面窺探，傾聽，一知道並無什麼可慮，便迅速地無聲地跳進柵裏去了，

這是一個種有許多樹木的，枝條繁密的園，但葉子已經落盡。　美札里札按住發跳的心臟，屏着呼吸，走進裏面去。　灌木盡處，橫着一排的列樹，離自己左邊二十賽句之處，他看見了點燈的窗門。　窗是開的。　裏面坐着人們。　柔軟的幽靜的光，射到地面的葉子上，蘋果樹照在其間，異樣地發着金色的光采……

"那就是了！"　美迭里札神經底地抖着面頰，想，並且熱烈起來；常使他去做最無遠慮的偉業的，無所畏憚的絕望的，那可怕而不可離的感情，焚燒着他的全身了，──他明知道卽使竊聽了點燈的屋子裏的這些人們的言語，於誰也沒有用處，然而他心裏又知道倘不聽取，他將決不從這里離開。　少頃之後，他已經站在靠窗的蘋果樹下，側着貪婪的耳朶，在切記那邊所做的一切了。

他們是四個人，坐在屋子的深處，圍着一張桌子在打紙牌。　右手是稀疏的頭髮向後梳轉的，老年的，機靈的矮小的牧師，──他那瘦削的小手巧妙地在綠的桌布上動作，用了玩

具一般的手指將紙牌配搭,一面又注意地竭力去望各人的手頭,至於使背向美迭里札的他的鄰人一收進找錢,慄慄地數過之後,便藏到桌子下面去了。 臉對美迭里札的,是一個漂亮而肥胖的,陰鬱的,看起來好像和善的軍官,嘴上啣着煙管——也許是因爲他胖罷,美迭里札以爲他便是騎兵中隊長。但在四個打牌的人們之中,因了他自己也不能說明的原因,而始終覺得有趣的,——是一個臉有皺紋,眉毛不動的蒼白色的漢子,—— 他戴着黑的卜派哈,(一) 穿着沒有肩章的勃盧加,(二) 每打掉一張牌,便將這向肩上拉一次。

和美迭里札的期望相反,他們只談些最平常的,沒有興味的事:那談話的大半,總不離於打牌。

"八十罷。" 背向着美迭里札的人說。

"少一點哪,大人,少一點哪。"那黑的卜派哈囘答着,且又毫不爲意地添說道:"一百罷,盲 (三) 的。"

漂亮而肥胖的一個皺着眉頭,再看一囘賬單,從嘴裏取出煙管來,加到一百五。

註一: 哥薩克人所用的皮帽——譯者。

註二: 外套,也是哥薩克人用的 — 譯者。

註三: Blind,押錢而不看牌,上海喚爲"偸雞"——譯者。

"我派司。(一)" 最先的一個向牧師說，手裏拿着贏牌。

"我想是要這樣來的……" 黑卜派哈嘲笑道。

"如果我沒有好牌，叫我有什麼法子呢？" 最先的一個辯解着，一面向着牧師，彷彿是在求他的贊助。

"小小地玩，小小地玩。" 牧師細瞇了眼睛，小小地，小小地笑着，說着笑話，——好像要用了這樣的小小的笑，來襯出自己的對手的小小的玩來一般。"但是你已經記下了二百零兩點了…… 我們知道你的，朋友！……" 他用了不認真的，和氣的狡猾，翹起指頭來威嚇說。

"這樣的瘟蟲。"——美迭里札想，

"唉唉，你也派司麼？" 牧師轉向陰鬱的軍官，問道。"拿贏牌去罷。" 他對黑卜派哈說，並不開牌，便推給他了。

他們亢奮地敲着桌子，有一兩分鐘，終於是黑卜派哈輸掉了。"當初是那麼擺架子。"——美迭里札想，他並沒有決定自己的去留。 然而他已經不能去了，因為賭輸的那一個向窗口轉過臉來，美迭里札在自己身上，感到了凝結在可怕的目不轉睛的正確之中的他那穿透一般的視線。

註一：Pass，輪到自己，因不合適而讓給後一人之謂，也可以譯作"通過"。——譯者。

這時候,背向窗口的一個便洗起紙牌來,他洗得又熱心,又經濟,好像一個年紀並不很大的老婦人的祈禱。

"涅契太羅不在這里。" 陰鬱佬打着呵欠,說。"一定和誰在一起罷。 我也該同去的……"

"兩個人麼?" 卜派哈從窗口回轉頭去,問道。——於是裝着憎惡的歪臉,加添說:"她是原可以和你們一道的。"

"華閃加麼?" 牧師探問道。 "嗡嗡…… 她是做得到的…… 我們這里曾有一個讀聖詩的人——我已對你們說過了的。…… 但舍爾該·伊凡諾微支是恐怕不贊成的罷…… 一定的…… 他昨天悄悄地對我說些什麼呀? '我想帶了她去,——他說,——如果和她,結婚也可以。' 他說……阿呀,阿呀!" 牧師忽然大叫起來,狡猾地閃着伶俐的小眼睛,用手掌按住了嘴。"將一件事情,像一個篩子! 都漏出來了。但為上帝的意志,沒有什麼告密!"他裝着故意的驚愕,將手一揮。 大家是也像美迭里札一樣,在看他的一切言語和舉動的不誠實,以及隱藏着的此後的東西的,然而誰也不說,都笑起來了。

美迭里札彎着腰,側身離開了窗口。 他剛剛彎過打橫的列樹, 忽然正撞着了一個一隻肩膀上披着哥薩克外套的人,——還有兩個人站在他後面。

"你在這里幹什麼？"　那人一面無意識地按住和美迭里札相撞時幾乎落掉的外套，一面詫異地問道。

小隊長跳到旁邊，奔進灌木裏面去。

"拿住！抓住他！抓住他！這里來！……喂！……"幾個聲音叫喊着。接着是尖利的，短促的鎗聲。

美迭里札衝進灌木裏，不知道往那里走，碰着叢樹，失掉了帽子，而聲音却已在他的前面什麼地方呻吟，號叫，從街道上，也起了狗的兇惡的吠聲。

"他在那邊，拿住他！"　有人叫着，伸開一隻手，撲向美迭里札來。　鎗彈從耳朵旁邊呼呼地飛過，美迭里札也開了鎗。向他撲來的那人，便踉踉蹌蹌地跌倒了。

"胡說，捉我不住的……"　美迭里札得勝地說，他實在是到最後的瞬息間爲止，不相信會有人能夠將他擒住的。

然而一個又大又重的人，從他背後撲來，將他壓在下面了，——美迭里札還想掙出一隻手來，但在頭上的兇猛的一擊，便從他奪去了意識。

於是大家就順次來打他，他雖然已經昏沈，却還覺得遭打，一次又一次，沒有窮期……

部隊所駐的低地，是昏暗而且潮溼的，但太陽却從訶牛罕札後面的橙色的罅隙裏窺探進來，泰茄上面，則漂蕩着滿是秋天的黴氣的白晝。

　　守夜人在馬匹旁邊假寐，從睡夢中聽到了很像遠處的機關鎗響的，固執的，單調的聲音。　他嚇得一跳而起，拿了鎗。然而那只是一匹啄木鳥，在啄河邊的榛樹——守夜人咒罵了幾句，冷得縮了身子，將破爛的外套一裹，走到空地上去了。誰也沒有醒：人們在做沌混的，絕望底的夢，正如明日一無所冀，飢餓的，損傷的人們的所做的一般。

　　"小隊長總是還不囘來……　一定是大嚼一通，睡在那里的小屋裏了，我們却空着肚子停在這地方。"——守夜人想。他平時是比誰都佩服美迭里札，並且以爲榮耀的，這時候却覺得他頗是一個壞小子，不該派他來做小隊長的了。　他忽然不願意當別人，例如美迭里札之流，在享人間之福的時候，自己却在泰茄裏受着苦惱了。　然而他怕敢煩擾萊奮生去，便叫醒了巴克拉諾夫。

　　"什麼？……　還沒囘來？……"　巴克拉諾夫用了渴睡的不清楚的眼，凝視着他。"什麼還沒囘來？"　他尙未醒透，但已經明白了所說的是什麼事，嚇得叫起來了。"不要說笑話，朋友，這是決不至於的……　唔，是的！　哪，去叫起萊奮生來罷！　他跳起身，趕快繫好了皮帶，蹙着渴睡的眉心，全身也

— 210 —

立刻壑勁了。

莱奮生是無論睡得怎麼熟,只要聽到自己的名字,便睜開眼睛,也就坐了起來的。　他一看見守夜人和巴克拉諾夫,便省悟了美迭里札沒有囘來,和已是應該開拔的時候。　最先,他覺得自己非常疲勞,非常困憊,幾乎要忘掉了美迭里札的事,忘掉了自己的病,頭上蒙着外套再來睡一通。　然而同時也已經跪起,捲着外套,用枯燥的,冷淡的調子,在答巴克拉諾夫的質問了。

"唔,這有什麽呢？　我就這樣想……　我們在路上自然會遇見他的。"

"但倘若我們不遇見他呢？"

"倘若我們不遇見他麽？……　唔,你可還有一條多餘的外套帶子給我沒有？"

"起來呀,起來呀,昏蛋！　要到村裏去了！"　守夜人用脚踢着睡覺的,叫喊說。　從草裏就擡起亂髮蓬鬆的襲擊隊員的頭來,於是從各方面,向守夜人飛來了最初的,還未說得清楚的,睡胡塗的毒罵,——圖幡夫曾經稱這爲"曙光。"

"大家多麼不高興。"　巴克拉諾夫沈思地說。　"要喫……"

"你呢？"　莱奮生問道。

"什麼――我？……　我是不成問題的。"巴克拉諾夫皺着眉。"我就像你一樣――不知道是怎麼一回事……"

"不，我知道。"萊奮生用了很柔軟，很溫和的聲音說，至於使巴克拉諾夫幾始很注意地來看他了――

"但是你很瘦了，朋友。"巴克拉諾夫用了驟發的哀憐，說。"鬍子蓬鬆了。倘若我在你的地位上……"

"來，來，我們不如洗臉去罷。"萊奮生含着做了壞事似的，慘澹的微笑，截住他說。

他們走到河濱，――巴克拉諾夫便脫去兩件小衫，洗了起來。看來他並不畏避冷水。他的身體是豐滿而強固，黑褐色，好像鑄成一樣，但他的頭却圓圓地，和善地，彷彿孩子的似的，他也用了天真爛漫的，孩子氣的動作來洗頭，――他用手掌掬了水，使勁地摩擦。

"我昨天講了很多話，約了一些事，但到了現在，却好像不行。"――萊奮生忽然記得了昨天和美諦克的談話以及和這會話相連的自己的思想，便起了暗澹的，懊惱的感情，想。這决不是因為他以為那些並非正確，也就是，沒有表現了實在發生於他那里的東西，――不，他倒覺得那是很正確，聰明，有趣的思想的，然而他此刻一想到，却經驗了模胡的不滿了。"咳，是的，我說過給他一匹別的馬的……　但這有什麼不行呢？

不，我現在就要照辦，這一點是全都正常的……　那麼，究竟是怎麼的呢？……　那是……"

"你為什麼不洗的呀？"　巴克拉諾夫洗訖，用一塊骯髒的手巾擦得通紅，一面問。"很好，這冷水！"

……"原因是這樣的，我生着病，每天支使着我的事情又漸漸壞下去了。"——萊奮生走向水邊，並且想。

洗過臉，繫好皮帶，腰後面感着平常的盒子礮的重量，他總算覺得自己已經休息了。

"美迭里札怎麼了呢？"　這思想現在完全支配了他。

萊奮生無論如何，總料不到一個不會動彈，或是沒有生氣的美迭里札。　他對於這人，常常感到一種不可捉摸的魅力，和他並彎，和他交談，或者連單是對他看，在他也覺得開心。他的傾向美迭里札，決不是因為他有什麼卓拔的，社會底地有益的性質，——這在美迭里札那里很有限，他自己倒多得多，——却為了他那肉體底柔軟性，他裏面的不竭的泉流似的洋溢着的活潑的力——這是萊奮生自己所欠缺的——的緣故。他一在面前看見那敏捷的，總是準備着行動的風姿，或者覺得美迭里札就在左近的時候，他便不知不覺地忘掉了自己的肉體底孱弱，好像他也能成為美迭里札那樣，強壯的不會疲乏的人了。　他的心中，甚至於還以指導着這樣的人為榮耀。

美迭里札也許落在敵人的手裏了這一種思想，——萊奮生自已雖然逐漸確信起來，——但在襲擊隊員是很不容易相信的。　各個襲擊隊員都將這思想當作僅是豫約不幸和苦惱的最後的結局，因而分明是全不會有的事，謹慎地危懼地從自己這里推開。　而守夜人的"在那里大嚼一通，睡在小屋裏了"的推測，——即縱使和那敏捷而忠於工作的美迭里札，有怎樣地不符，——却漸漸增多了附和者。　許多人們巳經對於美迭里札的"卑劣和無意識"，公然鳴着不平，而且立刻迎着他開拔上去的要求，也使萊奮生聽得到了煩厭。　待到萊奮生用了特別的注意，做完這日的工作，給美諦克換過馬匹，最後發出開拔的命令時，——部隊裏就滿是歡聲，好像靠這命令，一切的不幸和艱難眞就告了終結似的了。

　　他們一點鐘一點鐘地策馬而進，然而剽悍的，有着油潤的前髮的小隊長，却還不在道上露面。　他們更只向前進，而搜索着他的視線，仍復成爲枉然。　於是不獨萊奮生了，便是美迭里札的最爲公然的羨慕者和攻擊者，也開始懷疑了他的偵察的好運氣的出發了。

　　部隊在粗暴的，意義深長的沈默中，行近了泰茄的邊際。

二

三 個 死

美迭里札在一間大而黑暗的倉庫裏,蘇醒了過來,——他躺在精光的潮溼的泥地上,首先所感到的,是透骨的溼氣的感覺。 於是電光似的閃出一切事件的囘憶來。 所受的打擊,還在頭顱裏擾攘,頭髮被血液粘住了——,他在額上和頰上,都覺着有這乾了的血液。

他生出一個思想來,——最先的,清清楚楚的,——是能否逃走的思想。 美迭里札是無論如何,總不能相信在他一生中,身歷了一切勇敢的行動和成功,人們都巳聞名之後,竟也會和別人一樣,終於身死骨朽的。 他遍看屋中,探挖窟窿,試毀門戶,——但都是徒勞!…… 他到處遇見死的,冷的木料,窟窿是小到毫無希望,連他自己的視線也不能通,——只是好容易纔透進一點秋日清晨的熹微的光氣。

然而他的眼光還總在搜尋,—— 直到了由沒有出路的冷酷的分明,省悟到這囘是巳經無從逃走。 待到他決定底地確信了這事之後,不知道爲了什麼緣故,對於本身的生死問題,倒忽然全不在意了。 他那肉體底和精神底的全力,——都集中於倘從他本身的生和死的見地來看,全屬無聊,而此後在他最為重要的問題上,——這就是,素以剽悍而不怕死得名的他,美迭里札,對於殺害他的人們,將怎樣地示以無畏和輕蔑。

他還未想完,就聽得門外有些響動,門閂一響,和微明的,發抖而蒼白的晨光一起,走進兩個一樣蒼白,好像搓熟了的,拿鎗而褲上綴着側章的哥薩克兵來。 美迭里札跨開兩腿,站着,並且皺起眉頭來向他們凝視。

他們一看見他,就在門口縮住了,——後面的一個不安地哼着鼻子。

"來罷,鄉下人。" 前面的說,並無惡意地,倒有些抱歉似的。

美迭里札強硬地垂着頭,走出外面去。

不多久,他便在昨夜從牧師的院子裏窺探過的那一間屋子裏,站在已經認識的——黑卜派哈和勃盧加的那人之前了。這里的靠手椅子上,坐着昨夜美迭里札認為騎兵中隊長的那漂亮的,肥胖的,好像仁善的軍官,詫異地,然而並不嚴厲地在向美迭里札看。 由這接近的觀察,他此時纔從種種微細的情狀,知道了隊長並非這仁善的軍官,却是別一個——穿勃盧加的漢子。

"你們去罷。" 那人向着站在門口的兩個哥薩克兵,斷續地說。

他們倉皇跳出屋外去了。

"昨天晚上你在院子裏幹什麼呀?" 他在美迭里札面前站定,用那尖利而不動的眼光釘住他,迅速地問道。

美迭里札沈默着囘看他,而且嘲笑地。 他定住眼睛,微動着他緞子一般的眉毛,用那一切的神情,表示着無論給他怎樣的質問,怎樣逼他的囘答,他也總不說能給質問者滿足的言語。

"不要胡塗了,"隊長又說,毫不發怒,也不高聲,然而帶着美迭里札此時心境如何,他已經全都了然的調子。

"講什麼空話呢?" 小隊長謙虛地微笑道。

騎兵隊長將他那染着血汙的,不動的痘斑的臉面,研究了幾秒鐘。

"什麼時候出了天花的?" 他忽然問。

"什麼?" 小隊長驚惶了,囘問說。 他的驚惶,是因為知道騎兵隊長的質問裏,並不含有嘲笑或揶揄,他單是對於這麻臉覺得有趣。 一經知道,美迭里札便憤怒起來,較之被人罵署或揶揄更為憤怒了。

"你是本地人,還是過路的呢?"

"算了罷，大人！……" 他揑緊拳頭，紅了臉，制住自己不去奔向他，一面決然地，憤然地說。 他還想說下去，然而"爲什麼現在不撲向這生着不愉快的可憐的紅頭毛，而沈靜得討厭的，皺臉的黑小子去，將他扼死的呢？"——這思想，突然分明地主宰了他，使他說不出話來，並且前進了一步。 他的兩手發抖，麻臉上忽而出汗了。

"阿呵！" 那人這纔愕然地叫喊，然而並不後退，眼睛也沒有從美迭里札離開。

美迭里札在遲疑中站住脚，他的眼睛發着光。 那人已經從皮匣裏掏出手鎗來，在他鼻子跟前揮了幾輱給他看。 小隊長便又制住自己，轉向窗口，凝結在嘲笑的沈默裏了。

這之後，雖然用了手鎗，用了給看將來的可怕的刑罰來恐嚇他，或者託他說出一切的眞實，約給他完全的自由，——他總不說一句話了，也沒有看一看訊問者。

正在訊問的時候，門緩緩地拉開了，從中伸進一個生着喫驚的又大又獸的眼睛的毛髮蓬鬆的頭來。

"噯哈。" 騎兵中隊長說。 "準備已經停當了麼？ 那麼，就是了，去對他們說，來帶這小子去。"

仍是先前的兩個哥薩克兵將美迭里札帶出後院去，指給他開着的門，自己們却跟在他後面走。 他並不回顧，但覺得兩個軍官也在背後跟來了。 他們到了教堂的廣場。 在這里的屬於教會的木屋旁邊，村民擠得成堆，四面圍着騎馬的哥薩克。

美迭里札常常想，他對於懷着無聊的瑣屑的憂慮，隨和着圍繞他們的一切的人們，是旣不喜歡，也不輕蔑的。 他們對他取怎樣的態度，他們對他有怎樣的議論，他以為和他都不相干。 他未曾有過朋友，也不特地去結識朋友。 然而他一生所做的最重大，最緊要的一切，却自己不知不覺地，都由於對於人們，爲了人們，使他們因此注視他，誇獎他，感歎他，而且稱讚他而做的。 現在他擡起頭來的時候，便不但用了視線，簡直是用了全心，將農民，少年，彩色長衫的喫驚的婦人，白花頭巾的姑娘，帽沿下露着刷得如畫的遒勁而漂亮的綹髮的雄糾糾的騎士，這些波動的斑駁陸離的靜默的羣衆，——在溼得好像哭過的草上跳躍的他們的長而活潑的影子，並且連那爲如水的太陽所照射，壯麗地，沈重地凝結在寒冷的空中的，他們頭上的舊教堂的穹窿，也全都包羅了。

"呵，眞好！" 他一遇到這些活潑的，斑爛的，可憐的羣衆——在他周圍動彈，呼吸，閃爍，和在他裏面搏動的一切，高興得快要歡呼出來。 他用了輕捷的野獸一般，好像足不踐地的脚步，擺着柔輭的身軀，更迅速，更自由地往前走，廣場上的羣衆便都轉臉來看他,並且覺得在這他的柔軟而熱烈的身體中,就藏着像這脚步的,野獸似的輕捷的力量。

他從羣衆之間走過,看着他們頭上的空中,然而覺着那無言的熱烈的注目,在教堂管領的小屋的升降口站住了。 軍官們追過他之前,走到迴廊上。

"這里來,這里來。" 騎兵中隊長說,並且在自己的旁邊指給他一個位置。 美迭里札一跳便上了階沿,在他身邊站定。

現在大家看得他清楚了,——他堅強,長大,黑頭髮,穿着柔軟的鹿皮的長靴,小衫坦開着領子,束帶的綠穗子,從背心下面露出,——那靈敏的眼裏,閃着遠矚的兇猛的光芒,在凝視那凝結在灰色的朝霧中的壯大的山嶺。

"有誰認識這人麼?" 隊長問道,用了銳利的,透骨的眼睛環顧着周圍,——忽然暫時看在這個的,忽然又看在那個的臉上。

遇到這眼光的人們,便惶恐地睞着眼,低了頭,——只有女人們沒有閃開眼睛的力量,還是懷着懦怯而貪婪的好奇心,在默默地麻木地對他看。

"沒有人認識他麼?" 隊長又問了一回,將"沒有人"這三個字,說得帶些嘲笑的調子,——好像他明知道大家其實是認識,或者是應該認識"這人"的一般。 "這事我們就會明白的……涅契泰羅!" 他向一個巧妙地騎着栗殼色馬,身穿哥薩克長外套的高大的軍官那面招手,叫道。

羣衆起了輕微的動搖,——站在前面的就向後看,——有一個身穿黑背心的人決然地擠進人堆裏來,低垂着頭,令人只看見他那溫暖的皮帽。

"讓一讓,讓一讓!" 他用一隻手開路,別一隻在後面引着一個人,迅速地說。

他終於走到升降口了。 大家這纔看見,他引來的是一個身穿長長的衣衫,瘦削的黑頭髮的小孩子。 那孩子惴惴地睜着他烏黑的眼睛,交互看着美迭里札和騎兵中隊長。 羣衆更加動搖了,聽到歎息和女人的低語。 美迭里札向下一望,卽刻知道那黑頭髮的孩子,便是他昨夜託他管馬的,有着喫驚的眼和細細的滑稽的小頸子的牧童了。

用一隻手緊抓着孩子的一個農民,除下了帽子,露出壓平似的帶些花白頭髮的禿頭(看去好像有誰給他亂撒了一些鹽似的),向隊長鞠躬,並且開口道:

"這我的牧童……"

但他覺得人們沒有聽他的說話,嚇起來了,便俯向孩子,用指頭點着美迭里札,問道:

"是這人麼?"

牧童和美迭里札眼對眼相覷,有數秒鐘:美迭里札帶了裝出的冷靜,牧童含着恐怖和同情。 他於是將眼光移到騎兵隊長去,凝視了一會,好像化了石塊一樣,後來又去看那還是緊抓住他的彎着腰的農民,——他深深地艱難地吁一口氣,否定底地搖搖頭…… 靜到連教堂長老的牛欄中的小牛的響動,也能聽到了的羣衆,便卽有些動搖,但又立刻肅靜了。

"不要害怕,蠢才,不要害怕呀,"農民自己惴惴地,用手指熱心地指着美迭里札,發出溫和的帶些發抖的聲音,勸慰孩子說。"倘不是他,另外又是誰呢?…… 說罷,說呀,不要害…… 唉,這廢料!……" 他突然憤憤地截住話,用全力在孩子的臂膊上扭了一把。"他就是的,大人,不會是別人的……"他辯解似的,謙恭地將帽子團在手裏,大聲說。"不過是孩子在害怕,馬裝着鞍,鞍袋子裏藏着皮匣,還會是誰呀…… 昨夜裏他騎到篝火邊來的。'管着,——他說——我的馬,'他自己就到村裏去,孩子不能等他了——天已經亮了——,他不再等,將馬趕到家裏來,馬是裝鞍的,鞍袋子裏又有一個皮匣,——另外還能是誰呢?……"

"誰騎來了? 怎樣的一個皮匣?" 隊長注意地聽着沒有頭緒的話,問道。 農民更加惶恐起來,團着帽子,仍復顛倒錯亂,講一遍他的牧童在早晨怎樣地趕了別人的馬來,——馬是裝鞍的,而且鞍袋子裏還有一個皮匣。

"哦,哦。" 隊長拖長了聲音,說."可是他還不直說麼?"他說,將下巴向孩子一伸。"總之,叫他到這里來——我們用我們的法子來訊問他就是……"

孩子被推到前面來了,他走近了升降口,但不敢跨上去。軍官跑下階沿來,抓住他瘦小的發抖的肩膀,拉向自己這面,用了透骨似的可怕的眼色,看定了他那嚇得圓睜的眼睛。

"噯噯…… 噯!……" 孩子立刻呻吟起來,輪開了眼。

"這將是怎麼一囘事呵?" 女人裏面的一個受不住這嚴緊了,歎息着說。

就在這刹那間,從升降口飛下一個柔軟的身體來。 羣衆嚇得將兩手一拍,披靡了。 騎兵隊長遭了強有力的打擊,倒在地面上……

"開鎗!…… 這什麼樣子?……" 漂亮的軍官大叫道。他無法地伸着手,狠狠得忘了自己也可以開鎗了。

幾個騎兵衝進羣衆裏面來,用他們的馬將人們趕散。 美迭里札用全身撲向他的敵人,想扼住那咽喉,但那人張開黑的翅子似的勃盧加,蝙蝠一般扭轉身子,一手痙攣着抓住皮帶,要拉出手鎗來。 他終於將皮匣揭開了,在美迭里札剛剛抓着他的咽喉之際,他便對他連開了兩三鎗……

趕緊跑到的哥薩克們來拖美迭里札的兩脚的時候，他還攫着野草，咬着牙齒，想將頭仰起，然而頭却無力地垂下，伏在地上了。

"湼契泰羅！"漂亮的軍官叫喊道。"召集中隊！……您也去麽？"他鄭重地向騎兵隊長問道，但並不對他看。

"去的。"

"拉中隊長的馬來！……"

過了半點鐘，哥薩克的騎兵中隊便整好一切戰鬪準備，順了美迭里札昨夜走過的路，開快步迎上去了。

和別的人們一樣，覺着大大的不安的巴克拉諾夫，終於忍不住了——

"聽哪，放我到前面去跑一趟罷，"他對萊奮生說。"鬼知道哩，究竟……"

他用拍車刺着馬，比意料還要快，跑到了林邊的滿生苔蘚的小屋。他用不着爬到屋頂上去了——約距半威爾斯忒之遠，正有五十個騎兵跑下丘岡來。他由他們的有黃點的制服，知道那是正式兵。巴克拉諾夫按住了自己的從速回去，將這危險報告萊奮生（他是時時刻刻在想跳出來的）的願望，却躲進叢莽裏去，等着看丘岡後面可還有另外的隊伍出現。

然而不再有什麼人；騎兵中隊並不整列，用平常速度前進。從騎兵的疲勞的坐法和馬頭的在搖擺上判斷起來，應該是剛剛開過快步的。

巴克拉諾夫囘轉身，幾乎要和騎出林邊來的萊奮生相撞了。 他給他一個站住的記號。

"多麼?" 到得聽到了他的聲音之後，萊奮生問道。

"大約五十。"

"步兵?"

"不，騎兵。"

"苦勃拉克，圖蟠夫，散開！"萊奮生靜靜地指揮道。"苦勃拉克在右翼，圖蟠夫左翼…… 你做什麼！……" 他忽然叱咤起來，這時他看見一個頰上縛着繃帶的襲擊隊員，溜到旁邊，還在對別人做暗號，教學他的榜樣。"歸隊！" 於是用鞭子威嚇說。

他將指揮美迭里札的小隊的事，交給巴克拉諾夫，並且命令他留在這處所，——自己便跛着一隻脚，揮着盒子礮，走出散兵線的前面去了。

他藏在叢莽裏，使散兵伏下，便由一個襲擊隊員引導着，走到了小屋。 騎兵已經很近了。 由黃色的帽章和側章，萊奮生知道了那是哥薩克。 他也能夠看見了穿着黃色勃盧加的隊長。

"去對他們說,爬到這里來。"　他低聲告訴襲擊隊員道,"但不要站起,否則……　喂,你在看什麽？　趕快！……"他皺着眉頭,將他一推。

哥薩克的數目雖然少,萊奮生却忽然感到了劇烈的興奮,正如在一直先前,他作第一次的軍事行動時候一般。

在他的戰鬪軌道中,他劃分爲兩段落。　這雖然並無分明的界限,然而據他所經歷的本身的感覺,在他是兩樣的。

最初,他不但並無軍事上的教養,連放鎗也不會,而不得不由他來指揮大衆的時候,是覺得一切事件,和他都不相干,只是經過他的意志的旁邊,發展了開去。　這並非因爲他沒有實行自己的義務(他是竭力做了他的力所能及的最大限度的),也不是因爲他以爲個人並無影響於大衆所參加的事變(他以爲這樣的見解,是人類底虛飾的壞現象,正是這等人們藉此來掩飾自己的怯弱,卽缺少實行的意志的),——倒是因爲在他的軍事行動的最初的短時期中,他的一切精神底力,都用到克服那戰鬪中不知不覺地經驗了的對於自己的恐怖,和使大家不知道他這恐怖上去了。

然而他卽刻習慣於這環境,到了對於自己的生命的恐怖,已經無妨於處置別人的生命這一種情形了。　在這第二期,他幾得了統御事件的可能，——他感得那現實的進行和其中的力量，和人們的關係愈分明，愈確切，也就愈圓滿，愈成功。

但他現在又經驗到劇烈的興奮，而且不知怎地，這又好像和他的新景況，對於自己以及對於美迭里札之死的一切思想連結起來了。

當散兵在叢莽間爬了近來時，他便又制御自己，而他那短小精悍的形相，就以極有把握的正確的動作，像先前一樣，正是人們由習慣和內面底的必然而深信着的，沒有錯誤的計劃的化身似的，站在大家的前面了。

騎兵中隊已經很臨近，能夠聽到馬蹄和騎士們的低語聲，——並且可以辨別了各個的面貌。萊奮生看了他們的表情，——尤其是啣着煙管，胡亂地坐在鞍上，剛剛跑上前邊來的那漂亮的，肥胖的軍官的表情。

"這應該就是畜生了，"萊奮生注視着他，將通常加給敵人的一切可怕的性質，不知不覺地都歸在這漂亮的軍官上，想。"我的心跳得多麼厲害呵！……早可以開鎗了罷？……開麼？……不，等到了剝了皮的白樺樹那地方……但為什麼他騎得那麼壞的呢？……這實在是……"

"小——隊！……"他忽然發出高亢的，拖長的聲音叫道（這瞬間，騎兵中隊恰恰到了剝了皮的白樺之處了），——

— 227 —

"放！……"

漂亮的軍官一聽到他第一個聲音，便愕然的擡了頭，但這時他的帽子已從頭上飛落，他的臉上，現了驚駭和無法可想的表情。

"放！……" 萊奮生再叫一次，也開了鎗。 他對着漂亮的軍官描準。

騎兵中隊混亂了。 許多人們——其中也夾着漂亮的軍官——死在地面上。 幾秒鐘間，蒼皇失措的人們和用後腿站起的馬匹，都擠在一處，發着爲鎗聲所壓，聽不明白的喧嚷。從這混亂裏，終於現出一個身穿黑的勃盧加的騎士來，顯着喫緊的模樣，勒住馬，揮着長刀，在騎兵隊前面跳躍。 但別人分明是不聽他，有幾個已經策馬逃走，全中隊也立刻跟着他們去了。

襲擊隊員跳了出來，——射擊着其中的最勇敢者，一面追上去。

"馬來！……" 萊奮生叫道。 "巴克拉諾夫，這里來！……上馬！……"

巴克拉諾夫顯着橫暴的臉相，挺着身子，下掠着的手裏，拿一把亮如雲母的長刀，從他旁邊經過，——他後面跟着鎗械索索有聲，發着呼號的美迭里札的小隊。

— 228 —

全部隊也都跟着疾走了。

美諦克被潮流所牽惹，走在熔岩的中央。 他不但沒有感到恐怖，並且還失掉了觀察自己的思想和行為，從旁加以品評這一種他平時不會離開的性質，—— 他只看見前面有熟識的背脊和垂髮的頭，只覺得尼夫加並不落後，而敵人正在奔逃，他心中著著努力的，是和大家一同追及敵人，不要比熟識的背脊慢。

哥薩克的騎兵中隊躲進白樺林子裏去了。不多久，就從那邊向部隊射出許多鎗彈來，但這邊不但沒有放緩腳步而已，仍然疾馳，反因射擊而增高了激昂和亢奮。

忽然間，跑在美諦克前面的毛鬣蓬鬆的馬打了一個前失，那有垂髮的頭的熟識的背脊，便張開臂膊，向前面跌出了。美諦克也和別人一同 跳過了在地上蠢動的黑東西，依舊向前走。

不見了熟識的背脊之後，他便將眼光凝注了正對面的漸漸臨近的森林⋯⋯。 一個騎了黑馬，叫着什麼，用指揮刀有所指示的短小有鬚的形相，忽然在他眼中一閃⋯⋯ 和他並排跑着的幾個，便突然向左轉了彎。 然而美諦克不省得，還是向着先前的方向衝過去。 於是走進林子裏面了，被無葉的枝條擦破了臉，幾乎撞在樹幹上。 他費了許多力，幾得使發狂而鑽過叢莽去的尼夫加停止了下來。

他只是一個人——在白樺的柔和的寂靜裏,在樹葉和草莽的金色裏。

這時他彷彿覺得林子裏滿是哥薩克。 他竟至於叫了起來,而且怕得趕緊向原路奔囘,不管尖銳的有刺的枝條,打撲着他的臉。

當他囘到平野上的時候,部隊已經看不見了。 離他二百步之遠,躺着一匹打死的馬和倒在旁邊的鞍橋。 近旁蹲着一個人,彎了腿,絕望底地兩手抱了雙膝,靠住胸膛,一動也不動。 這是木羅式加。

美諦克一面慚愧着自己的恐怖,一面用平常速度騎近他那里去。

米式加倒臥着,咬了牙齒,睜着大的玻璃一般的眼睛。那有銳利的蹄子的前腿,是彎起來的,好像牠至死也還要馳驅一樣。 木羅式加看着牠的門牙那邊,他的眼睛發着光,乾燥而看不見。

"木羅式加……" 美諦克在他前面勒住馬,輕輕地叫道。對於他和這死馬的下淚的仁善的同情,忽然支配了他了。

木羅式加沒有動。 他們不交一語,不移一步地停了幾秒時。 於是木羅式加歎一口氣,慢慢地放開手,跪了起來,還是不看美諦克那邊,開手去將鞍橋卸下。 美諦克不敢對他再說話,只是沈默着在看他。

木羅式加在他那死掉的米式加之旁
在馬上——美諦克

木羅式加解開了肚帶,——有一條是已經斷掉了,——他很用心地注視着那斷掉的血汙的皮條,又圍在手裏,又將牠抛掉了。　於是歎息着將鞍負在背脊上，徑向森林那面走，——屈着身子，不穩地運着彎曲的兩腿。

"拿來，我帶去罷，或者，如果你願意，你就騎了馬去，——我可以走的！" 美諦克叫道。

木羅式加頭也不回。　但只因爲馬鞍的重量，身子更加彎曲了。

不知道爲了什麼原因，美諦克不願意再給他看見，便遠遠着，向左轉了彎。　一過樹林，就望見橫列谿邊的村落。　在他右邊的低地上，——直到旁走而沒在昏暗的灰色的遠方的山嶺爲止，——橫着一片森林。　天空，——早晨那麼明朗的天空，現在却低垂而陰鬱了，——太陽幾乎看不見。

離道路五十步之處，躺着幾個砍倒的哥薩克。　有一個還活着，——他好容易用臂膊支了起來，但又倒下了，而且呻吟着。　美諦克又遶一個大彎，避開着走，要不聽到他的呻吟。從村裏跑出幾個騎馬的襲擊隊員來，正和他相遇。

"木羅式加的馬給打死了……" 美諦克遇見他們時，便說。

沒有回答。　有一個向他這面射出懷疑的眼光來，彷彿要問道："我們正在戰鬪的時候，你到那裏去了呢？"　美諦克慄然，依舊向前走。　他滿懷了很壞的豫感……

当他到得村裏的時候，許多襲擊隊員都已經尋好宿處了，——別的人們是擁擠在高的雕花窗門的五角小屋的旁邊。萊奮生戴着破帽，渾身汗水和塵埃，站在迴廊上面在發命令。美諦克走到繫着馬匹的柵邊。

"從那里光降的？"哨兵冷嘲地問道。"去採集香菇了麼？"

"不，我走錯了，"美諦克說。人們怎樣推測他，現在他是全都一樣了，但因為從前的習慣，他還想解釋一下："我進了林子去了，你們是，我想，向左轉了彎罷？"

"對咧，對咧，向左！"一個臉有天眞的笑臉，頂留滑稽的髮渦的，白眉毛的短小的襲擊隊員說。"我叫你的，你沒有聽到……"於是得意地看着美諦克。好像他懷着滿足，在記出一切細微之點來。美諦克將馬絟好，和他並排坐下了。

苦勃拉克從一條橫街裏走出，同着一羣的農民，——他們是帶了兩個反縛兩手的漢子來的。一個身穿黑色的背心，不成樣子的，被壓平一般的花白頭髮的腦袋，——他抖得很利害，哀求着帶他的人們。別一個是瘦弱的牧師，從他撕破了的法衣下面，那稀皺的褲子和垂下的睾丸，都分明可見。美諦克看見苦勃拉克的腰帶上有一條銀索子，——明明是十字架的索子。

"是這人麼，唔？" 當他們走近階沿時，萊奮生指了背心的漢子，青着臉問道。

"是他，正是他！……"農民們嚷嚷地說。

"竟是這樣的壞貨……" 萊奮生向了坐在他旁邊的式泰信斯基說，"然而你是醫不活美迭里札來的了……" 他迅速地眨着眼睛，轉過臉去，默默地看着遠方，——要避免對於美迭里札的囘憶。

"同志們！ 我的親愛的！……" 那俘囚用了狗似的從順的眼睛，忽然看着農民們，忽然看着萊奮生，哭喊道，"難道是我自己情願的麼？…… 我的上帝…… 親愛的同志們……"

沒有人來聽他。 農民們都轉過了臉去。

"還說什麼呢：你怎樣威逼了牧童，全村都看見的，"有一個向俘囚陰沈地淡冷地一瞥，說。

"自己不好呀……" 別一個證實道，便將臉躱掉了。

"鎗斃，"萊奮生冷冷地說。"但帶得遠些。"

"牧師呢？" 苦勃拉克問道。"也是壞種，和軍官們一氣的……"

"放掉他，——給魔鬼去！……"

羣衆——其中也夾雜着許多襲擊隊員——跟了帶着穿背

心的漢子的苦勃拉克，湧出去了。 那人打着寒噤，彎着腿，哭着，抖着他的下巴。

企什走近美諦克來了。 他顯着遮掩不住的勝利的高興，頭上戴一頂骯髒的帽子。

"你原來在這里!" 他高興而且驕傲地說。 "多麽儼然呀！ 我們到什麽地方去喫一點東西罷…… 現在他們在分給大家哩……" 他別有意義似的拖長了聲音，吹着口笛。

他們爲了喫，走了進去的小屋，是很不乾淨的，空氣悶人，發着麵包和切碎的白菜的氣味。 炕爐的角上，亂拋着骯髒的白菜頭。 企什一面吞下麵包和白菜羹去，一面將自己的英雄事業講個不住，一面又時時去偸看那在給他們搬東西的，長辮髮的苗條的小姑娘。 她窘了，也高興。 美諦克總在側耳傾聽，一有什麽聲音，便緊張得發抖。

"……他們忽然回轉身來了，——向着我……" 企什滿口嘖嘖地，嘮叨道,"那我就，嚇！ 給了他們一鎗……"

這時玻璃窗震得作響，起了一齊射擊的聲音。 美諦克愕然落掉羹匙，失了色。

"這些事情什麽時候纔了呵!……" 他在絕望中叫了起來，用兩手掩面，跑出小屋去了。

……"他們將他打死了，將這穿着背心的人，"他將臉埋在外套的領子中間，躺在一處的叢莽裏，想，——他怎麼跑到了這處所，已經全不記得了。"遲遲早早，他們總也要殺掉我的罷……　然而我現在也就並不活着了，——我就和死掉了一樣：我已經看不見愛我的人，和那亮色的捲頭髮的，我將那照片撕得粉碎了的，可愛的少女，也不能相會的了……　他一定哭了罷，那個穿背心的可憐的傢伙……　我的上帝，我為什麼將這撕碎了的呢？　我眞將不再囘到她那里去了麼？　我多麼不幸呵！……"

當他帶着枯燥的眼，顯着苦惱的表情，走出叢莽來的時候，周圍已經是黃昏了。　從極近的什麼處所，聽到爛醉的人聲，一個手風琴在作響。　他在門口，遇見了長辮髮的苗條的姑娘，——她在水槽裏汲了水，搖擺着彎得像一枝柳條一樣。

"你們裏面的一個和我們的年青人在逛着哩，"她睜上暗色的睫毛，微笑着說。"你聽哪，他多麼……？" 於是她合了從街角傳來的粗魯的音樂，搖着她美麗的頭。　水桶跟着搖動，濺出水來，——那姑娘便羞得躲進門裏面去了。

　　　　而且我——們是，囚徒一伙，
　　　　終竟來到了此——處……

唱着一個很酩酊的，美諦克很為熟識的聲音。　美諦克向街角一望，就看見拿着手風琴的木羅式加。 散亂的前髮掛在眼睛上，他那通紅的出汗的臉是粘粘地。

木羅式加挺出肚子，用了彷彿說過不要臉的話，然而立刻懊悔了一般的——"出於眞心眞意的"——表情，拉着手風琴，冷嘲地在街道中央闊步，——他後面跟着不繫帶，不戴帽，一樣地爛醉的少年一大羣。 兩邊跑着赤脚的農家孩子們，嚷着，揚起許多塵土來，放縱而粗暴得像小惡鬼一樣。

"阿呀…… 我的好朋友！……" 木羅式加看着美諦克，顯出爛醉的做作出來的高興，叫道。 "你那里去呀？ 那里去？ 不要怕，——我們是不打的…… 和我們來喝…… 那就到鬼那里去——我們一同完結罷！……"

那一大羣便圍住了美諦克，他們擁抱他，將他們那好意而爛醉的臉彎向他，用酒臭的氣息吹噓他。 一個人又將酒瓶和咬過的胡瓜塞在他手裏。

"不，不，我不喝。" 美諦克掙脫着，說，"我不想喝……"

"喝罷，到鬼那里去！" 木羅式加叫道，因爲任性，幾乎要哭了。 "一同完結罷！……" 於是他不乾不淨地罵了起來。

"那麼，一點點，我實在是不喝的，"美諦克依從着，道。

他喝了兩三滴。 木羅式加拉着手風琴，用沙聲唱起歌來。 少年們合唱着。

"同我們去，"一個抓住<u>美諦克</u>的手，說。"我住在那～～邊……" 他用鼻聲說了偶然得到的一句話，便向<u>美諦克</u>靠過沒有修剃的面龐來。

他們沿街唱着走，——戲謔，蹌踉，嚇着狗，詛咒着自己，親戚，朋友，全不安穩的艱難的大地，直到現作沒有星星的昏暗的圓蓋，罩着他們的天空。

三

泥　沼

　　華理亞沒有參與攻擊(她和經理部一同留在泰茄裏面了),到得大家已經分住在各家的時候,她纔進到村裏來。她覺得占領住處是完全任其自然的——小隊混合起來,誰在那里,誰也不知道,又不聽司令者的指揮,——部隊分散得好像各管各的,彼此毫無關係的小部份一樣。

　　她在進村的路上,看見了木羅式加的馬的死處。但他自己怎麽了呢,却沒有一個人說得清楚。有的主張他給人打死了,——他們是親眼看見的——;別的人却道不過負了傷;又一些人則全不知道他,一向就只在慶幸自己的活了出來的運氣。這些一切,合併了起來,就使華理亞自從想和美諦克和解,而沒有成功的那時候以來,便籠罩了她的頹唐和絕望底的失意的狀態,更加厲害了。

　　她苦熬着無限的逼迫,飢餓,自己的思想和苛責,幾乎連坐在鞍子上的力氣也沒有了;她快要哭出來,這纔尋到了圖幡夫——真是高興她,給她粗野的同情的微笑的第一個。

當她看見了帶着又濃又黑的拖下的鬍鬚的他那年老的陰鬱的臉,並且看見了圍繞着她的,別的也是成了灰色,給煤末弄成粗糙的,熟識而親愛的,粗野的臉的時候,她的心便爲了對於他們的甘美的,淒楚的哀傷——愛和對於自己的憐憫,顫抖起來:他們使她記起了她還是一個美麗的天眞爛漫的姑娘,有着豐盛的捲髮和大的悲涼的眼睛,在黑暗的滴水的礦洞裏推手車,夜裏則在人們中間跳舞的年青之日來了。 這樣的臉,這樣的羨慕着和微笑着的臉,那時候也正是這樣地圍繞了她的。

她自從和木羅式加爭吵以後,就全然和他們離開了,然而惟獨這些人,却正是曾經一同生活,一同作工,而且追求她的,和她相近的生來的礦工們。"我已經多麼長久沒有看見他們了呵,我將他們完全忘記了…… 唉唉,我的親愛的朋友!……" 她懷着愛情和懊悔,想,她的太陽穴暢快地跳動着,幾乎要流出眼淚來了。

只有一個圖幡夫這厮能夠辦到,使他的小隊有秩序地宿在鄰近的小壘裏。 他的人們在村莊的邊境放夜哨,並且幫萊奮生收集糧秣。 於是先前被一般的興奮和騷擾所遮掩了的一切,到這一天就忽然全都明明白白:只有圖幡夫的小隊,是完全集合在一氣的。

— 240 —

華理亞從他們那里知道了木羅式加活着,而且也沒有負傷。 人們將他那新的,從白軍奪來的馬給她看。 那是一匹高大而細腿的,栗殼色的雄馬,有着剪短的鬣毛和細薄的頸子,但因此就見得有很不可靠,會做奸細的樣子,——人們已經給牠一個名字,叫作"猶大"(一)了。

"那麼,他活着的……" 華理亞惘惘然望着那馬,想。"那就好,我高興……"

食後,她鑽進乾草小屋去,當她獨自躺在芬芳的乾草上,在朦朧中傾聽着可有"老朋友裏面"的誰來接近她的時候,——她又用了一種溫柔的心情,想到木羅式加還在,於是就抱着這思想,沈沈睡去了。

……她忽然醒了轉來…… 在劇烈的不安中,她的兩手僵得像冰一樣。 從屋頂下,闖進那在霧中飄蕩的無窮的夜來。 冷風吹動乾草,搖撼枝條,鳴着園裏的樹葉……

"我的上帝,木羅式加在那里呢? 所有別的人們在那里呢?" 華理亞抖着想。"我又得孤草似的只剩一個人麼——在這里的這黑洞裏?……" 她用了熱病底的着急,發着抖披上外套,不再去尋袖子,便慌忙爬下乾草小屋去。

註一: 耶穌的門徒,而賣耶穌者——譯者。

門口站着守夜人的黑影子。

"誰在這里守夜？" 她問，一面走近去。"珂斯卡？……木羅式加巳經囘來了麼，你知道不？"

"原來你就睡在乾草小屋裏麼？" 珂斯卡可惜而且失望地問道。"我竟沒有知道！ 木羅式加是用不着等的――跑來，跑去只有一件事：給他的馬辦祭品…… 冷呵，不是麼？給我一根火柴……"

她尋出火柴匣子來，――他用大手掩護着火，點上煙，於是使火光照在她上面：

"你見得瘦了，好姑娘……" 便微笑起來。

"火柴你存着罷……" 她翻起外套的領子，走出門去了

"你那里去？"

"我去尋他！"

"木羅式加？…… 阿唷！…… 還是我來替代他呢？"

"不，你是不行的……"

"什麼時候起，變成這樣了的？"

她沒有囘答。"唉――出色的女人。"――守夜人想。

非常黑暗，致使華理亞好容易纔能辨出路徑來。 下起細雨來了。 滿園就更加不安地，鈍重地作響。 什麼地方的柵欄下，有一匹凍得發抖的小狗，哀傷地在叫。 華理亞摸到牠，

塞在外套下面的肚子之處了,——牠發着抖,用鼻子在衝撞。她在一所小屋旁邊,遇見了苦勃拉克的守夜人,便問他可知道木羅式加在什麼地方逛蕩。 那人就將她送到教堂的近旁。他走完了半個村子,毫無用處,終於萎靡着囘來了。

她從這橫街向別一橫街轉彎了許多囘,已經忘却了路徑,現在就幾乎不再想到她的出行的目的,只是信步走去,——但將暖熱了的小狗按在自己的胸前。 待到她尋到囘家的路上,差不多費去一點鐘的光陰了。 她怕滑跌,用那空着的手,抓住編就的柵欄轉一個彎。 走不幾步,便幾乎踏着了躺在路上的木羅式加,站下來了。

他頭靠柵欄,枕了兩手,伏臥着,微微地在呻喚,——分明是剛剛嘔吐過的。 華理亞的認識了這是他,倒不如說覺得了這是他,——他的這樣的情形,她是見過了許多囘數的。

"凡湼!" 她蹲下去,用那柔軟的和善的手,放在他的肩頭,叫道。"你爲什麼躺在這里的? 你不舒服麼。唔?"

她扶起他的頭來,看了他那喫驚的,浮腫的,蒼白色的臉。她覺得可憐了,—— 他是這樣地羸弱而且渺小。 他一看出她,便勉強地微笑,於是自己坐了起來,注意地支持着姿勢,靠住柵欄,伸開腿。

"阿阿…… 是您麼?…… 我的最尊敬的……" 他發

出無力的聲音，竭力用了不惱人的平靜的調子，吶吶地說。
"我的最尊敬的，同志⋯⋯木羅梭伐⋯⋯"

"同我去罷，凡浬，"她拉了他的手，說。"還是不能走呢？⋯⋯ 等一等，——我們就都會妥當的，我敲門去⋯⋯" 她決然地跳起來，要去託鄰近的小屋， 她毫不顧慮到在這樣的黑夜裏，是否可以去叩人家的門，以及將一個喝醉的男人塞進人家去，別人會對她怎樣想，——這樣的事，她是一向不管的。

但木羅式加却立刻愕然搖頭，用沙聲喊道：
"不不不⋯⋯ 我來敲！⋯⋯ 靜靜的！⋯⋯" 於是就用捏着的拳頭，來敲自己的太陽穴。 從她看來，好像因為驚駭，連酒都嚇醒了。"那地方住着剛卡連珂，你不知道麼？⋯⋯ 怎麼可以⋯⋯"

"那又怎麼樣呢，剛卡連珂？ 他又不是一位大老爺⋯⋯"
"不是——呀，你不知道，"他彷彿苦痛似的皺了前額，抓着頭，"你不知道呵，——這怎麼可以！⋯⋯ 他是當我一個人看的，我却⋯⋯ 這怎麼行？ 不行的，怎麼能這樣子⋯⋯"

"你嘮叨些什麼昏話呵，我的親愛的，"她說着，又蹲在他旁邊。 "瞧罷，下着雨，溼了，明天又得走，——來罷，最親愛的⋯⋯"

"不不，我是完了，"他這時已經全是悲哀和直白了，說。

"我現在是什麼,是甚麼人,我怎麼可以——請想一想罷,諸位?……" 他忽然用了自己的浮腫的,含淚的眼睛,淒涼地向周圍四顧。

她於是用那空着的手抱住他,嘴唇快要觸到睫毛,彷彿對於一個孩子似的,柔和地悄悄地向他低語道:

"你苦什麼呀? 什麼使你這樣傷心呢?…… 可惜那匹馬,是不是? 但他們已經給你弄到別的了,——好一匹出色的馬兒…… 不要苦了,親愛的,不要哭了,——瞧罷,我弄到了一隻怎樣的小狗,怎樣的一個有趣的小東西!" 她便打開外套,將渴睡似的耳朵拖下的小狗給他看。 她很熱烈,不但她的聲音,連她的全身,也好像爲了仁厚在發響。

"嘖,嘖,小傢伙!" 木羅式加用酩酊的柔和,去提小狗的耳朵。"你在那里弄來的?…… 呵,要咬人的,這畜生!……"

"哪,你瞧!…… 來罷,最親愛的……"

她總算使他站了起來,用話來說得他從不好的思想離開,領往住所去。 他也不再抵抗,相信她了。

在路上,他對她沒有說起一囘美謠克,她也絕不提到,好像他們之間,原沒有一個什麼美謠克一般。 後來木羅式加就顯出陰鬱的相貌,不再開口了,——他分明已從酒醉裏清醒。

他們這樣子,走到 圖幡 借寓着的小屋。

木羅式加抓住扶梯,要攀上乾草小屋去,然而兩脚不聽話。

"我得來幫一下?" 華理亞問道。

"不,自己就行了,蠢才!" 他粗暴而不好意思地囘答。

"那麽,再會……"

他放掉梯子,喫驚地看她。

"怎麽樣'再會'?"

"哪,就是怎樣地……" 她矯作而且悲哀地笑道。

他忽然走近她去了,不熟手地抱住她,將自己的不慣的面龐靠向她的臉。 她覺得他要和她接吻了,而他也確是這意思,然而他慚愧, 因爲礦山的人們一向只和姑娘們睡覺,愛撫她們的事是很少有的。 在他們的同居生活全體中,他只和她接吻了一囘,——是他們的結婚那一天——,當他喝得爛醉,而大家叫起"苦"來(一) 的時候。

……"這算收場了,一切又都變了先前一樣,就像什麽也未曾有過似的,"木羅式加靠着華理亞的肩頭,熟睡了時,她懷着悲痛和熱情,想。"又是老路,又是這一種生活,——什麽都是

註一: 俄國舊俗,當結婚的宴會時,倘賓客舉杯,叫道"苦呵,苦呵,放甜些罷!" 則新耶與新婦必須接吻——譯者。

這一種……　但是，我的上帝，這可多麼無聊呵！"

她轉背向了木羅式加，合上眼睛，曲了腿，然而總是睡不去……　遠在村莊的後面，從那通到訶牛罕札的省道由此開頭，而放着哨兵的那一面，——發了兩響當作記號的鎗聲……她將木羅式加叫醒，——剛剛攛起他毛髮蓬鬆的頭來時，就聽到村後面又有哨兵的培爾丹鎗發響，恰如囘答這鎗似的，機關鎗的飛速開火，便立刻打破了夜的黑暗和寂靜，沸騰吼叫起來了。

木羅式加陰沈地搖手，跟着華理亞爬下乾草小屋去。　雨已經停止，風却更大了，——什麼地方有窗子的保護門在作聲，溼的黃葉在黑暗中飛舞。　各處的小屋裏點了燈。　守夜人在街上且跑且喊，叩着窗戶。

木羅式加走到馬房，牽出他的猶大來，當這幾秒間，他又記起了昨天之所遭遇的一切。　一想到那玻璃眼的米式加的被殺，他的心就緊縮起來；又以嫌惡和恐怖，突然記得了自己昨天的不成樣子的舉動：他喝得爛醉，在街上走，人們都來看他，看這爛醉的襲擊隊員，而他還發了全村可以聽到的大聲，唱着不識羞的曲子。　和他一起的是美諦克，他的對頭，——他們一同逛蕩，像一顆心臟，一個魂靈，而且他，木羅式加，還向他誓了愛，討了饒——什麼緣故呢？　爲了什麼呢？……

— 247 —

他現在覺到了他那舉動的一切不可耐的虛僞了。 萊奮生會怎麽說呢？ 而且這樣搗亂之後，眞還可以和剛卡連珂見面麽？

他的伙伴,大半已經裝好鞍子，出了門去了,然而他毫無準備，——馬肚帶不在手頭,馬鎗又放在剛卡連珂的小屋裏。

"謠麼菲,朋友,幫我一下？……" 他向那跑過後院的圖幡夫,用了訴苦的,幾乎要哭的聲音,央告道。"給我一條多餘的肚帶——你有一條,我見過的……"

"什麽？！！" 圖幡夫吼喝起來。"你先前那里去了？……"於是惱怒着,咒罵着,將馬按住,——因爲牠用後脚站起來了,——走近自己的馬匹的身邊,去取了肚帶。

"這里…… 昏蛋！" 他霎時走向木羅式加來,憤憤地說着,忽然竭全力用肚帶抽在他脊梁上。

"自然,現在他能打我了,我做了這些事,"木羅式加想,連牙齒也不露,——因爲他沒有覺到疼痛。 然而世界於他,却顯得更加暗淡了。 而且這使昏夜發抖的射擊,這黑暗,正在畜欄後面等待着他的運命,——這些一切,由他看來,就好像便是他一生之業的正常的刑罰似的。

當小隊正在集合,排隊之際,射擊已經占了半個圈子,一直到河邊。 炸彈投射機發着大聲,燦爛的怒吼的魚,在村落

上面飛舞。　巴克拉諾夫已將外套穿得整齊,揑着手鎗,跑向門口去,————他叫喊道:

"下馬!……　排成一列!……　你留二十個人在馬這里,"他對圖皤夫說。

"跟我來!　快跑!……"　幾秒鐘後,他叫着奔進黑暗裏去了。　防禦隊跟定他飛跑,一面穿外套,一面揭開子彈匣。

他們在道上遇見了逃來的哨兵。

"敵軍強大得很!"　哨兵們叫道,惶恐得搖着手。

大礮的一齊射擊開始了,————炸彈在村子中央爆裂,照得天的一片,傾斜的鐘樓,在露水中發閃的牧師的庭園,皆暫時雪亮。　天色更加黑暗起來。　炸彈隔着短時間,一個一個接連地爆裂。　村邊的什麼地方升上火燄來了,————是草堆或是房子着了火。

巴克拉諾夫是應該抵禦敵人,以待萊奮生集合了散住全村中的部隊的。　但當巴克拉諾夫的小隊還未跑到村邊空地之際,他————在炸彈的亮光下————已經看見了向他這面奔來的敵人的隊伍。　他從射擊的方向和子彈的聲音,知道敵軍是在從左翼,從河那邊包抄他們,不一會,那邊的一頭恐怕就要攻進村裏來了。

小隊一面應戰,一面開着快步,忽伏忽起,橫過橫街和菜圍，斜着向右角退却。　巴克拉諾夫傾聽了河邊的轟擊情形，——已在向中央移動，——那一側分明已被敵軍所占領了。忽然間，和嚇人的叫喊一同，從大街上來了敵人的馬隊的衝鋒，只見人馬的暗黑而喧囂的，許多頭顱的熔岩，沿街湧了過去。

巴克拉諾夫已經無法阻止敵人，便領着傷亡了十多人的小隊，從未被占領的一角上，向森林方面飛跑。　幾乎已經到了最後的一排小屋，拖在向谿的斜坡上之處的近旁，纔遇着了萊奮生居先的正在等候他們的部隊。

"他們到了，"萊奮生放了心似的說。"快上馬！"

他們上了馬，用全速力，奔向那黑壓壓地橫在他們下面的森林方面去。　大概是覺察出他們了，——機關槍在背後發響，他們的頭上在暗中唱着鉛的飛虻。　怒吼的火魚，又在空中飛舞。　牠們拖着燦爛的尾巴，從高處墜下，於是大響一聲，就當馬前鑽在地面上。　馬向空中張着血一般的熱的大口，發出女人似的尖叫，跳着避開，——部隊遺棄了死傷的人們，混亂了。

萊奮生四顧，看見村落上面，浮着一片大火的紅光，——全村的四分之一燒掉了，——而在這火燄的背景之前，則奔波着孤立的，以及集團的，暗黑的，顯着火色臉孔的人們的形相。

並排走着的式泰信斯基忽然從馬上倒下，脚還鈎住馬鐙，拖了幾步，——終於落掉了，馬却依舊前行。 全部隊怕踏了死屍，都迴避着走。

"萊奮生，看哪！" 巴克拉諾夫指了右邊，亢奮着叫道。

部隊已經到了最低之處，迅速地在和森林接近，但在上面，却已有敵人的馬隊，衝着黑暗的平野和天空的陰影，正對着他們馳來。 伸開黑色的頭的馬匹和屈身在牠背上的騎士，在天空的最明亮的背景中一現，又立刻向這邊跳下低地，消在黑暗裏了。

"趕快！…… 趕快！……" 萊奮生頻頻囘顧，用拍車踢着馬，叫喊道。

他們終於跑到森林的旁邊，下了馬。 巴克拉諾夫和圖幡夫的小隊又留下來，作退却的掩護，別的人們則拉着馬轡，深入森林中。

森林是平安而且深奧：機關鎗的格拉聲，馬鎗的畢剝聲，大礮的一齊射擊，都留在後面，彷彿已經全不相干，——並不攪擾森林的寂靜似的了。 不過時時聽到深處的什麼地方，有炸彈落下，炸掉樹木，轟然作響。 有些處所，則天際的火光透過森林，將暗淡的，銅一般的，邊際逐漸昏暗的反照，投在地面和樹幹上，可以分明地看見蒙在幹子上的染了鮮血似的溼潤的莘苦。

　　萊奮生將自己的馬匹交給了遏菲謨加,說了該走的方向,使苦勃拉克前進(他的選定了逭方向,不過因爲對於部隊,總得給一個什麼方向罷了),自己却站在旁邊,看看剩在他這里的人們,究竟還有多少。

　　他們,——失敗,濡溼,而且怨憤的這些人們,沈重地彎着膝踝,注意地凝視着暗中,從他旁邊走過,——他們的脚下濺起水來。　馬匹往往沒到腹部那里,——地面很柔軟。　特別困苦的是圖嬌夫的小隊的人們,他們每人須牽三匹馬,——僅有華理亞只牽着兩匹,她自己的和木羅式加的。　接着這些損傷的人們的全隊之後,便是一條骯髒的,難聞的踪跡,好像有一種什麼發着惡臭的,不乾淨的爬虫,爬了過去的一般。

　　萊奮生硬拖着兩腿,跟在大家的後面走。　部隊忽然站住了……

　　"那邊怎麼了?"　他問。

　　"我不知道,"走在他面前的襲擊隊員囘答說。　那是美諦克。

　　"上前問去……"

　　少頃之後,囘答到了,由許多發白的發抖的嘴唇反覆着:

　　"我們不能前進了,那地方是泥沼……"

莱奮生制住了兩腿的驟然的戰慄,跑到苦勒拉克那里去。他剛剛隱在樹後面,人堆便向後一擁,往各方面亂竄了。 然而到處展布着柔軟的,暗淡的,不能走的泥沼,遮斷了道路。只有一條路,和這里相通。 那便是他們曾經走來,通到礦工的小隊正在奮勇戰鬪之處的道路。 然而從林邊傳來的鎗聲,已經不能當作不相干了。 這射擊,還好像和他們漸漸接近了似的。

絕望和憤怒支配了人們。 他們搜尋着自己們的不幸的責任者,——不消說,是這萊奮生!…… 倘若他們立刻能夠看見他,恐怕就要用了自己的恐怖的全力,向他撲去的罷,——如果他將他們帶了進來了,現在就將他們帶出去!……

忽然間,他眞在大家面前,人堆中央自行出現了,一手高擎一個燒得正旺的火把,照出他緊咬牙關的死灰色的鬍子蓬鬆的臉,用了大而圓的如火的眼,迅速地一個個從這人的臉看到別人。 在只有從那邊,從人們在林邊玩着死的游戲之處,還透進一些聲息的寂靜中,聽得他那神經底的,細的,尖的,嘶嗄的聲音道:

"騎出隊外來的是誰呀?…… 歸隊!…… 不要發慌……靜着!" 他驀地大喝一聲,狠似的咬了牙,拔出他的盒子礮,那反抗的叫聲,便立刻在一切嘴唇上寂滅了。 "部隊! 聽令！ 我們在沼上搭橋——我們沒有別的路…… <u>波里梭夫</u>（這是第三小隊的新的隊長），留下拉馬的人們，快幫巴克拉諾夫去！　對他說，他應該支持着，直到我下了退却的命令……　<u>苦勃拉克</u>！　派定兩個人，和巴克拉諾夫連絡……　全隊聽令！ 繫起馬來！ 二分隊砍枝條去！ 不必可惜刀！……　所有其餘的人——都聽苦勃拉克指揮。　要無條件地聽他的命令。　<u>苦勃拉克</u>！　跟我來！……"　他將背脊轉向大家，彎着身子向泥沼方面進行，冒煙的火把高高地擎在頭頂上。

於是沈默的，苦惱的，擠成一堆的大衆，剛纔在絕望中擊了手，敢於殺人或號哭的大衆，便忽然轉到超人底地迅速的，服從的，奮發的行動上去了。　咄嗟之間，繫好了馬，斧聲大作，榛樹的葉子，在劍的砍擊之下動搖。　<u>波里梭夫</u>的小隊鳴着兵器，在爛泥裏響着長靴，跑進黑暗中去，和他們對面，人已經運來了第一束溼溼的枝條……　聽到樹木的仆倒聲，龐大的，槎枒的怪物，便呼嘯着落向一種什麼柔軟的，鬼祟的東西上面去。　而在樹脂火把的光中，則看見暗綠色的，彷彿滿生靑萍似的表面，發着有彈力的波動，恰如大蛇的身軀。

那地方，他們抓住枝條，——火把的冒煙的火燄，從暗中照出着他們的牽歪的臉，彎曲的背，以及巨大的樹枝的堆積，——在水中，泥中，毀滅中蠕動。　他們脫了外套在工作，透過了破碎的褲子和小衫，隱約着他們那喫緊的，流汗的，還至於出血的身體。 他們失掉了時間和空間的感覺，失掉了自己的肉體的羞恥，痛楚，疲勞的感覺了。 他們用帽子舀起沼裏的，含有死了的蛙卵的水來，趕忙地，貪婪地喝下去，好像受傷的野獸一樣⋯⋯

然而射擊逐漸近來，逐漸響亮而且劇烈。 巴克拉諾夫——接連地派了人——來問："還早麼？ 立刻？⋯⋯" 他只好喪失了戰士的一半，喪失了流血的圖幡夫，慢慢地一步一步退了下來。 他終於到了砍來造堤的枝條旁邊，——不能再往後走了。 敵人的彈丸，這時已經密密地在沼上呼嘯。 幾個人受了傷，——華理亞給他們縛着傷口。 給鎗聲驚嚇了的馬匹，不住地嘶叫，還用後腳站了起來，——有幾匹還掙斷韁繩，在泰茄裏奔跑，跌入泥沼中，哀鳴着求救。

停在柳條中的襲擊隊員們，一知道堤路已經搭好，便大家跑上去了。 顯着陷下的面龐，充血的眼，被硝煙熏黑了的巴克拉諾夫，則揮着放空了的手鎗，一面奔跑，一面狂躁得在哭泣。

發着叫喊，揮着火把和兵器，拉着倔強的馬匹，全部隊幾乎同時都擁向堤路這里去。 亢奮了的馬匹不聽馬卒的導引，癲癇似的掙扎着。 後面的人們嚇得發狂一般擠上前邊，堤路沙沙作響,開裂了;快到對岸的處所,美諦克的馬又跌了下去,人們發着暴怒的刻毒的罵詈,用繩索拉牠起來。 美諦克痙攣底地緊抓着因爲馬的狂暴而在他手裏顫動的滑溜的繩,將兩脚踏在泥濘的枝條中,拼命地拉着拉着。 待到終於將馬拉了上來的時侯,他又長久解不開那縛在前腿上的結子,便以發狂的歡喜咬着來解牠,―― 那浸透了泥沼的臭味和令人嘔吐的粘液的結子……

最後走過堤去時,是萊奮生和剛卡連珂。

工兵巳經裝好了炸藥,就在敵人剛要走到渡頭的瞬息間,堤便在空中迸散了……

少頃之後,人們都定了神,纔知道巳經是早上。 蒙着閃閃的薔薇色的霜的泰茹,橫在他們的面前。 從樹木的罅隙間,透漏着青天的明朗的片片,――大家覺得森林的後面,太陽也巳經出來了。 人們於是抛掉了不知什麽緣故,至今還是揑在手裏的熱的火把頭,來看自己那通紅的,無聲的,擦破了的手,和冒着漸散漸稀的熱氣的,濕漉的,疲乏了的馬匹――而於他們這一夜所做的一切,從新驚異起來了。

四

十 九 人

　　離渡過沼澤，得以脫臉之處五威爾斯忒的地方，——有通到土陀・瓦吉的大路。　怕萊奮生不在村子裏過夜，哥薩克們便於昨夜在距橋約八威爾斯忒的大路那里，設下了埋伏。

　　他們整夜坐着，在等候部隊，並且傾聽着遠遠的礮聲。早晨馳來了一個傳令使，帶到命令，說敵人已經衝出泥沼，正向他們這方向進行，所以仍須留在原處。　傳令使到後不上十分鐘，萊奮生的部隊旣不知道埋伏，更不知道剛纔有敵人的傳令使從旁跑過，就也進向這通到土陀・瓦吉的大路去了。

　　太陽已經升在森林上。　霜早化了。　天空澄澈，藍得如冰。　羣樹蒙着濡溼的燦爛的黃金，斜傾在道路上。　是一個溫暖的，不像秋天的日子。

　　萊奮生用了茫然自失的眼光，一瞥這輝煌的，清純的，明朗的美，然而並沒有感到。　他看見無力地走着路的，疲憊的，減成三分之一的自己的部隊，便覺得自己是乏得要死，而且為那些爬一般跟在他後面的人們做些事，是怎樣地沒有把握了。

獨有他們，獨有這大受損傷的忠實的人們，乃是他現在惟一的，最相接近的，不能漠視的，較之別人，較之自己，還要親近的人們，——因爲他是念念不忘自己對於這些人們負着責任的……　然而他覺得現在好像無能爲力了，他已經不在指導他們，只是他們還不知道，順從地跟着他，恰如慣於牧人的畜羣一樣。　而這是當他昨天早上想到關於美迭里札之死的時候，所最爲恐怖的……

他想再制御自己，集中於一些什麽實踐底地必要的事，但他的思想，却散漫而紛紜，眼睛合上了，而且奇怪的形象，囘憶的斷片，霧似的互相矛盾的不分明的周圍的感覺，都成了變化不絕的無聲無實的羣，在他意識裏旋轉……"爲什麽這長遠的無窮的道路，這澤的葉子和天空，現在有這樣地死氣沉沉而且可有可無的呢?……　現在我的義務是什麽?……　是的，我必須走出土陀。瓦吉的谿谷去……　土…陀…瓦…吉——多麽奇怪呵——土…陀…瓦…吉……　我倦極了，我眞想睡覺！　我這樣想睡覺，這些人們還能要求我什麽呢?……　他說——斥候……　是的，是的，斥候……　他有着圓圓的良善的頭，很像我的兒子，自然應該派一個斥候去的，於是就睡覺……　睡覺……　他這頭也全不像我的兒子的，好像……　那麽，什麽呢?……"

"你說什麼？" 他忽然擡起頭來，問道。

和他並騎的，是巴克拉諾夫：

"我說，應該派一個斥候。"

"是的，是的，應該派一個的，你辦就是……"

幾分鐘後，一個開着疲乏的快步的騎士，跑上萊奮生前面去了。他目送了這前屈的背脊，知道是美諦克。派美諦克去當斥候，他覺得很不合宜，然而他不能制御自己，來分析這不合，而且也將這事忘掉了。於是又有一個人從旁邊馳上去。

"木羅式加！" 巴克拉諾夫從第二個騎士的背後叫喊道。"你們大家不要失散……"

"那麼，他是活着的？" 萊奮生想。"圖旛夫却死了……可憐的圖旛夫…… 但木羅式加是怎麼的呢？唉唉，是的，——那是昨天的夜裏了。很好，我那時沒有對他着眼……"

美諦克巳經跑得頗遠了，囘過頭來：木羅式加在他後面五十賽旬之處騎着前行，部隊也還分明可見。後來部隊和木羅式加都被街道的轉角遮住了。尼夫加不願意開快步。美諦克機械底地催促着牠：他不知道爲什麼派他上前面去的，但旣然命令他快跑，他就來照辦。

道路沿着濡溼的斜坡，坡上密生着尚存通紅的秋葉的欄樹和榛樹。 尼夫加怕得戰戰兢兢，只是緊挨着叢莽。 一向上走，牠就用了常步了。 美諦克在鞍橋上打磕睡，也不再去管牠。 他時時驚醒，詫異地看一看這永是走不完的森林。這既沒有終，也沒有始，恰如他目下正在親歷的朦朧的，麻木的，和外界隔開的狀態，也是既沒有終，也沒有始一樣……

尼夫加驀地愕然歇着鼻子，跳向旁邊的叢莽裏，美諦克碰着一種什麼柔韌的枝條…… 他一擡頭，那朦朧狀態便立刻消失了，換上了無可比擬的生物底恐怖的感情：相去幾步的道路上，站着一些哥薩克。

"下來!……" 有一個用了威壓的，尖利的低聲，說。

有人拉住了尼夫加的轡頭， 美諦克輕輕地叫了起來，滑下鞍橋，做了一些卑下的舉動，忽然飛速地轉身，竄進叢莽裏去了。 他用兩手按在溼的樹幹上，跳躍，滑跌，——暫時嚇得發了昏，爬着來掙扎，於是終於站起，順着谿谷跑下去了，——也不再覺得自己的身體，路上所遇的一切，凡手之所及，無不攀援，並且行着異乎尋常的飛躍。 人們在追趕他：後面的叢莽沙沙有聲，有人在恨恨地用唇音咒罵……

木羅式加知道自己之前還有一個斥候，便也不大留心了周圍的情形。 他已在凡有人類底思想，便是最無用的也都消失，只剩下休息——犧牲一切的休息的直接底的希望時候的，

— 260 —

極端的疲勞狀態裏了。 他已經不想到自己的生命和<u>華理亞</u>，不想到<u>剛卡連珂</u>對他將取怎樣的態度，而且連可惜<u>圖籓夫</u>之死的力量也已經沒有，雖然他是和他最為接近的一個人，——他只想着什麼時候，這纔在他面前，終於展開了可以倒下頭去的豫定的土地。 這豫定的土地，是作為一個大的，平和的照着太陽的村落，滿是喫草的牛，以及發着家畜和乾草氣息的人們之處，顯在他腦裏的。 他就將他怎樣地繫好馬，喝牛奶，飽喫了發香的裸麥的麵包，於是鑽進乾草小屋裏，緊裹着外套，酣睡一通的情狀，描畫了出來……

但當忽然間，<u>哥薩克</u>帽的黃條在他面前出現，<u>猶大</u>向後退走，將他擦在眼前的血一般晃耀着的白辛樹叢上的時候，——這照着太陽的大村落的可喜的景况，便和正在這里發現的未曾有的可怕的翻案的感覺，突然融合起來了……

"他跑掉了，這叢小子……" <u>木羅式加</u>忽地用了異常的分明，記得了<u>美諦克</u>的討厭的漂亮的眼睛，同時又感着對於自己和跟在自己後面這些人們的痛楚的同情，說。

他所懊恨的，並不在他眼前的死亡，就是他停止了感覺，苦惱和動作，——他連將自己放在這種奇特的境况裏來設想，也做不到了，他在這瞬息間，還在活着，辛苦着，動作着，——但他却清清楚楚，省悟了他將從此永不再見那照着太陽的樹木，和跟在他後面的親愛的可敬的人們。 然而他關於這些疲乏的，失算的，信託着他的人們的感覺，是極其真切的，於是除了想到還可以給一個警告之外，心裏就再也沒有為自己的別的可能的思想了…… 他忽然拔出手鎗來，給大家容易聽到地高擎在頭頂上，照着豫先約好的話，連開了三響……

這剎那間，火花一閃，鎗聲起處，一聲呻喚，世界好像裂爲兩半，木羅式加和猶大就都倒在叢莽裏了。

萊奮生聽到鎗聲時，——這來得太齎突，在他現在的情況上，是不很會有的事，他竟完全沒有省得。 只在對木羅式加發了一齊射擊，馬匹昂頭聳耳，釘住一般站定了的時候，他纔明白了那意義。

他無法可想地四顧，彷彿在求別個的支持，然而在蒼白而萎靡的襲擊隊員們的相貌，融成一個恐怖的，默求解答的臉上，——只看見了一樣失措和害怕的表情…… "這就是的，——就是，我所擔心的事，"——他想着，裝一個似乎想抓住什麼，而不能發見所抓的東西的手勢……

於是他在自己面前，忽然分明地看見了單純的，有些天真爛漫的，被硝煙熏黑了的，因疲勞而殘酷了的巴克拉諾夫的臉。 巴克拉諾夫一手揑着手鎗，別一隻緊抓着馬背上的突起，至於他那短短的孩子似的手指都要陷進肉裏去了，——注意地凝視着起了一齊射擊聲的方向。 他那下顎凸出的天眞的臉,略向前伸,被部隊的較好的戰士將因此送命的最眞實,最偉大的恐怖所燃燒,等候着命令。

萊奮生愕然淸醒起來了。 有什麼東西在他裏面苦楚而甘美地發響…… 他驀地拔出長刀,顯着閃閃的眼睛,也如巴克拉諾夫一般伸向前面。

"衝出去,唔?" 他熱烈地問着巴克拉諾夫,忽然揮刀舉在頭上。 刀在日光中輝煌。 所有襲擊隊員們一看見,便也都站在踏鐙上伸出了身子。

巴克拉諾夫狂暴地一瞥這長刀,立卽轉向部隊,深切地強有力地叫喊了些什麼話。 萊奮生已經不能明白了,因爲在這一霎時,——被支配巴克拉諾夫和使他自己揮起刀來的那內部底威力所驅使,——他覺着全部隊必將跟在他後面,已向路上衝上去了。

幾秒鐘後,他囘頭一看時,人們果然屈身俯向鞍橋,前伸了下顎,在他後面躍進。 他們的眼睛裏,都顯着他見於巴克拉諾夫那里一樣的緊張的熱烈的表情。

這是萊奮生所能存留的最後的有着聯絡的印象。 因爲同時就有一種什麼眩眼而怒吼的東西,伸到他上面,——打擊他,旋轉他,蹂躪他,——他早不意識到自己,只覺得自己還是

— 263 —

活着,而奔向沸騰的橙紅色的深淵上去了……

　　……美諦克並不回顧,也不聽到追隨,然而他知道還有人在追躡他。　當手鎗三響,接連而起,於是發出一齊射擊聲來的時候,他以為是打他的,就跑得更快了。　山峽突然展開,成了一個狹小的樹林茂密的谿谷。　美諦克忽而向左,忽而向右,直到他再到了斜坡。　這時起了第二次一齊射擊,於是一次又一次,沒有停時,——全森林都咆哮,蘇甦了……

　　"咳咳,我的上帝,我的上帝…… 阿——呀…… 我的上帝……"　每一次震耳的一齊射擊聲起,美諦克便發着抖,輕輕地說,他的傷破的臉上,也顯出悲哀的苦相,恰如孩子們想要擠出眼淚時候的模樣一般。　然而他的眼睛却乾燥得討厭而且羞人。　因為他提起了最後的氣力,跑着跑着,跑得很久了。

　　射擊聲低下去了,好像換了一個方向。　這之後,就全然聽不見了。

　　美諦克回顧了幾次:看不見一個追躡的人。　沒有一物來擾這主宰周圍的,遠遠地遍是響聲的寂靜。　他氣息奄奄地倒在最近的最適宜的叢莽下。　他的心跳得很厲害。　他用兩手枕在頰下,將身子曲成線圈一樣,緊張地凝視着前面,靜臥了幾秒鐘。 離他十步之處，在一株幾乎彎到地面，浴着日光的細小的脫盡葉子的白樺樹上，站着一匹條紋的栗鼠，用了天眞的帶黃的小眼睛在看他。

美諦克忽然坐起，抱了頭，大聲呻喚起來。 栗鼠嚇得唧唧地叫着，逃進草裏去了。 美諦克的眼睛簡直好像發瘋一樣。 他用那失了感覺的手指，抓住頭髮，發着哀訴似的呻吟，在地上輾轉。"我做了什麼事了…… 阿——阿…… 我做了什麼事了，"他用肘彎和肚子打着滾，反復說。 每一瞬息，他更加分明地，難熬地，哀傷地，悟出自己的逃走，三響的鎗聲，和接着的一齊射擊的眞的意義來了。"我做了什麼事了，我怎能做出這樣的事來，——我，一個這樣好，這樣高尙，願意大家都好的脚色，——阿——阿…… 我怎能做出這樣的事來的呢？"

他的行爲愈見得可鄙而且可憎，他就愈覺得未有這種行爲以前的自己，愈是良善，潔白而且高尙。 他的苦惱，也不很爲了因爲他的這種行爲，致使相信他的幾十個人送了命，倒是爲了這行爲的洗不掉的討厭的斑點，和他在自己裏面所發見的一切良善和潔白相矛盾了。

他機械底地拔出手鎗來，懷着驚疑和恐怖，凝視了好一响。 但他也就覺得，自己是決不會自殺，決不能自殺的了，因爲他在全世界上，最愛的還是自己，——他的白皙的，骯髒的，纖弱的手，他的唉聲歎氣的聲音，他的苦惱和他的行爲，連其中的最可厭惡的事。他早已用了偸兒似的悄悄的顧忌，裝作只被擦鎗油的氣味薰得發了昏，自己全無所知的樣子，趕緊將手鎗塞在衣袋裏了。

他現在已不呻吟，也不啼哭了。用兩手掩了臉，靜靜地伏臥着。自從他離開市鎮以來，最近的幾個月之間所經歷的一切，又排成疲乏的，悲涼的一串，在他眼前走過去：他現在已以爲愧的他那幼稚的夢想，第一囘戰鬭和負傷的苦痛，——木羅式加，病院，銀髮的老畢加，死了的弗洛羅夫，有着她那大的疲勞的眼睛的華理亞，還有在這之前，一切全都失色了的泥沼的可怕的徒涉。

"我禁不起了。"美諦克用了忽然的率直和眞誠，想，而且對於自己起了大大的同情。"我禁不起了，這樣低的，非人的，可怕的生活，我是不能再過下去的。"——他爲了要將自己顯得更加可憐，並且將本身的裸露和卑劣，躱在自己的同情之念的光中，便又想。

他還是總在審判自己的行爲，而且在懊悔，但一想到現在已經完全自由，能夠走到更無這可怕的生活之處，更沒有人知道他的行爲之處去了的時候，却又卽刻禁不住了在心中蠢動的個人底的希望和歡欣。"我到市鎭去就是,——到那邊,我就乾乾淨淨了。"——他一面想,一面竭力在這決定上,加上傷心的萬不得已的調子去。 而且費了許多力,他這纔按住了生怕這決定也許不能實現的恐怖,羞愧,和高興的感情。

……太陽巳經傾到細小的,彎曲的白樺的那邊去了,樹在這時都成了陰影。 美諦克掏出手鎗來,將牠遠遠地拋在叢莽裏。 于是尋到一個水泉,洗過臉,就坐在這旁邊。 但他還總在躊躕,不敢走出大路去。 "如果那里還有白軍呢?……"——他苦惱地想。 他聽到極細小的流水,在草莽裏輕輕地潑潑……

"但這豈不是都一樣麼?"—— 美諦克忽然用了他此時從一切良善和同情的思想的堆積中,尋了出來的率直和眞誠,想。

他深深地歎息,扣好短衫的扣子,慢慢地走向通到<u>土陀·瓦吉</u>的街道之所在的方向去了。

<u>萊奮生</u>不知道他的半無意識的狀態繼續了有多麼久。——他覺得好像很長久,但其實是至多不過一分鐘——然而當他定了心神的時候,他大爲驚訝的,是自己還像先前一樣坐在鞍橋上,只是那長刀巳經不在他手裏了。 在他眼前,有他的長鬣毛的黑馬的頭和那鮮血淋漓的耳朵。

他這時纔聽到鎗聲,並且知道了這是在向他們射擊。——鎗彈就在頭頂上呼呼地紛飛。 但他又立刻省悟到這射擊是來自背後,最可怕的頃刻也巳經留在後面了。 這刹那間,又有兩個騎馬的追及了他。 他認識是華理亞和剛卡連珂。工兵的頰上滿是血。 萊奮生記起了部隊,囘過頭去看,——並沒有什麼部隊在那里:滿路都躺着人和馬的屍骸——,有幾個騎士以苦勃拉克爲頭,在跟着萊奮生疾走,遠一點還有幾個小團體,迅速地消散了。 一個人騎着跛脚的馬,落在後面,揮着手在叫喊。 黃色帽帶的人們圍上去,用鎗柄來打他,他搖着跌落馬下了。 萊奮生皺着眉,轉過了臉去。

這時他和華理亞和剛卡連珂都到了道路的轉角。 射擊靜了一點,鎗彈巳不在他們的耳邊紛飛。 萊奮生機械底地勒馬徐行。 生存的襲擊隊員們也一個一個地趕到。 剛卡連珂一數,加上了他自己和萊奮生,是十九人。

他們一聲不響,用了藏着恐怖,然而巳經高興的眼睛,看着喪家之狗一般,孤寂地,不停地,跑在他們前面的那狹窄的,黃色的,沈默的太空,在斜坡上飛馳。

馬漸漸緩成快步,于是曬焦的樹椿,叢莽,路標,遠處的樹林上面的明朗的天,都一一可以分辨了。 此後馬又用了常步前進。

— 268 —

萊奮生騎着，垂頭沈思，略略走在前頭。 他時時無法可想地四顧，好像要問什麼事，而不能想起的一般，——他用了長的沒有着落的眼光，奇特地，懊惱地向大家凝視。 忽然間，他勒住馬，轉過臉來了，這纔用了他那大的，深的，藍褐色的

游擊隊員們

眼，深沈地遍看了部下的人們。 十八人同時站住了，就像一個人。 立刻很寂靜。

"巴克拉諾夫在那里？" 萊奮生問道。

十八人一言不發，失神似的看着他。

"巴克拉諾夫給他們結果了……" 剛卡連珂終于說，嚴肅地看着他那指節崚嶒的，巨大的拉着韁繩的手。

在鞍上屈着身子，和他並騎的華理亞，便忽然伏在她的馬頸上，高聲地歇斯迭里地哭了起來。 她的長的散掉了的辮髮，幾乎拖到地面上，而且在顫動。 馬就疲乏地將一隻耳朶一抖，合上了那掛下的嘴唇。 企什向華理亞這邊一瞥，也鳴咽起來，轉過了臉去。

萊奮生的眼，還停在大家上面幾秒鐘。 于是他不知怎地，全身頓然失了氣力，萎縮下去了。 大家也忽然覺得他很衰弱，很年老。 然而他巳經並不以自己的弱點爲羞恥，或是遮掩起來了。 他垂了頭，映着長的濕潤的睫毛，坐着。 而且眼淚滾到了他的鬚髥…… 大家都轉眼去看別處，——來制住自己的哭。

萊奮生撥轉他的馬頭，緩緩地前進了。 部隊跟在他後面。

"不要哭了，哭什麽……" 剛卡連珂扶着華理亞的肩頭，使她起來，一面抱歉似的說。

萊奮生也終于鎭靜了，他總是時時失神似的四顧，而且——每一想到巴克拉諾夫巳經死掉——，便又哭了起來。

他們這樣地走出森林去了，——這十九人。

非常突然地森林在他們面前一變而為廣漠：高遠的蔚藍的天，太陽照着的，已經收割的，一望無際的平野。 在別一面，卽柳樹森然，使瀰漫的河流耀作碧色之處，有一片打麥場，豐肥的麥積和草堆的金色圓頂正在晃耀。 那地方，在過他們一流的——愉快的，熱鬧的，勤苦的生活。 斑斕的小甲蟲似的爬着人們，飛着麥束，有節奏而枯燥地響着機械，從閃爍的糠皮和塵埃的雲煙裏，發着興奮的聲響和女娃的珠璣一般纖細的歡笑的聲音。 河的那邊，是藍閃閃的連山，上支蒼穹，又將牠那支脈伸到黃色捲毛的林子裏。 在峻峭的山峯上，向谷間飛下一片被海水所染的，帶些薔薇顏色的白雲的透明的泡沫，沸沸揚揚，斑斑點點，恰如新擠的牛乳一般。

萊奮生用了沈默的，還是濕潤的眼，看着這高遠的天空，這約給麵包與平和的大地，這在打麥場上的遠遠的人們，——他應該很快地使他們都變成和自己一氣，正如跟在他後面的十八人一樣。 于是他不哭了：他必須活着，而且來盡自己的義務。

一九二五——二六年。

後　記

　　要用三百頁上下的書，來描寫一百五十個眞正的大衆，本來幾乎是不可能的。　以"水滸"的那麼繁重，也不能將一百零八條好漢寫盡。　本書作者的簡鍊的方法，是從中選出代表來。

　　三個小隊長。　農民的代表是<u>苦勃拉克</u>，礦工的代表是<u>圖幡夫</u>，牧人的代表是<u>美迭里札</u>。

　　<u>苦勃拉克</u>的缺點自然是最多，他所主張的是本地的利益，捉了牧師之後，十字架的銀鍊子會在他的腰帶上，臨行喝得爛醉，對隊員自謙爲"猪一般的東西。"　農民出身的斥候，也往往不敢接近敵地，只坐在叢莽裏吸煙捲，以待可以囘去的時候的到來。　礦工<u>木羅式加</u>給以批評道——

　　"我和他們合不來，那些農人們，和他們合不來。……小氣，陰氣，沒有膽——毫無例外……　都這樣！　自己是什麼也沒有。　簡直像掃過的一樣！……"（第二部之第五章）

　　<u>圖幡夫</u>們可是大不相同了，規律旣嚴，逃兵極少，因爲他

們不像農民,生根在土地上。 雖然曾經散宿各處,召集時到得最晚,但後來却"只有圖幡夫的小隊,是完全集合在一氣"了。 重傷者弗洛羅夫臨死時,知道本身的生命,和人類相通,託孤於友,毅然服毒,他也是礦工之一。 只有十分鄙薄農民的木羅式加,缺點却正屬不少,偷瓜酗酒,飢如流氓,而苦悶懊惱的時候,則又頗近於美諦克了。 然而並不自覺。工兵剛卡連珂說——

"從我們的無論誰,人如果掘下去,在各人裏,都會發見農民的,在各人裏。 總之,屬於這邊的什麼,至多也不過沒有穿草鞋……"(二之五)

就將他所鄙薄的別人的壞處,指給他就是自己的壞處,以人爲鑑,明白非常,是使人能夠反省的妙法,至少在農工相輕的時候,是極有意義的。 然而木羅式加後來去作斥候,終於與美諦克不同,殉了他的職守了。

關於牧人美迭里札寫得並不多。 有他的果斷,馬術,以及臨死的英雄底的行爲。 牧人出身的隊員,也沒有寫。 另有一個寬袍大袖的細頸子的牧童,是令人想起美迭里札的幼年時代和這牧童的成人以後的。

解剖得最深刻的, 恐怕要算對於外來的智識分子——首先自然是高中學生美諦克了。 他反對毒死病人,而並無更好的計謀,反對刼糧,而仍喫刼來的猪肉(因爲肚子餓)。 他以爲別人都辦得不對,但自己也無辦法,也覺得自己不行,而別人却更不行。 於是這不行的他,也就成爲高尙,成爲孤獨了。那論法是這樣的——

"……我相信,我是一個不夠格的,不中用的隊員……我實在是什麽也不會做,什麽也不知道的…… 我在這里,和誰也合不來,誰也不幫助我,但這是我的錯處麽? 我用了直心腸對人,但我所遇見的却是粗暴,對於我的玩笑,揶揄……現在我已經不相信人了,我知道,如果我再強些,人們就會聽我,怕我的,因爲在這里,誰也只向着這件事,誰也只想着這件事,就是裝滿自己的大肚子…… 我常常竟至於這樣地感到,假使他們萬一在明天爲科爾却克所帶領,他們便會和現在一樣地服待他,和現在一樣地法外的兇殘地對人,然而我不能這樣,簡直不能這樣……" (二之五)

這其實就是美諦克入隊和逃走之際,都曾說過的"無論在那里做事,全都一樣"論,這時却以爲大惡,歸之別人了。 此外解剖,深切者尙多,從開始以至終篇,隨時可見。 然而美諦克却有時也自覺着這缺點的,當他和巴克拉諾夫同去偵察日本軍,在路上扳談了一些話之後——

"美諦克用了突然的熱心,開始來說明巴克拉諾夫的不進高中學校,並不算壞事情,倒是好。 他在無意中,想使巴克拉諾夫相信自己雖然無敎育,却是怎樣一個善良,能幹的人。但巴克拉諾夫却不能在自己的無敎育之中,看見這樣的價值,美諦克的更加複雜的判斷,也就全然不能爲他所領會了。 他們之間,於是並不發生心心相印的交談。 兩人策了馬,在長久的沈默中開快步前進。"(二之二)

但還有一個專門學校學生企什,他的自己不行,別人更不行的論法,是和美諦克一樣的——

"自然,我是生病,負傷的人,我是不耐煩做那樣蔴煩的工作的,然而無論如何,我總該不會比小子還要壞——這無須誇口來說……"(二之一)

然而比美諦克更善於避免勞作,更善於追逐女人,也更苛於衡量人物了——

"唔,然而他(萊奮生)也是沒有什麼了不得的學問的人呵。 單是狡猾罷了。 就在想將我們當作踏脚,來撐自己的地位。 自然,您總以爲他是很有勇氣,很有才能的隊長罷。哼,豈有此理!——都是我們自己幻想的!……"(同上)

這兩人一相比較,便覺得美諦克還有純厚的地方。 弗理契"代序"中謂作者連寫美諦克,也令人感到有些愛護之處者,大約就為此。

莱奮生對於美諦克一流人物的感想,是這樣的——

"只在我們這里,在我們的地面上,幾萬萬人從太古以來,活在寬緩的怠惰的太陽下,住在污穢和窮困中,用着洪水以前的木犂耕田,信着惡意而昏愚的上帝,只在這樣的地面上,這窮愚的部分中,纔也能生長這種懶惰的,沒志氣的人物,這不結子的空花……"（二之五）

但莱奮生本人,也正是一個知識分子——襲擊隊中的最有教養的人。　本書裏面只說起他先前是一個瘦弱的猶太小孩,曾經幫了他那終生夢想發財的父親賣舊貨,幼年時候,因為照相,要他凝視照相鏡,人們曾詐騙他說將有小鳥從中飛出,然而終於沒有,使他感到很大的失望的悲哀。　就是到省悟了這一類的欺人之談,也支付了許多經驗的代價。　但大抵已經不能回憶,因為個人的私事,已為被稱為"先驅者莱奮生的莱奮生"的歷年積下的層累所掩蔽,不很分明了。　只有他之所以成為"先驅者"的由來,却可以確切地指出——

"在克服這些一切的缺陷的困窮中,就有着他自己的生活的根本底意義,倘若他那里沒有強大的,別的什麼希望也不能比擬的,那對於新的,美的,強的,善的人類的渴望,莱奮生便是一個別的人了。 但當幾萬萬人被逼得只好過着這樣原始的,可憐的,無意義地窮困的生活之間,又怎能談得到新的,美的人類呢?" (同上)

這就使萊奮生必然底地和窮困的大衆聯結,而成爲他們的先驅。 人們也以爲他除了來做隊長之外,更無適宜的位置了。 但萊奮生深信着——

"驅使着這些人們者,決非單是自己保存的感情,乃是另外的,不下於此的重要的本能,藉了這個,他們纔將所忍耐着的一切,連死,都售給最後的目的…… 然而這本能之生活於人們中,是藏在他們的細小,平常的要求和顧慮下面的,這因爲各人是要喫,要睡,而各人是屠弱的緣故。 看起來,這些人們就好像擔任些平常的,細小的雜務,感覺自己的弱小,而將自己的最大的顧慮,則委之較強的人們似的。" (二之三)

萊奮生以"較強"者和這些大衆前行,他就於審愼周詳之外,還必須自專謀畫,藏匿感情,獲得信仰,甚至於當危急之際,還要施行權力了。 爲什麼呢,因爲其時是——

"大家都在懷着尊敬和恐佈對他看,——却沒有同情。在這瞬間,他覺得自己是居部隊之上的敵對底的力,但他已經覺悟,竟要向那邊去,——他確信他的力是正當的。" (同上)

然而萊奮生不但有時動搖,有時失措,部隊也終於受日本軍和科爾却克軍的圍擊,一百五十人只剩了十九人,可以說,是全部毀滅了。 突圍之際,他還是因爲受了巴克拉諾夫的暗示。 這和現在世間通行的主角無不超絕,事業無不圓滿的小說一比較,實在是一部令人掃興的書。 平和的改革家之在靜待神人一般的先驅,君子一般的大衆者,其實就爲了懲於世間有這樣的事實。 美諦克初到農民隊的夏勒圖巴部下去的時候,也曾感到這一種幻滅的——

"周圍的人們,和從他奔放的想像所造成的,是全不相同的人物……"(一之二)

但作者卽刻給以說明道——

"因此他們就並非書本上的人物,却是眞的活的人。"(同上)

然而雖然同是人們,同無神力,却又非美諦克之所謂"都一樣"的。 例如美諦克,也常有希望,常想振作,而息息轉變,忽而非常雄大,忽而非常頹唐,終至於無可奈何,只好躺在草地上看林中的暗夜,去賞鑑自己的孤獨了。 萊奮生却不這樣,他恐怕偶然也有這樣的心情,但立刻又加以克服,作者於萊奮生自己和美諦克相比較之際,曾漏出他極有意義的消息來——

"但是，我有時也曾是這樣，或者相像麽？

"不，我是一個堅實的青年，比他堅實得多。 我不但希望了許多事，也做到了許多事——這是全部的不同。"（二之五）

以上是譯完覆看之後，留存下來的印象。 遺漏的可說之點，自然還很不少的。 因爲文藝上和實踐上的寶玉，其中隨在皆是，不但泰茄的景色，夜襲的情形，非身歷者不能描寫，卽開鎗和調馬之術，書中但以烘托美諦克的受窘者，也都是得於實際的經驗，決非幻想的文人所能著筆的。 更舉其較大者，則有以寥寥數語，評論日本軍的戰術云——

"他們從這田莊進向那田莊，一步一步都安排穩妥，側面布置着縝密的警備，伴着長久的停止，慢慢地進行。 在他們的動作的鐵一般固執之中，雖然慢，却可以感到有自信的，有計算的，然而同時是盲目底的力量。"（二之二）

而和他們對抗的萊奮生的戰術，則在他訓鍊部隊時敍述出來——

"他總是不多說話的，但他恰如敲那又鈍又强的釘，以作永久之用的人一般，就只執拗地敲着一個處所。"（一之九）

於是他在部隊毀滅之後，一出森林，便看見打麥場上的遠人，要使他們很快地和他變成一氣了。

作者法捷耶夫(Alexandr Alexandrovitch Fadeev)的事
迹，除自傳中所有的之外，我一無所知。　僅由英文譯文"毀滅"
的小序中，知道他現在是無產者作家聯盟的裁決團體的一員。
　　又，他的羅曼小說"烏兒格之最後"，已經完成，日本將有
譯本。

　　這一本書，原名"Razgrom"，義云"破滅"，或"潰散"，藏
原惟人譯成日文，題爲"壞滅"，我在春初譯載"萌芽"上面，改
稱"潰滅"的，所據就是這一本；後來得到 R. D. Charques 的英
文譯本和 Verlag für Literatur und Politik 出版的德文譯本，
又參校了一遍，並將因爲"萌芽"停版，放下未譯的第三部補
完。　後二種都已改名"十九人"，但其內容，則德日兩譯，幾乎
相同，而英譯本却多獨異之處，三占從二，所以就很少採用了。
　　前面的三篇文章，自傳原是"文學的俄羅斯"所載，亦邐君
從一九二八年印本譯出；藏原惟人的一篇，原名"法捷耶夫的
小說毀滅"，登在一九二八年三月的"前衞"上，洛揚君譯成華
文的。　這都從"萌芽"轉錄。　弗理契 (V. Fritche) 的序文，
則三種譯本上都沒有，朱杜二君特爲從"羅曼雜誌"所載的原
文譯來。　但音譯字在這里都已改爲一律，引用的文章，也照

我所譯的本文換過了。 特此聲明,並表謝意。

卷頭的作者肖像,是拉迪諾夫(I. Radinov)畫的,已有佳作的定評。 威綏斯拉夫崔夫(N. N. Vuysheslavtsev)的插畫六幅,取自"羅曼雜誌"中,和中國的"繡像"頗相近,不算什麼精采。 但究竟總可以稗助一點閱者的興趣,所以也就印進去了。 在這里還要感謝靖華君遠道見寄這些圖畫的盛意。

上海,一九三一年,一月十七日。

譯　者。

毀 滅

一九三一年十月再版

1001——2000

實 價

大洋一元二角

三閒書屋校印

決不欺騙讀者的書籍

鐵　流

A. 綏拉菲摩維支作　　曹靖華譯

附序文註釋及作者自傳

地圖一張插畫六張內三色版二張

實價　大洋一元四角

士　敏　土　之　圖

凱爾・梅斐爾德作　魯迅序

木刻十幅,玻璃板中國宣紙印

只印二百五十部,現只餘百部

實價　大洋一元五角

上海北四川路底施高塔路口

內山書店代售